TÖDLICHE HEILIGE

ILONA BULAZEL

ÜBER DAS BUCH

»Die Menschen glauben, sie würden in ihrem Alltag viele schwere Entscheidungen treffen, aber das ist ein Trugschluss. Nichts lässt sich mit einer Situation vergleichen, in der es um Leben und Tod geht und die Entscheidung innerhalb weniger Sekunden getroffen werden muss.«

Kuno Seiler, Pfarrer einer religiösen Gemeinschaft, wird tot im Pool einer Münchner Villa aufgefunden. Verhaftet wird Riccarda Meiner, die direkt neben der Leiche kniet. Obwohl sie behauptet, keine Erinnerung mehr an die Tat zu haben, wird sie wegen Totschlags zu neun Jahren Gefängnis verurteilt – alles spricht gegen sie, auch Seilers siebzehnjährige Tochter ist von ihrer Schuld überzeugt. Riccarda, einst schön, reich und gefeiert, verliert alles. Ihr Bruder und dessen Frau reißen das Familienunternehmen an sich, Riccardas Verlobter heiratet ihre beste Freundin und der Fall Kuno Seiler gilt als abgeschlossen.

Zur Überraschung ihrer Gegner wird die Verurteilte nach sieben Jahren vorzeitig entlassen. Plötzlich sterben Menschen aus ihrem Umfeld. Die Opfer werden grausam zur Schau gestellt …

Hauptkommissar Jens Stutter vom BKA, eigentlich auf dem Weg in den Urlaub, wird zur Aufklärung der Mordserie hinzugezogen. Zusammen mit seiner Kollegin Jasmin Nau fährt er nach München, um Jagd auf die »Tödliche Heilige« zu machen. Welche Rolle spielt die religiöse Gemeinschaft, wer verfolgt in diesem perfiden Spiel welche Pläne? Und wozu dient das blutige und erbarmungslose Vorgehen des Täters?

Im Psychothriller »Tödliche Heilige« erlebt der Leser eine Welt, in der jede Grenze überschritten wird, wenn das dem eigenen Vorteil dient – Mord nicht ausgeschlossen.

Ilona Bulazel
Sinzheimer Str. 40b
76532 Baden-Baden
Deutschland
E-Mail: kontakt@autorib.de
Website: https://www.autorib.de
Facebook: https://www.facebook.com/ilonabulazel
Newsletter-Anmeldung über: https://www.autorib.de/newsletter

Ausgabe 30.6/2020

Korrektorat: Natalie Röllig
Buchsatz: Heike Fröhling, https://selfpublishingberatung.de

Umschlaggestaltung: Cover Design by James, GoOnWrite.com
Photo Images © Shutterstock / freya-photographer

ISBN: 9798662667754
Imprint: Independently published

Weitere Informationen zum Druck:
siehe Buchende

INHALT

KAPITEL EINS

»Er hat mit aller Kraft um sein Leben gekämpft. Man hätte ihn retten können, aber das war nicht vorgesehen. Der Plan lautete, ihn sterben zu lassen. Wir können nur ahnen, wie es sich anfühlt, wenn sich unsere Lungen anstatt mit Sauerstoff mit Wasser füllen, wenn der verzweifelte Versuch, Luft zu holen, scheitert, sich der Druck auf den Brustkorb erhöht und ein qualvolles Ersticken beginnt, das mit dem Tod endet.«

Blut, da war Blut, dachte Riccarda, die die Stimme der Staatsanwältin nur wie das Rauschen eines schlecht eingestellten Radiosenders wahrnahm.

»Wir reden hier nicht von einem versehentlichen Stoß im Eifer des Gefechts, sondern über Brutalität, Grausamkeit und Mordlust.« Der dürre Zeigefinger der Gestalt im schwarzen Talar richtete sich auf eine im Gerichtssaal aufgestellte Fotografie. Eine Aufnahme der Leiche, die ausgestreckt auf dem Stahltisch der Gerichtsmedizin lag. Ein Tuch deckte den nackten Körper züchtig ab. Nur der Kopf war zu sehen. Ein roter Pfeil deutete auf eine Verletzung über dem linken Ohr des Toten.

»Durch den Schlag erlitt das Opfer ein schweres Schädel-Hirn-Trauma. Kuno Seiler hinterlässt eine Frau und eine kleine Tochter. Er kam in bester Absicht in das Haus der Angeklagten ...«

Wieder sah Riccarda das Blut vor ihrem geistigen Auge. Es hatte sich mit dem blau schimmernden Wasser vermischt. Die Bodenlichter im Pool waren eingeschaltet. Der Leichnam trieb unter der Wasseroberfläche. Ein wenig gekrümmt, mit dem Gesicht nach unten, und fast hatte es den Anschein, an seiner Schläfe wäre ein Ventil geöffnet worden, das sich nicht mehr verschließen ließe und durch das nun alles Blut aus dem Körper entweichen könnte.

Der Zeigefinger der Anklägerin richtete sich plötzlich auf Riccarda. Sie war außergewöhnlich gut aussehend, eine richtige Schönheit. Schwarzes, langes Haar, zu einem strengen Zopf geflochten, umschmeichelte das noch immer leicht gebräunte Gesicht mit der feinen, schmalen Nase, den vollen roten Lippen und den tiefblauen Augen, die leicht schräg standen und ihr einen Hauch von Exotik verliehen.

»Riccarda Meiner ist eine kaltblütige Mörderin.«

Während Unruhe im Gerichtssaal entstand, die der vorsitzende Richter mit entsprechenden Mahnungen zu unterbinden wusste, zermarterte sich Riccarda das tausendste Mal den Kopf darüber, was in jener Nacht passiert war. Sie spürte den Schmerz in ihrer Fußsohle, so als wäre sie gerade eben erst barfuß in die gewaltige Scherbe einer zerbrochenen Weinflasche getreten; danach Filmriss. War sie auf den nassen Platten gestürzt, hatte sie sich den Kopf gestoßen und deshalb keine Erinnerung mehr? Was war wirklich geschehen?

Auf den Knien hatte sie vor dem Pool gesessen, als sie jemand in die Höhe gerissen und gerufen hatte: »Sie sind verhaftet!«

Überall waren Menschen gewesen, Polizisten in Uniform, Handschellen hatten geklackt und man hatte sie auf den Rücksitz eines Wagens gezwungen.

Die Staatsanwältin schloss ihr Plädoyer mit den Worten: »Deshalb halte ich nur die Höchststrafe für angemessen, lebenslänglich.«

KAPITEL ZWEI

Sieben Jahre später

Riccarda Meiner hatte nicht damit gerechnet, dass er auftauchen würde. Aber da stand er vor den Gefängnistoren und lächelte.

Typisch, dachte sie und schüttelte kaum merklich den Kopf. Manche Dinge änderten sich eben nie.

Leander Meiner trat seiner Cousine entgegen. Sie zuckte zusammen, als er sie in die Arme schloss und ihr einen Kuss auf die Wange hauchte. »Willkommen zurück!«, sagte er leise und ließ sie los, als er bemerkte, wie sich ihr Körper unter seiner Berührung versteifte.

»Du bist gekommen«, erwiderte sie tonlos.

»Wie hätte ich mir das entgehen lassen können?«, reagierte er leichthin und schob sie sanft Richtung Wagen. »Verschwinden wir von hier und suchen uns einen gemütlicheren Ort«, fügte er, bemüht vergnügt zu klingen, noch an.

Sie gingen schweigend zum Auto.

Erst als Riccarda auf dem Beifahrersitz Platz genommen hatte, fragte er: »Alles in Ordnung?«

Mit hartem Gesichtsausdruck blieb sie ihm die Antwort schuldig, stattdessen schnappte sie: »Ich will nach Hause.«

Leander zögerte. »Ich dachte eigentlich, du wohnst eine Weile bei mir. Ich habe dir das Gästezimmer hergerichtet. Du kannst so lange bleiben, wie du möchtest.«

»Ich will nach Hause«, hörte er sie sagen.

Leander kannte seine Cousine gut genug, um zu wissen, dass es keinen Sinn ergab, mit ihr zu diskutieren. Deshalb startete er den Motor und fuhr gegen seinen Willen nach Grünwald, einem der teuersten Wohngebiete bei München.

Einen Kommentar konnte er sich trotzdem nicht verkneifen: »Das ist unklug, ich hoffe, du weißt, was du tust.«

* * *

Im Haus von Familie Seiler

Philippa Seiler stürzte aufgeregt in die Küche. Die Siebzehnjährige trug noch ihre Reitkleidung, hatte nicht einmal die Stiefel ausgezogen und hinterließ bei jedem Schritt kleine Brocken lehmiger Erde auf dem Boden. »Ist es wahr?«, rief sie atemlos und starrte ihre Mutter mit weit aufgerissenen Augen an.

Obwohl Anke Seiler wusste, was ihre Tochter meinte, spielte sie zunächst die Ahnungslose, um sich etwas Zeit für die Antwort zu verschaffen. »Worum geht es?«, fragte sie daher ruhig und warf einen mahnenden Blick auf die Reitstiefel.

»Sie kommt raus«, antwortete Philippa voller Abscheu. »Dieses elende Miststück kommt raus.«

»Phili«, reagierte die Mutter empört. »Wir verwenden solche Worte nicht.«

»Ach und warum nicht? Sind sie etwa nicht wahr?« Die junge Frau hob angriffslustig das Kinn. Sie war nicht in der Stimmung, Einsicht zu zeigen. »Denkst du, Gott weiß nicht, dass ich die Wahrheit sage? Dafür wird er mich kaum verdammen.«

Rasch bekreuzigte sich Anke und erwiderte verärgert: »Missbrauche nicht den Namen des Herrn, um dich für deine Sünden zu rechtfertigen.«

»Tut mir leid, Mama«, lenkte Phili, wie sie von Freunden und Familie genannt wurde, ein. »Aber«, begehrte sie erneut auf, »es ist nicht fair.«

Anke trat auf ihre Tochter zu und schloss sie in die Arme. »So scheint es, doch wer sind wir, dass wir die Entscheidungen infrage stellen, die Er für uns trifft?«

Während sich Philippa weinend gegen die Schulter der Mutter drückte und schluchzte: »Ich hasse sie, ich wünschte, sie wäre tot«, tätschelte ihr Anke liebevoll den Rücken. Alles in ihr hatte das Bedürfnis, Philippa zuzustimmen, laut herauszuschreien: *Sie soll verrecken, qualvoll verrecken.* Aber vor ihrem einzigen Kind musste sie sich beherrschen. Was hatte sie nur falsch gemacht? Philippa war tiefgläubig erzogen worden. Die ganze Gemeinde hatte nach den tragischen Ereignissen hinter ihnen gestanden. Das Mädchen sollte mit Hoffnung und Zuversicht und mit Gottes Liebe aufwachsen und doch war dieser Hass nicht verschwunden, sondern sogar noch gewachsen.

»Was hältst du davon, wenn du heute beim Gottesdienst das Abendgebet sprichst? Ich setze mich gleich mit Hedwig in Verbindung.«

»Denkst du, sie stimmt zu?«, fragte Philippa überrascht und löste sich aus den Armen ihrer Mutter.

»Ich bin zuversichtlich«, antwortete ihr Anke

lächelnd, froh, dass sie die Tochter auf diese Weise hatte beruhigen können.

* * *

Grünwald, südlich von München, vor der Villa von Riccarda Meiner

»Bist du wirklich sicher?«, fragte Leander noch einmal. Sie hatten vor der Einfahrt der Villa geparkt, waren ausgestiegen und standen nun vor dem verschlossenen Tor. »Wir haben keine Fernbedienung, um es zu öffnen«, fügte er quengelnd an.

»Wir gehen durch die Gartentür«, sagte Riccarda mit fester Stimme und wandte sich nach rechts. Die wenigen Habseligkeiten, die man ihr nach dem Gefängnisaufenthalt ausgehändigt hatte, trug sie in einer Plastiktüte bei sich. Darin befand sich auch ein Schlüsselbund. »Das Haus gehört immer noch mir«, gab sie trotzig zurück und wählte zielsicher den richtigen Schlüssel aus.

»Schon«, lenkte Leander ein, »aber ich bleibe dabei, es ist ein Fehler zurückzukommen. Außerdem ist vermutlich alles staubig und verwahrlost.«

Das erste Mal an diesem Tag huschte ein Lächeln über Riccardas Gesicht. Es dauerte nur einen Moment, aber der reichte aus, um zu erkennen, wie gut die mittlerweile Vierzigjährige trotz allem noch aussah.

»Du denkst, ich wäre Besseres gewohnt?«, erwiderte sie provozierend.

»Ich denke, du hast Besseres verdient«, antwortete er aufrichtig.

Seine liebevolle Art rührte die Frau, die ihm schnell

den Rücken zukehrte. Jetzt war nicht der Augenblick für Schwäche.

»Ich werde zurechtkommen«, entgegnete sie daher mit Nachdruck, drehte den Schlüssel und drückte die Klinke nach unten.

Das Metall gab, ohne zu quietschen, nach. Eine Erinnerung überkam Riccarda. Das war die Tür, die damals offen gestanden hatte. Deshalb war der Mann vom Sicherheitsdienst auch aufmerksam geworden, hatte das Grundstück betreten und sie und Kuno Seilers Leiche gefunden.

»Sie haben Herrn Seiler die Gartentür geöffnet, er trat ein und danach vergaßen Sie, die Tür wieder zu schließen. War es nicht so?«, hatte der leitende Beamte gefragt. Riccarda war nicht imstande gewesen, sich zu erinnern. Für einen Augenblick verharrte sie in ihrer Bewegung.

Leander hinter ihr sagte behutsam: »Lass uns zu mir fahren«, woraufhin sie jedoch den Kopf schüttelte.

»Nein, kommt nicht infrage.« Mit einem tiefen Atemzug schritt Riccarda durch die Tür. Sie war wieder zu Hause.

* * *

»Da steht ein Wagen vor dem Tor der Meiner-Villa«, begrüßte Hedwig Ächter ihr Gemeindemitglied Anke Seiler. Es hatte sich im Laufe des Vormittags herumgesprochen, dass Riccarda Meiner entlassen worden war. Die Behörden hatten sich zwar um Vertraulichkeit bemüht, aber die heutige Presselandschaft und die sozialen Medien machten es unmöglich, so eine Nachricht unter dem Deckel zu halten.

»Es wird wieder von vorne losgehen«, seufzte Anke

Seiler. »Die Presse, die alten Wunden, die Menschen, die mich bedrängen.«

Hedwig Ächter, die als Pfarrerin der Glaubensgemeinschaft fungierte, trat vor Anke und sprach einen Segen. »Er wird dich sicher durch diese Zeit bringen. Bleib fest in deinem Glauben zu ihm und vertraue auf deine Brüder und Schwestern in der Gemeinschaft.«

»Du hast recht.« Anke versuchte ein Lächeln. »Aber Vergebung fällt mir schwer und wie soll ich je vergessen, wenn man uns nicht in Ruhe lässt?«

Als wollte man ihre Worte unterstreichen, erklang plötzlich lautes Hupen. Automatisch ging Anke zum Fenster. Ihr mehrstöckiges Haus war wie die meisten Villen im Viertel von einer hohen Mauer umgeben, sie konnte daher nichts sehen. Kurz haderte sie mit sich, dann nickte sie Hedwig zu. »Ich werde mich der Sache stellen müssen. Vermutlich sind die Reporter bereits vor der Tür. Ich beantworte ihre Fragen und danach werde ich versuchen zur Ruhe zu kommen.«

Anke warf im Flur einen kurzen Blick in den Spiegel. Sie war tadellos frisiert und ihre Kleidung geschmackvoll gewählt. Sie hatte sich vorbereitet. Endlose Interviews, Trauben von Reportern, die sie belagerten, Bilder in Zeitungen und im Internet, untertitelt mit Sätzen wie: »die trauernde Witwe, am Boden zerstört«, lagen hinter ihr. Vor sieben Jahren hatte sie erfahren, was es hieß, in der Öffentlichkeit zu stehen. Es war eine schwere Lektion gewesen, aber sie hatte gelernt. Dieses Mal traf sie der Rummel um ihre Person nicht unerwartet, sie würde schon Philippa zuliebe so souverän wie möglich dem Unausweichlichen begegnen.

* * *

Riccarda ging langsam über den grünen Rasen. Für Anfang Mai war es ungemütlich nasskalt. Sie hatte dieses Wetter nie gemocht, aber jetzt sog sie ganz bewusst den Duft der feuchten Erde unter ihren Füßen ein. Auch das Gras roch intensiv, alles wirkte lebendig. Ihr Blick wanderte zum Pool. Eine blaue Plane deckte ihn ab, die Liegestühle waren übereinandergestapelt, so wie immer, wenn die Badesaison noch nicht begonnen hatte.

»Was hat das zu bedeuten?«, entfuhr es Riccarda, der plötzlich bewusst wurde, dass etwas nicht stimmte.

Leander sah sie fragend an, folgte dann ihrem Blick und zuckte mit den Schultern. »Wieso, was ist los?«

»Der Rasen ist gemäht, das Schwimmbecken abgedeckt, scheint, als wäre die Villa bewohnt.«

Ihr Begleiter entgegnete gelassen: »Vermutlich hat sich Xaver darum gekümmert. Ist doch nett von ihm.«

Riccardas Lippen verzogen sich und gaben ein gehässiges »Pah!« von sich. »Dieser Versager war noch nie nett. Ist er immer noch so fett wie früher?«

Auch das hat sich nicht geändert, dachte Leander. *Riccarda besitzt neben dem guten Aussehen immer noch ihre Grausamkeit.*

»Denkst du nicht, dass mittlerweile ein guter Zeitpunkt ist, das Kriegsbeil zu begraben? Xaver ist immerhin dein Bruder. Er hat sich, während du fort warst, um die Firma gekümmert.«

Sie rollte mit den Augen. »Verschone mich mit deiner Naivität, Leander. Der Fette hat das nicht für mich getan, sondern nur für sich und seine geldgeile Gattin.«

Ihr Cousin verzog missbilligend das Gesicht, kommentierte ihre Schimpftirade jedoch nicht, sondern sagte: »Wir sollten hineingehen, es wird kalt.«

Sie betraten das Haus über eine Hintertür. Auch

dafür fand Riccarda sofort den richtigen Schlüssel. Wie zu erwarten, war nicht nur der Garten in einwandfreiem Zustand. Die Küche roch nach Putzmittel, die Oberflächen glänzten. Nur der ausgeschaltete Kühlschrank mit der offen stehenden Tür deutete darauf hin, dass das Haus momentan nicht bewohnt wurde.

Riccarda schnüffelte, es roch nach Zigarettenrauch.

Auch Leander hob den Kopf, und seine Nasenflügel bebten leicht. »Da ist jemand«, flüsterte er, »vielleicht sollten wir die Polizei rufen.«

Fassungslos blickte ihn seine Cousine an, zog dann die Augenbrauen hoch und ging mit ausladenden Schritten Richtung Wohnzimmer.

Meike Sommer blätterte wie gewöhnlich in einem Modejournal, in dem Frauen, die doppelt so groß wie Meike waren und ein Drittel ihres Körpergewichts mit sich herumtrugen, Kleider präsentierten, die weder bezahl- noch tragbar waren. Trotzdem genoss es die Achtundvierzigjährige, ihre Pause auf diese Weise zu verbringen. Eine Tasse schwarzen Kaffee, eine Zigarette, die Füße hoch, die Pantoffeln abstreifen und eine Zeitschrift auf dem Schoß.

So stieß dann auch Riccarda Meiner auf Meike Sommer.

»Sie?«, schrie Riccarda außer sich, als sie ihre Haushälterin von damals erkannte. »Was tun Sie in meinem Haus?« Ihre Stimme überschlug sich und ihre bedrohlichen Gebärden ließen Leander reagieren.

Er wollte sie am Arm fassen und zurückhalten, aber Riccarda schüttelte ihn einfach ab und ballte die rechte Faust.

Meike Sommer war sofort auf den Füßen und glaubte, einen Albtraum zu erleben. Wieso war Riccarda hier? Sie müsste doch noch für zwei Jahre im Gefängnis sitzen, niemand hatte Meike etwas gesagt, niemand hatte sie vorgewarnt. Ihr Herz raste und wie ein gehetztes Tier dachte sie nur noch an Flucht. Ohne lange zu überlegen, sprang sie auf und rannte zur Tür. Sie war nicht imstande, sich gegen Riccarda zu stellen und zu erklären, dass man sie dafür bezahlte, das Haus zu putzen und in Schuss zu halten. Geschweige denn darauf hinzuweisen, dass Xaver Meiner sie dafür angestellt hatte und dass ihr Hiersein völlig rechtens war.

Auf Strümpfen floh sie durch die Vordertür über die Wiese zum Ausgang. Riccarda eilte hinter ihr her. Sie stieß immer noch Beschimpfungen und Drohungen aus. Meike Sommer trat außer Atem vor das Haus und lief direkt einer Gruppe Journalisten in die Arme.

»Sie ist verrückt geworden«, stammelte sie, ohne dass man ihr eine Frage gestellt hätte.

Das hatte denselben Effekt wie ein fleischbehangener Knochen, den man einer ausgehungerten Meute Wölfe hinwarf. Die Reporter stürzten sich regelrecht auf die Frau, jemand rief: »Sie sind doch die Haushälterin von damals?«, ein anderer versuchte sachlich zu wirken, als er fragte: »Haben Sie nicht vor sieben Jahren gegen Ihre Arbeitgeberin ausgesagt?«

Meike hatte nicht die Zeit, zu antworten, denn im nächsten Augenblick erschien Riccarda.

Leander, ein Stück hinter den Frauen, sah das Aufblitzen der Fotoapparate, hörte das Rufen der Menge und wusste, dass seine Cousine gerade dabei war, einen Fehler zu begehen. Als er die Frauen erreichte, war es bereits zu spät.

»Sie haben damals gelogen, ist es nicht so? Sie eifersüchtige, missgünstige Kuh!«, klagte Riccarda ihre Haushälterin vor laufenden Kameras an.

Meike Sommer, bleich, offenbar unter Schock, schaute unsicher in die Gesichter, die alle wie gebannt auf die Antwort warteten. Sie wirkte überrumpelt und für eine winzige Sekunde sah es so aus, als hätte sie etwas zu gestehen, aber schon im nächsten Augenblick änderte sich ihre Haltung. Der verwirrte Blick verschwand, sie drückte den Rücken durch, hob das Kinn und zischte boshaft: »Sie haben bekommen, was Sie verdienten, mehr gibt es dazu nicht zu sagen.«

Riccarda, die von Leander dieses Mal mit festem Griff zurückgehalten wurde, konnte sich nicht beherrschen und brüllte: »Sie elende Lügnerin, Sie werden ebenfalls bekommen, was Sie verdient haben.«

* * *

Anke Seiler stand auf der anderen Straßenseite, sie hatte genug gesehen und vermutlich würde bald die halbe Republik darüber informiert sein.

Hinter sich hörte sie Philippa sagen: »Man sollte sie sofort wieder einsperren, Riccarda Meiner ist gemeingefährlich.«

»Vermutlich ist sie nur verzweifelt.«

»Warum denn? Sie ist frei, das ist ungerecht«, sagte Philippa hart.

»Ja, aber die Menschen wissen trotzdem, was sie getan hat, und das ist womöglich mehr Strafe, als in einem Gefängnis zu sitzen.«

»Du hast recht«, erwiderte die Jüngere. »Jedermann hasst sie und wenn die Menschen sehen, wie sie sich eben gegenüber der armen Frau verhalten hat, wird man sie noch mehr verachten.«

Anke nickte und auf dem Gesicht ihrer Tochter erschien ein zufriedenes Lächeln.

* * *

Im Haus von Xaver und Benita Meiner

Benita saß auf der Couch und schwenkte ein Glas Limettenwasser Richtung Fernseher.

»Willkommen zu Hause, Riccarda«, prostete sie dem Bildschirm zu und verfolgte mit einem ärgerlichen Blick erneut die Szene zwischen ihrer Schwägerin und der Haushälterin Meike Sommer.

Dann leerte sie ihr Glas, stand auf und sah nachdenklich aus dem Fenster. Sie hatte bereits mit Xaver telefoniert.

»Wusstest du, dass sie heute rauskommt?«, hatte sie ihren Mann angefahren.

»Natürlich nicht, eben erst erfahren, schöne Scheiße«, war seine Antwort gewesen, und dann waren ein großes Lamento und Selbstmitleid gefolgt.

Das Jammern war typisch für Xaver, ihm fehlte einfach der Biss, und zwar in jeder Hinsicht. Wenn Xaver nach Hause kam, dann um zu essen, zu trinken und zu schlafen. Morgens duschte er, trank und aß erneut und verschwand dann wieder für den Rest des Tages. Benita verbrachte währenddessen angenehme Stunden, gab sein Geld aus, das er ihr großzügig zur Verfügung stellte, und musste nicht einmal eine Gegenleistung dafür erbringen. Sie schliefen schon lange in getrennten Zimmern, weil Xaver schnarchte. Er hätte abspecken müssen, zumindest forderte das der Hausarzt, aber Benita hatte es längst aufgegeben, ihm eine Diät aufzuzwingen. Nicht dass sie ihren Mann nicht mochte, aber von einer Liebe, die endlose Diskussionen über Gesundheitsprogramme rechtfertigen würde, konnte man auch nicht gerade sprechen. Zugegeben, von dem Chef eines pharmazeutischen Unternehmens würde man vielleicht mehr Einsicht erwarten, aber Xaver hatte viel Stress und Verantwortung, und sein Ausgleich dafür waren eben Schweinshaxen und Mettbrötchen. Die Zweiundvierzigjährige verzog wütend das Gesicht. Ohne Riccarda war alles gut gelaufen, jetzt würde ihnen eine schwere Zeit bevorstehen, das konnte sie spüren.

Das Telefon klingelte.

Eine Angestellte informierte Benita darüber, dass erneut Frau Meike Sommer am Apparat sei.

»Sagen Sie ihr, mein Mann ist noch nicht zurück, er wird sich bei ihr melden.« Sie seufzte. »Wir hätten die Frau damals entlassen sollen.« Warum ihr Mann ein horrendes Gehalt dafür bezahlte, dass jemand das leer stehende Haus seiner Schwester putzte, hatte sie sowieso nie verstanden. Andererseits hatte Riccardas Gefängnisaufenthalt alles zum Besseren gewendet, und Meike Sommers Aussage war dabei sicherlich hilfreich gewesen.

Sie ging zurück zum Tisch und schenkte sich ein weiteres Wasser ein. Benita fürchtete nicht den Skandal, im Gegenteil, die mordlustige Schwägerin machte sie für die Münchner Gesellschaft interessant. Viel problematischer war die Frage, was Riccardas Rückkehr für die Firma bedeutete.

»Wenn sie versucht, uns aus dem Unternehmen zu

drängen«, sagte sie leise zu sich selbst, »dann Gnade ihr Gott.«

* * *

Am Abend in Riccarda Meiners Villa

Riccarda zappte durch die Sender. Sie hatte ihr eigenes Gesicht heute bestimmt zwanzig Mal im Fernsehen gesehen. Es war ein Schock gewesen. Unwillkürlich fuhr sie sich mit der Hand über die Narbe, die von ihrem linken Auge Richtung Ohr verlief. Sie hatte sie schon beinahe vergessen. Im Scheinwerferlicht der Reporter kam sie jedoch besonders gut zur Geltung.

Eine Mitleid heuchelnde Fernseh-Moderatorin sagte gerade: »Riccarda Meiner hatte alles. Die Welt lag ihr zu Füßen. Schön, reich und am Ende im Knast.«

Wütend schleuderte Riccarda die Fernbedienung auf die Couch. Leander hatte recht gehabt, es war ein Fehler gewesen, in die Villa zurückzukommen. Sie spürte Selbstmitleid in sich aufkeimen. Wie ein Infekt, der sich langsam anschlich und die Schleimhäute mit Viren überzog, begann sich in Riccardas Geist das Gefühl auszubreiten, dass alles sinnlos wäre. Sie hatte in der Vergangenheit oft mit dem Gedanken gespielt, ihr Leben zu beenden. All die Sprüche über den tiefen Fall, der einen nur stärker machte, über Fehlschläge, die Kraft gaben, und über sich schließende Türen, die andere öffneten, ermüdeten sie. Mitunter gab es eben keinen Ausweg. Und doch hatte sie weitergemacht. An manchen Tagen gehofft, dass die Erinnerung zurückkommen würde, an anderen gebangt, weil sie die Wahrheit gar nicht mehr wissen wollte. Ihr Blick wanderte zum Barschrank. Während im Hintergrund Meike Sommer über den Bildschirm flimmerte und bereitwillig alle Fragen der Moderatorin beantwortete, schob Riccarda die Türen des Möbels auf. Sorgsam abgestaubte Flaschen standen darin: Scotch, Cognac, sogar noch eine volle Flasche Tequila. »Nein, nein, nein«, rief sie plötzlich voller Wut. »Deshalb bin ich nicht hier, ich brauche einen klaren Verstand.« Sie sah wieder zum Bildschirm.

»Das ist meine kleine Festung«, säuselte Meike Sommer in das Mikrofon, während ihr das Fernsehteam folgte. Die Kamera fing ein Häuschen mit Garten ein, alles sehr bieder, sogar die obligatorischen Gartenzwerge fehlten nicht.

»Ich wohne jetzt seit sieben Jahren hier.« Meike Sommer nannte sogar den Namen der Straße, und Riccarda kam in den Sinn, dass diese Wohngegend für eine Haushälterin ziemlich kostspielig war. Nun sah sie doch genauer hin. Das Haus war nicht besonders groß, eingeschossig, aber gepflegt und frei stehend. Vielleicht fünfzig oder sechzig Quadratmeter. Die Fenster waren vergittert und auch die Haustür entsprach modernsten Sicherheitsbestimmungen.

»Da hat wohl jemand Angst«, kommentierte sie die Bilder gehässig. Die Inneneinrichtung ließ für Riccardas Geschmack zu wünschen übrig. »Kitschig und überladen, reich bist du also nicht geworden«, stellte die Frau vor dem Fernseher nachdenklich fest.

Die Kamera machte einen Schwenk auf die Haushälterin, die jetzt in einem Sessel saß, der mit einer Schutzdecke überzogen war. Meike Sommer gab sich wie eine Königin bei einer Audienz, während sie die dämlichen

Fragen beantwortete, die letzten Endes alle Riccarda Meiners Person betrafen.

»Du wirst ihnen natürlich wieder brühwarm deine Lügen über mich erzählen«, ging das Selbstgespräch weiter, bevor ein Klingeln Riccarda unterbrach.

Sie schloss für einen Augenblick die Augen, atmete tief durch und zupfte eine Haarsträhne über ihre linke Gesichtshälfte, um die Narbe zu verdecken. Erst dann betätigte sie die Gegensprechanlage.

»Ich bin es«, hörte sie seine Worte.

Er klang nervös, aber auch ungeduldig, und sie war zufrieden, obwohl sie vermutlich zu viel in diesen verzerrten Satz aus dem Lautsprecher hineininterpretierte.

»Ich öffne das Tor, du solltest lieber drinnen parken.«

Sie glaubte, ihre Stimme würde sich fremd anhören, und plötzlich hatte sie das zweite Mal an diesem Tag das Gefühl, einen Fehler zu begehen.

* * *

Holger Wahl hätte absagen können. Niemand zwang den Dreiundvierzigjährigen, am späten Abend bei seiner Ex-Freundin aufzutauchen, nachdem jene aus dem Gefängnis entlassen worden war. Aber da diese Begegnung nun einmal unvermeidlich sein würde, machte es keinen Sinn, sie aufzuschieben.

Riccarda öffnete ihm die Haustür, und für einen kurzen Moment war es so, als wären nicht sieben Jahre vergangen, sondern nur wenige Stunden, seit ihrem letzten Zusammentreffen. Er erinnerte sich an Einzelheiten. Die Beziehung mit Riccarda war nicht einfach gewesen. Es hatte viel Streit gegeben, vor allem, wenn sie getrunken hatte. Launen, Stimmungsschwankungen und ständig stand die Firma im Mittelpunkt. Im Nachhinein ergab das natürlich alles einen Sinn. Riccarda hatte den Druck nicht mehr ausgehalten, war psychisch labil geworden und litt an einer Art manisch-depressiven Erkrankung, zumindest waren das die Aussagen des Gutachters bei der Verhandlung gewesen.

»Du siehst gut aus«, unterbrach sie seine Gedanken und trat einen Schritt zurück. Damit ersparte sie ihm die Entscheidung, wie er sie begrüßen sollte. Offensichtlich wollte sie keine Umarmung.

Sie ging voraus Richtung Wohnzimmer und fragte beiläufig: »Kann ich dir etwas anbieten?«

»Nein danke«, stammelte Holger, der ihr eigentlich sagen wollte, dass sie ebenfalls gut aussehe, aber den richtigen Moment verpasst hatte und sich jetzt dumm vorkam.

Sie erreichten den großen Raum mit Blick auf Pool und Garten, und Riccarda bat ihren Gast, Platz zu nehmen. »Du kannst dir sicher denken, warum ich dich hergebeten habe?«

Holger setzte sich, darum bemüht, lässig zu wirken, und antwortete: »Ich vermute, du erwartest eine Erklärung von mir.«

Sie hob überrascht die Augenbrauen und blickte ihn fragend an.

Jetzt war er endgültig verunsichert und sagte zögernd: »Ich soll dir nicht erklären, warum ich dich nicht besucht oder dir geschrieben habe? Und warum ich heute mit Trisha verheiratet bin?«

Riccardas Brauen hoben sich bei dem Namen Trisha noch ein Stück weiter, aber sie schwieg.

»Ich meine, du hast natürlich das Recht auf eine

Antwort.« Er starrte auf seine Knie, ganz offensichtlich war er von den Worten, die nun folgten, nicht überzeugt. »Du hast diesen Mann getötet und damit uns und unsere Zukunft zerstört.« Es klang aufgesagt. »Ich war wütend und fand damals nicht, dass ich dir eine Erklärung schuldig wäre. Das mit Trisha hat sich dann einfach ergeben.«

»Du hast mich also für schuldig gehalten«, entgegnete Riccarda leise und beobachtete genau die Reaktion ihres Gegenübers.

»Gab es daran denn je einen Zweifel?«, erwiderte er hart. Sich bewusst werdend, dass er zu weit gegangen war, lenkte er schnell ein: »Aber du hast deine Strafe abgesessen und ich nehme an, das war nicht leicht. Was mich angeht, gehört alles, was damals geschehen ist, der Vergangenheit an.«

Ob er immer schon so oberflächlich war?, fragte sich Riccarda im Stillen.

Plötzlich änderte sich ihr Bild von Holger, das sie all die Jahre in ihren Erinnerungen hatte. Er war nicht länger der bemühte Typ, der ihr zumindest eine Zeit lang zur Seite gestanden hätte, sondern ein Fähnchen im Wind. Ein Mitläufer, der seine Loyalität an den Meistbietenden verkaufte. Es würde spannend werden, herauszufinden, wie er zu seiner Ehefrau Trisha stand.

Die Gesprächspause dauerte an. Riccarda spielte mit einer goldenen Kette, die sie um den Hals trug, und wirkte, als hätte sie die Anwesenheit ihres Ex-Freundes völlig vergessen.

»Schöne Kette«, sagte der nun, um das peinliche Schweigen zu beenden.

Sie schreckte auf. »Die Zeit im Gefängnis hat mich, was gesellschaftliche Etikette angeht, etwas einrosten lassen«, erklärte sie und ließ die Kette los. »Das ist ein Amulett des heiligen Leonhard, der Schutzheilige der Gefangenen.«

»Oh«, war alles, was Holger dazu einfiel.

Sie überging sein Unvermögen, darauf vernünftig zu reagieren, und richtete sich etwas auf. »Aber ich habe dich nicht hergebeten, um über solche Dinge zu sprechen. Ich will wissen, wie es um die Firma steht.«

»Denkst du nicht, das ist noch zu früh?«

»Wieso sollte das zu früh sein?« Sie lächelte. »Es geht ja nicht darum, dass ich nach einem schlecht verheilten Oberschenkelhalsbruch zum Skifahren möchte.« Ihr Ton änderte sich. Nicht mehr so freundlich und mit hörbarer Ungeduld fuhr sie fort: »Ich war ein paar Jahre nicht hier, jetzt bin ich zurück und frage nach dem Zustand meines Eigentums. Du bist doch noch der Leiter der Finanzabteilung von Meiner-Pharmazeutika?«

»Ja, natürlich. Xaver hat mich damals gebeten zu bleiben, ich ...«

»Na also«, unterbrach ihn Riccarda. »Dann würde ich jetzt gerne von meinem Leiter der Finanzabteilung erfahren, wie es meinem Unternehmen geht. Es sei denn, du hast vor, dir einen anderen Job zu suchen.«

KAPITEL DREI

Am späten Abend

Meike Sommer war überaus zufrieden mit sich. Der Tag war mit all den Presseleuten, die sie wie einen berühmten Star behandelt hatten, ein Traum gewesen. Sogar eine Maskenbildnerin hatte sie geschminkt und ihr die Haare frisiert. Ihre Freundinnen würden vor Neid platzen.

Zu guter Letzt hatte auch noch Xaver Meiner angerufen und ihr versichert, dass er sich um sie kümmern werde. Schließlich konnte sie ja unmöglich in die Villa zurückkehren. Bei dieser Verrückten würde sie gewiss nicht arbeiten. Alles war somit geklärt und lief hervorragend. Meike Sommer füllte sich erneut ein Glas Enzianlikör ein und zündete sich eine Zigarette an. Die Flasche war schon gut geleert und der Aschenbecher quoll bereits über. Das war eigentlich nicht ihre Art, aber die Aufregung rechtfertigte die Maßlosigkeit.

Im Fernsehen sah sie voller Stolz sich selbst und ihr kleines Haus. Die teilweise spöttischen Kommentare der Moderatorin überging sie geflissentlich.

Das gehört eben zum Showbusiness, dachte sie gut gelaunt und trank erneut ihr Glas auf ex. Ihre Wangen waren dunkelrot und glühten, der Alkohol stieg ihr zu Kopf. Ein letzter tiefer Zug von der Zigarette, dann hievte sie sich aus ihrem Sessel und legte sich nach einer kurzen Katzenwäsche ins Bett. Morgen war schließlich auch noch ein Tag. Meike Sommer schlief sofort ein. Allerdings bescherte ihr die Nacht unangenehme Träume, denn auch dort wurde sie von Riccarda Meiners anklagendem Blick verfolgt.

Laut Statistik starben die meisten Brandopfer nicht durch die Flammen, sondern durch eine Rauchgasvergiftung. Die modernen Rauchmelder, die Meike Sommer in ihrem Haus hatte installieren lassen, schlugen wie zu erwarten an. Zwar erreichte der durchdringende Ton die schlafende Frau, aber der zuvor konsumierte Alkohol zögerte das Erwachen gefährlich hinaus. Als die ehemalige Haushälterin von Riccarda Meiner zu sich kam, spürte sie einen entsetzlichen Schmerz. Endlich riss sie die Augen auf und sah als Erstes den brennenden Ärmel ihres Schlafanzugs. Sie sprang aus dem Bett und spürte den heißen Boden unter den Fußsohlen. Feuer! Hektisch schüttelte sie ihren Arm, als könnte sie die Flammen dadurch löschen. Dann erst hatte sie die Geistesgegenwart, sich eines der Kissen zu schnappen und es auf den brennenden Ärmel zu drücken, um die Flammen zu ersticken. Das sollte ihr jedoch nur eine kurze Verschnaufpause verschaffen. Vor ihr tobte ein gewaltiges Feuer. Es versperrte den Weg zum Ausgang, sie saß in der Falle. Schon züngelte eine der Flammen in ihre Richtung. Sie rettete sich auf die Matratze und wimmerte. Plötzlich fiel von der Decke ein Stück brennendes Holz auf die Bettwäsche. Die Kunstfaser entzündete sich sofort und die kleinen Flammen wuselten wie tausend angriffslustige Käfer direkt in Meikes Richtung.

»Nein«, schrie die Frau außer sich und stürzte vom Bett. Sie schaute sich panisch um. Der Weg zum Flur war ihr versperrt, dort schossen die Flammen in die Höhe und bildeten eine lodernde Wand. Schnell drehte sie den Kopf und sah erleichtert das Badezimmer.

Die Tür stand offen, das Feuer hatte dort bereits gewütet, denn die Reste des Badvorlegers schwelten nur noch und ein brennender Stapel Handtücher schien langsam in sich zusammenzufallen und ebenfalls zu erlöschen. Sie stürmte los, ignorierte, dass ihre Fußsohlen am heißen Linoleum klebten und jeder Schritt ihre Haut verletzte, erreichte schließlich das Bad und schloss schnell die Tür hinter sich, um das Feuer auszusperren. Vom Duschvorhang war nur noch ein Klumpen verschmortes Plastik übrig. Ein kleines Feuer im Mülleimer konnte sie mit den Resten eines Bademantels ersticken, nur die Glut leuchtete noch in tiefem Orange. Eine Weile verharrte sie, völlig unter Schock stehend, regungslos in dem kleinen Raum, dann jedoch wurde der Rauch immer dichter und die Luft schneidend. Meike, die sich zu schützen versuchte, indem sie ihr Oberteil über Mund und Nase zog, musste stark husten. Waren ihr die gekachelten Quadratmeter anfangs wie eine Rettungskapsel erschienen, entpuppten sie sich langsam als Todeszelle.

Das Badfenster, schoss es ihr durch den Kopf.

Im gleichen Augenblick fielen ihr die Gitter ein, die an der Außenmauer verschraubt waren und diesen Fluchtweg versperrten. Unwillkürlich kamen ihr Riccarda Meiner und das Wort »Strafe« in den Sinn. Außerdem das Gefühl, jetzt selbst in einem Gefängnis zu sitzen. Erneut wurde die Frau von einem heftigen Hustenanfall geschüttelt. Im Nebenraum stürzte ein Teil der Decke ein. Sie hatte Glück gehabt, vermutlich hätten sie die Balken in diesem Moment unter sich begraben.

Allerdings fehlte es hier im Badezimmer an ausreichend Sauerstoff. Qualm und Hitze erfüllten den Raum immer stärker. Schweißtropfen lagen auf dem geröteten Gesicht der Frau, ihr verletzter Arm und die Fußsohlen schmerzten und sie befürchtete, qualvoll ersticken zu müssen.

»Ich werde hier nicht sterben«, bäumte sie sich gegen das Unvermeidliche auf. »Ich brauche nur etwas Luft.« Sie bildete sich ein, Sirenen direkt vor dem Haus zu hören, die Rettung war also nah. Sie würde durchhalten. Mühsam bewegte sie sich zum Fenster, das Atmen schien ihr bereits jetzt unerträglich. Mit einer schnellen Bewegung drehte sie den heißen Griff und riss das Fenster auf. In der Sekunde, in der der frische Sauerstoff auf das im Raum verteilte Rauchgas traf, kam es zu einer gewaltigen Explosion. Wie eine riesige geballte Faust sauste die Feuerwalze in Meike Sommers Richtung und riss sie mit. Die Frau stand augenblicklich in Flammen. Innerhalb von wenigen Minuten löste sich alles, was den Menschen Meike Sommer einst ausgemacht hatte, im Feuer auf. Die Hitze verdampfte Gewebe und Organe, verschmolz Kleidung mit Haut und verwandelte Haare in Asche. Auch wenn der Herzstillstand den Tod schnell herbeiführte, waren die wenigen Sekunden, bis er eintrat, schmerzhaft und qualvoll, gleich einer Folter von unvorstellbarer Grausamkeit.

* * *

Am nächsten Morgen

Hauptkommissar Jens Stutter betrat das Büro seines Vorgesetzten mit gemischten Gefühlen. Er hatte gerade erst einen schwierigen Fall abgeschlossen, war eigentlich urlaubsreif und hatte sich fest vorgenommen auszuspannen. Gleichzeitig widerstrebte ihm das jedoch auch. Der Einundfünfzigjährige schien mittlerweile verlernt zu haben, Freizeit zu genießen, und fragte sich, ob er sich deshalb Sorgen machen musste. An den Gesichtern der Anwesenden erkannte er jedoch sofort, dass er für Gedanken dieser Art vorerst keine Zeit haben würde.

»Stutter«, sagte der Mann hinter dem Schreibtisch erleichtert, »gut, dass Sie da sind.«

Damit stand es fest: Er hatte einen neuen Fall.

Eine Stunde später telefonierte der Hauptkommissar mit Jasmin Nau. Sie hatte ihren Urlaub bereits angetreten und er fragte deshalb behutsam: »Wie geht es dir?«

Seine vierunddreißigjährige Kollegin, die vor Kurzem zur Oberkommissarin befördert worden war, wurde sofort misstrauisch und wich einer Antwort aus, indem sie fragte: »Warum?«

»Die schicken mich nach München«, entgegnete er.

»Ein Fall?« Sie klang aufgeregter, als sie beabsichtigt hatte.

Ihr fiel die Decke auf den Kopf, sie wusste nichts mit sich anzufangen, außer über ihr verkorkstes Privatleben nachzugrübeln, und war daher für jede Ablenkung dankbar. Natürlich gab es da die vielen Geheimnisse ihres Ex-Mannes, die mittlerweile ans Licht gekommen waren, aber wieso sollte sie sich damit auseinandersetzen?

»Sieht so aus«, antwortete ihr Stutter knapp.

Sie hörte sein Seufzen.

»Ich möchte dich nicht aus dem Urlaub zurückbeordern, ich weiß ...«

Noch bevor er weitersprechen konnte, rief sie schnell: »Oh bitte, tu es, beordere mich zurück. Ich halte es zu Hause kaum aus.«

Er lachte auf. »So schlimm?«

»Schlimmer«, gab sie scherzend zu.

»Ich könnte jemand anderen anfordern«, stichelte er.

»Untersteh dich«, drohte sie belustigt. Dann wurde sie ernst. »Denkst du, es stimmt etwas nicht mit mir?« Sie zögerte. »Ich meine, es ist doch nicht normal, dass man Mord und Totschlag einem Urlaub vorzieht.«

Sie hörte ihn geräuschvoll ausatmen. »Dann sind wir beide nicht normal«, gab er ehrlich zu. »Aber vielleicht fühlen wir uns einfach am wohlsten, wenn wir dazu beitragen können, die Welt ein wenig besser zu machen.«

»Das klingt sympathischer als ›hoffnungsloser Workaholic‹«, erwiderte sie und wechselte schnell das Thema: »Was ist das für ein Fall?«

»Sagt dir der Name Riccarda Meiner etwas?«

Jasmin stieß einen Pfiff aus. »Die tödliche Heilige? Natürlich sagt mir das etwas. Hat ihren Nachbarn umgebracht und dann auf Schuldunfähigkeit plädiert. Deren Anwälte haben versucht sie als Heilige hinzustellen, so bekam sie dann auch ihren Namen von den Medien. Das Gericht hat sie trotzdem verurteilt. Mein Gott, ihr Gesicht war damals in allen Zeitungen, eine gut aussehende Frau.«

»Sie ist raus«, entgegnete Stutter knapp.

»Schon? Das liegt doch höchstens fünf, sechs Jahre zurück«, reagierte Jasmin verblüfft.

»Sieben Jahre«, berichtigte er sie. »Riccarda Meiner

wurde wegen Totschlags zu neun Jahren verurteilt. Gute zwei Drittel der Strafe hat sie abgesessen, seit gestern ist sie auf Bewährung draußen und hatte bereits einen interessanten Fernsehauftritt.«

Jasmin ächzte am anderen Ende der Leitung. »Und ich hatte gestern ausgerechnet meinen Offline-Tag. Jetzt habe ich alles verpasst.«

Stutter berichtete ihr von der Szene zwischen Riccarda Meiner und der Haushälterin Meike Sommer.

»Nicht besonders klug, jemanden vor laufenden Kameras zu bedrohen, aber wozu brauchen die uns?«

»Weil Meike Sommer heute Nacht ermordet wurde.«

* * *

Im Haus von Xaver und Benita Meiner

Es war nicht ungewöhnlich, dass sich Xaver Meiner sein Essen hineinschaufelte. Seine Frau Benita, die an einem Knäckebrot kaute, hatte sich längst daran gewöhnt. Sie roch die gebratenen Eier mit Speck und musste wie so viele Male zuvor in ihren fünfzehn Jahren Ehe an sich halten, nicht selbst bei der Hausangestellten eine Portion der ungesunden Leckerei zu ordern. Aber sie blieb eisern, bedacht, ihre schlanke Figur nicht zu verlieren und neben dem übergewichtigen Xaver gut auszusehen.

Die Nachricht von Meike Sommers Tod hatte das Ehepaar am frühen Morgen erreicht. Die Polizei war da gewesen, und sie hatten sich beide bemüht, deren Fragen bezüglich Riccarda mit der gebotenen Zurückhaltung zu beantworten. Man konnte die eigene Schwägerin ja schlecht ganz offiziell in die Pfanne hauen. Benita hielt das auch nicht für nötig, denn das schaffte Riccarda ganz gut allein. Natürlich würde sie nach diesem Mord wieder ins Gefängnis wandern und die Aufregung war vorbei. Wenn Benita es recht bedachte, hätte es nicht besser laufen können.

Ohne jedes Mitgefühl sagte sie daher: »Jetzt brauchst du dir auch keine Gedanken mehr um diese Putzfrau zu machen.«

Xaver blickte auf. Rührei klebte ihm am Kinn und trotz der Serviette um seinen Hals hatte er einen Fleck auf dem Hemd nicht vermeiden können. »Wie meinst du das?«, fragte er irritiert.

Benita biss von ihrem Knäckebrot ab und kaute ohne Genuss darauf herum. Xaver fühlte Wut in sich aufsteigen. Er hasste dieses Geräusch, hasste es überhaupt, ihr beim Essen zuzusehen, verabscheute ihr Gestochere und Sortieren, als gelte es, die Speisen auf dem Teller nach Farben oder Größe zu ordnen. Aber am schlimmsten war dieses allmorgendliche Ritual mit dem Knäckebrot. Beim Kauen hatte sie die Angewohnheit, den Mund auf eine Art zu verziehen, die ihn auf die Palme brachte. Deshalb hatte er sich auch angewöhnt, seinen Teller schnellstmöglich zu leeren, um diesem Anblick zu entkommen.

Endlich griff sie zu ihrer Teetasse und spülte die trockenen Krümel die Kehle hinunter, bevor sie erklärte: »Na, wo hättest du die Frau denn unterbringen wollen? Ich fand deren Gehalt sowieso überzogen, du bist einfach zu gutmütig. Das steht einem Konzernchef nicht an.«

Xavers Magen rumorte bei ihren Worten. Sie sprach nicht unfreundlich und doch klang alles, was sie sagte, wie eine Maßregelung. Unbewusst griff er zu einem Croissant und tunkte es in die Soßenreste aus Ei und ausgelassenem Speck, bevor er es mit drei Bissen verschlang. Benita sah ihn deshalb missbilligend an.

»Ich muss in die Firma«, sagte er schließlich.

»Wechsle vorher noch das Hemd, du hast dich bekleckert. Ich denke nicht, dass Grund zur Eile besteht, deine Schwester sitzt vermutlich bereits wieder hinter den guten alten schwedischen Gardinen.« Sie lachte schrill auf und Xaver hätte sich in diesem Moment gewünscht, sie würde am nächsten Stück Knäckebrot ersticken. Aber er schwieg, schnappte sich ein Butterhörnchen für unterwegs und verließ, einen Abschiedsgruß murmelnd, das Esszimmer.

* * *

Im Bürokomplex von Meiner-Pharmazeutika

Für Xaver Meiner sollte der Ärger mit dem Verlassen seines Hauses nicht enden. Kaum dass er sich in seinen breiten Bürosessel hatte fallen lassen, betrat seine Sekretärin den Raum. Ihr Gesichtsausdruck verriet wie gewöhnlich nicht, was sie dachte. Frau Kleiber, die ihrem Chef gegenüber sehr loyal war, tat stets so, als wären ihr seine Schwächen fremd, auch wenn es sozusagen zu ihrer Stellenbeschreibung gehörte, ihn dabei zu unterstützen, sie vor anderen zu verbergen. Deshalb wiegelte sie unangenehme Anrufer ab, gelegentlich auch die Gattin des Chefs, versorgte ihn ausreichend mit Kohlenhydraten und Zucker, wenn er drohte, die Nerven zu verlieren, gab ihm dezent Hinweise, was den Umgang mit Kunden und Mitarbeitern betraf, und war alles in allem für Xaver Meiner unentbehrlich.

Er bezahlte sie gut, legte stets einen saftigen Bonus obendrauf und sie dankte es ihm mit Respekt und Verlässlichkeit. Auch heute war sie ganz Herr der Lage, als sie nun die Postmappe vor ihn legte und wie nebenbei sagte: »Die Pforte hat angerufen. Ihre Schwester ist auf das Gelände gefahren, vermutlich bereits auf dem Weg nach oben. Möchten Sie vielleicht jetzt schon Ihren täglichen Rundgang durch die Produktionshalle starten?«

Das war Frau Kleibers Art, ihm vorzuschlagen, einfach zu flüchten.

Geschockt blickte Xaver die Frau an. »Riccarda ist hier?«

Sie nickte und rückte die Verpackungsmuster für die neuen Vitamintabletten auf seinem Schreibtisch zurecht.

Xaver verlor kurz die Fassung, kam ins Schwitzen und verspürte den Drang nach einer Portion Weißwürste mit süßem Senf. »Gott, ich dachte, man hätte sie längst verhaftet«, stieß er gepresst hervor.

Frau Kleiber wirkte irritiert und er erklärte: »Meike Sommer wurde letzte Nacht ermordet. Ein Feuer«, fügte er noch an und erinnerte sich daran, dass die Polizisten am Morgen davon gesprochen hatten, dass die Presse bisher noch nicht informiert worden sei.

Meiners Sekretärin hielt sich die Hand vor den Mund. Eine Geste, die man von ihr erwartete, unwahrscheinlich, dass sie eine solche Meldung aus der Fassung bringen konnte. Ihr nüchterner Vorschlag, den Firmenanwalt zu rufen, um die Rechtslage zu überprüfen, war ein Beweis dafür, dass sie stets einen kühlen Kopf behielt.

Xaver zögerte, war versucht, genau das zu tun, entschied sich dann aber anders. Das Letzte, was er jetzt gebrauchen konnte, war ein Tumult in der Firma. »Nein«, sagte er deshalb entschlossen. »Wir werden erst einmal abwarten, was sie will, aber schicken Sie mir Holger.« Er verbesserte sich: »Herrn Wahl, ich möchte, dass er dabei ist.«

»Herr Wahl hat angerufen«, gab Frau Kleiber zurück. »Er kommt heute später, eine Magenverstimmung.« Sie sagte sonst nichts, aber die Worte »komischer Zufall« schienen ihr auf die Stirn geschrieben zu sein.

Derweil betrat Riccarda Meiner den Eingangsbereich des Unternehmens. Ihr Cousin Leander, der sie gefahren hatte, fühlte sich unwohl. Alle starrten sie an. Verhaltenes Grüßen, kurzes Kopfnicken und betretenes Schweigen waren die Reaktionen auf ihr Erscheinen.

Riccarda hatte eines ihrer alten Kleidungsstücke ausgewählt. Sie hatte sich für ein schwarzes, zeitloses Kostüm entschieden, das noch in ihrem Schrank gehangen hatte. Früher hätte sie nie etwas angezogen, das schon so lange nicht mehr in Mode war, aber an eine Einkaufstour konnte sie vorerst nicht denken. Überrascht hatte sie vor dem Spiegel festgestellt, dass ihr das Teil eine Nummer zu groß war. Das Gefängnis hatte sie mager werden lassen und blass. Trotzdem hatte sie es geschafft, dass Leander ein anerkennendes »Donnerwetter« ausstieß, als er sie gegen Mittag frisch gestylt von der Villa abholte.

Riccarda gab sich selbstbewusst, tatsächlich empfand sie vor allem Wut. Immerhin besaß sie die Mehrheit an dem Unternehmen, sie hatte diese Firma geleitet, nach dem Tod des Vaters an die Spitze gebracht und vergrößert. Alle, die hier in der Halle herumlungerten, waren ihre Angestellten, von ihr abhängig und doch benahmen sie sich so, als wäre sie ein Eindringling.

Es war an der Zeit, die eigene Macht zu demonstrieren, deshalb schnauzte sie in die Runde: »Wer ist für die Gestaltung des Besucherbereichs zuständig?«

Hinter dem Tresen der Anmeldung erhob sich eine junge Frau. »Die Marketingabteilung in Abstimmung mit Herrn Meiner.«

Riccarda betrachtete die Angestellte, die sich als Einzige getraut hatte, das Wort an sie zu richten.

»Und Sie sind?«, fragte sie scharf.

Die andere schien nicht eingeschüchtert, sondern stellte sich vor.

»Gut«, antwortete ihr Riccarda. »Ich habe den Eindruck, dass Sie über gesunden Menschenverstand verfügen. Was sehen Sie, wenn Sie als Besucher das erste Mal dieses Gebäude betreten?«

Die Frau wurde nervös, wusste nicht, ob man sie testen oder vorführen wollte, sagte dann aber ruhig: »Einen Eingangsbereich mit Sitzplätzen für Besucher, nichts weiter.«

Riccarda gab sich zufrieden. »So ist es, nichts weiter.« Ihr Tonfall wurde ungeduldig. »Wir sind ein Pharmaunternehmen, wir produzieren und vertreiben, wo also sind die Produkte? Das Erste, was ein Besucher sehen will, ist die Ware. Hier fehlt alles. Ich möchte überdimensionale Schachteln unserer Top-Seller, digitale Präsentationen, interaktive Infoterminals.« Sie hielt inne, seufzte und sagte laut: »Höchste Zeit, dass ich das Zepter wieder in die Hand nehme.« Damit rauschte sie, Leander im Schlepptau, Richtung Fahrstühle.

Xaver Meiner griff zum Hörer, als das Telefon klingelte.

»Sie kommt«, warnte ihn Frau Kleiber und legte auf.

Eine Minute später wurde die Tür seines Büros aufgerissen und Riccarda trat ein.

Ihr Blick sprach Bände. Zufrieden stellte sie fest, dass er in den letzten sieben Jahren noch dicker geworden war.

»Sag mir nicht, dass das, was ich da um deine Hüften sehe, ein Kummerrand ist, angefressen, weil deine geliebte Schwester im Knast saß.«

»Der entstand bei dem Gedanken, dich eines Tages wiedersehen zu müssen«, konterte Xaver. Er ging sogar noch weiter und rief gespielt erschreckt: »Oh, das wird dich doch hoffentlich nicht in Rage versetzen. Ich will keinesfalls eine von dir übergebraten bekommen, so wie der arme Kuno Seiler.«

Riccarda blitzte ihn böse an, diese Runde hatte ihr Bruder gewonnen.

»Ich will mein Eigentum zurück«, überging sie seinen gehässigen Kommentar. »Daher wirst du dieses Büro räumen müssen.« Es folgte ein belustigter Augenaufschlag. »Vielleicht hilft dir deine Frau Kleiber beim Ausräumen. In einer Stunde kommt der Innenarchitekt, ich brauche hier etwas Frisches, Modernes, etwas, das zu mir passt.«

»Du willst das Büro?« Xaver war unfähig, diesen Schock zu verdauen. »Aber du bist verurteilt, du kannst nicht, du ...«

»Was?«, blaffte Riccarda. »Ich habe meine Strafe abgesessen, mein Eigentum ist mein Eigentum. Ich habe die Anteilsmehrheit. Vater hat mich dazu bestimmt, die Firma nach seinem Tod zu führen.« Ihre Stimme wurde ruhiger. »Und genau das werde ich auch tun.« Sie lächelte. »Es wird alles wieder wie früher. Ist das nicht wunderbar, Bruderherz?«

»Du warst sieben Jahre weg, es hat sich vieles geändert.«

»Ja, das hat es offensichtlich. Meiner-Pharmazeutika hat seit Neustem Geldprobleme, ganz eindeutig deine Schuld.«

Perplex blickte sie Xaver an. »Der Markt wurde schwierig, Konkurrenz aus China und Südamerika, steigende Produktionskosten und Rezession, das geht nicht spurlos an einem Unternehmen vorbei.«

»Gewiss nicht«, antwortete sie gelangweilt. »Aber du weißt doch, was Vater immer gesagt hat, es gibt Kapitäne, die umschiffen ein Hindernis, während es andere rammen.«

Xavers Augen sprühten vor Hass. Den Alten zu zitieren, war immer schon Riccardas beste Waffe gewesen, den Bruder aus der Reserve zu locken.

Auch dieses Mal rettete Frau Kleiber die Situation, indem sie einfach das Zimmer betrat und fragte: »Kaffee, Tee, darf ich etwas bringen?«

Riccarda schmunzelte. »Danke, Frau Kleiber, Ihr Chef braucht nur ein paar Kartons. Vielleicht wären Sie so freundlich, den Umzug in das alte Büro meines Bruders zu organisieren, während er mich durch das Unternehmen führt.«

Die Sekretärin sah zu ihrem Chef und nahm sein zustimmendes Nicken wahr. Auch jetzt ließ sie sich nichts anmerken und blieb ebenfalls gelassen, als Riccarda sagte: »Ich brauche jemanden für mein Vorzimmer. Unten an der Anmeldung arbeitet eine junge Frau, die leihe ich mir vorerst aus, veranlassen Sie das.«

* * *

Hauptkommissar Jens Stutter steuerte den Wagen routiniert über die Autobahn. Jasmin Nau neben ihm balancierte eine Akte auf ihrem Schoß, während sie in der einen Hand einen Kaffeebecher und in der anderen ihr Handy hielt.

»Alles klar, danke. Wir werden bald eintreffen«, sagte sie und beendete ihr Telefonat. »Der Münchner Kollege hat heute Morgen mit Xaver Meiner gesprochen«, informierte sie ihren Vorgesetzten. »Der hat bestätigt, dass Meike Sommer nicht nur besorgt war, sondern auch Angst vor Riccarda hatte. Die Frau wurde von ihm dafür bezahlt, das Haus der Schwester in Schuss zu halten. Er wollte ihr nach dem gestrigen Drama einen anderen Job anbieten.«

»Warum diese Fürsorge gegenüber einer ehemaligen Angestellten seiner Schwester?«

»Wie ich das verstanden habe, tat ihm die Frau leid, weil sie beim Prozess so viel hat durchmachen müssen, und bevor du fragst: Meike Sommer hat gegen ihre Arbeitgeberin ausgesagt, wie übrigens fast alle vernommenen Zeugen.«

»Keine Fürsprecher?«, reagierte Stutter verblüfft, der den Fall zwar kannte, aber nicht die Einzelheiten der Verhandlung.

»Doch, ein Cousin, aber den hat die Staatsanwaltschaft bei der Hauptverhandlung zerpflückt. Der Bruder hat von seinem Zeugnisverweigerungsrecht Gebrauch gemacht, was bedeutet, dass er nichts Positives zu sagen gehabt hätte. Ihr damaliger Freund beschrieb Riccarda als unberechenbar, sehr gestresst und mit der Tendenz zu trinken. Nicht besonders nett, aber wenigstens für die

Verteidigung hilfreich. Die hat nämlich wegen der eindeutigen Beweislage gegen ihre Mandantin die Taktik verfolgt, Riccarda Meiner für schuldunfähig erklären zu lassen. Es gab seitenweise Gutachten über den Geisteszustand der Angeklagten, Alkoholsucht, Burn-out, manisch-depressive Schübe. Gleichzeitig versuchte man, sie dem Richter und der Öffentlichkeit als Wohltäterin und Menschenfreundin anzupreisen, die vor lauter Aufopferung psychisch krank geworden war. Die Anwälte wollten auf diese Weise aus der Frau eine Heilige machen.«

»Aber das klappte nicht?«, hakte Stutter nach.

»Zumindest nicht so, wie die sich das vorgestellt haben. Die Strategie war leicht zu durchschauen und anstatt von einer Heiligen zu sprechen, erfanden die Medien den Beinamen ›die tödliche Heilige‹. Riccarda Meiner kam zwar um eine Mordanklage herum, aber trotz des hohen Alkoholspiegels, den die Frau in der Mordnacht hatte, und dem nachgewiesenen Konsum von Kokain hielten die Richter sie für schuldfähig. Die Staatsanwaltschaft brachte genug Zeugen an, die bestätigten, dass Riccarda es gewohnt sei, Alkohol zu konsumieren. Man nahm ihr nicht ab, dass sie sich nicht an die Vorfälle des Abends erinnern könne. Die Verteidigung sprach von einem Sturz und einer Phase der Bewusstlosigkeit. Für Letztere gab es allerdings keine Beweise, denn als man sie fand, da saß sie vor dem Pool, die Tatwaffe noch in der Hand. Ein schwerer Kristallaschenbecher, an dem das Blut des Opfers klebte.«

»Spuren eines Kampfes?«, fragte Stutter und fuhr eine der Autobahnraststätten an.

»Eine zerbrochene Weinflasche, zwei umgestürzte Stühle. Die Polizei ist damals davon ausgegangen, dass es zu einem verbalen Streit zwischen Riccarda Meiner und Kuno Seiler kam. Im Laufe des Wortgefechts soll die Meiner daraufhin einen Wutanfall bekommen, die Stühle umgetreten, die Flasche nach dem Mann geworfen und ihm am Ende den Aschenbecher gegen den Kopf geschlagen haben. Seiler stürzte rückwärts in den Pool und ertrank. Riccarda Meiner, in ihrem alkoholisierten Zustand nicht willens oder nicht fähig, Hilfe zu holen, hat ihn sterben lassen. Ende der Geschichte.«

»Motiv?«

»Nachbarschaftsstreit. Die Seilers beklagten sich über die Provokationen von Frau Meiner. Sie hat wohl gelegentlich ausschweifende Partys gefeiert. Die Polizei musste mehrmals wegen Ruhestörung anrücken. Außerdem ließ sich die Meiner einen Tennisplatz bauen. Das ist interessant«, sagte Jasmin, nachdem sie weitergeblättert hatte. »Die Seilers gehören einer christlichen Freikirche an und haben auf ihrem Grundstück ein Gemeindehaus errichtet. Wolltest du mich deshalb dabeihaben?«, fragte sie überrascht.

»Ich hatte keine Ahnung, dass wir eine Religionsexpertin brauchen werden«, antwortete er ehrlich und spielte damit auf Jasmins Vergangenheit an. »Aber falls doch, beruhigt es mich, dich an Bord zu haben.«

Sie verzog das Gesicht. »Eine Abbrecherin des Theologiestudiums wird kaum eine Hilfe sein.«

»Allerdings bist du ja auch eine Pfarrerstochter, das reicht mir als Qualifikation«, scherzte er, bevor er sie bat, mit dem Bericht fortzufahren.

»Es kam, wie es kommen musste«, fasste sie weiter zusammen. »Riccarda Meiner benutzte den Tennisplatz vorzugsweise und äußerst lautstark, wenn die Gemeinde ihre Gottesdienste abhielt. Die Seilers haben eine Klage eingereicht, und im Lokalfernsehen gab es einen Bericht über die rücksichtslose Nachbarin. Die behauptete wiederum, ihre Nachbarn seien Sektierer. So haben sich die Fronten immer mehr verhärtet.«

»Was hat der Mann in der Mordnacht überhaupt dort gemacht, wenn die beiden so verfeindet waren?«

»Seine Frau hat ausgesagt, dass er ständig davon sprach, mit Riccarda Meiner Frieden schließen zu wollen, obwohl sie das für ein unmögliches Unterfangen hielt. Seine Gemeinde beschrieb ihn als sanftmütig und friedfertig. Als einen Mann, der immer das Gute im Menschen sehen wollte. Vermutlich ist er an diesem Abend zu seiner Nachbarin gegangen, um seine Mission zu erfüllen. Anke Seiler geht zumindest davon aus.«

»Seine Frau wusste nichts davon?«

Wieder raschelte Jasmin mit dem Papier. »Nein«, begann sie das wiederzugeben, was in der Aussage stand. »Kuno Seiler neigte dazu, spätabends noch zu arbeiten. Anke Seiler war bereits zu Bett gegangen. Hier steht: ›Ich habe befürchtet, dass er so etwas Leichtsinniges tun würde. Kuno hat einfach zu sehr an das Gute im Menschen geglaubt.‹ Die zerbrochene Flasche Wein hatte er offenbar als Geschenk dabeigehabt.«

»Das heißt, Kuno Seiler wollte Frieden schließen und hat Riccarda Meiner im falschen Augenblick erwischt.«

»So sieht es aus.«

»Und wieso war Meike Sommer ein rotes Tuch für Riccarda Meiner?«

»Ihre Aussage war damals besonders unschmeichelhaft«, erwiderte Jasmin mit einem schiefen Grinsen. »Laut Akten hat Riccarda Meiner in einer ersten Vernehmung behauptet, dass Seiler ihr nachgestellt habe. Er sei schon zu einem früheren Zeitpunkt bei ihr aufgetaucht, um ihr Avancen zu machen. Meike Sommer hätte die Angaben ihrer Arbeitgeberin eigentlich bestätigen sollen, aber das ging gründlich in die Hose. Sie gab bei der Polizei nämlich an, dass Riccarda sich den Männern für gewöhnlich an den Hals warf und mit Ablehnung schlecht umgehen konnte. Zwar bestätigte sie einen früheren Besuch des Nachbarn und gestand, das Gespräch vom Nebenzimmer aus belauscht zu haben, schwor aber Stein und Bein, dass sich der Mann tadellos verhalten habe. Im Gegensatz zu Frau Meiner, die regelrecht schamlos aufgetreten sei. Kuno Seiler ließ sie jedoch abblitzen. Riccarda Meiner hat ihre Anschuldigungen gegenüber Kuno Seiler daraufhin zurückgenommen. Wenn man das so liest, dann ist das ein eindeutiger Fall gewesen. Riccarda Meiner hat ihre Haushälterin vermutlich aus Wut umgebracht, weil die ihr damals die Tour vermasselt hat.«

»Ja, aber eines darfst du nicht vergessen. Für den Mord an Meike Sommer hat Riccarda Meiner ein Alibi.«

KAPITEL VIER

Gerichtsmedizin München, später Nachmittag

Hauptkommissar Severin Hürtgen wartete bereits auf die beiden Beamten des BKA. Man begrüßte sich freundlich, und Jasmin unterdrückte ein Grinsen, als ihr bewusst wurde, dass der Kollege alle Klischees erfüllte, die man von einem Bayern erwartete. Hürtgen war groß und kräftig gebaut, sprach mit einem breiten Dialekt und eigentlich fehlten nur noch die Lederhose und der Maßkrug. Der Mann war ihr sofort sympathisch. Er musste etwas älter als Stutter sein, schien sich aber nicht daran zu stören, dass man ihm zwei jüngere Kollegen vor die Nase gesetzt hatte.

»Mir ist's fei recht«, sagte er wie zur Bestätigung. »Das ist eine heikle Angelegenheit, war es damals schon. Wir sind uns alle darüber einig, dass ein neutraler Ermittler von außerhalb kein Fehler ist.«

Hauptkommissar Stutter verkniff sich das Grinsen nicht. Er lachte sogar auf und entgegnete: »So wurde mir der Fall bereits heute Morgen verkauft. Im Klartext heißt das, dass sich niemand hier die Finger verbrennen will.«

Hürtgen hob entschuldigend die Hände. »Allen wäre gedient, wenn sich dieser Mord bald aufklären ließe, ohne dass dabei der Name Riccarda Meiner fällt. Meiner-

Pharmazeutika ist ein wichtiger Arbeitgeber. Außerdem möchte sich niemand vorwerfen lassen, dass man zu leichtsinnig einer Bewährung zugestimmt hat. Alibi hin oder her, diese Fragen werden gestellt, wenn die Medien von dem Mord an Meike Sommer Wind kriegen. Wäre also von Vorteil, wenn wir Antworten hätten. Deshalb sind Sie hier. Ich war damals derjenige, der Riccarda Meiner verhaftet hat, mit mir spricht die Gnädigste natürlich nicht. Heute Morgen saß ich eine halbe Stunde im Auto vor der Villa und habe warten müssen, bis Madams Anwälte eintrafen. Vorher durfte ich nicht zu einer Befragung ins Haus. Sie hat kein Wort gesagt, nur die Herren Juristen redeten und präsentierten mir ein Alibi.« Es folgte ein Fluch, den wohl nur die Einheimischen verstehen konnten.

»Ist das denn ein wasserdichtes Alibi?«, hakte Stutter nach.

»Schwer zu sagen, aber vorerst müssen wir das annehmen. Es stammt vom Ex-Freund.«

»Holger Wahl?«, rief Jasmin überrascht, die sich die damalige Aussage des Mannes ins Gedächtnis rief.

Der bayrische Kollege nickte anerkennend. »Sie haben Ihre Hausaufgaben gemacht. Genau, der Ex-Freund. Der mittlerweile mit der einst besten Freundin von Riccarda Meiner verheiratet ist. In dem seiner Haut wollte ich jetzt nicht stecken.«

»Warum? Wie genau lautet denn das Alibi?«

Severin Hürtgen faltete die Hände vor seinem gewaltigen Bauch, senkte ein wenig den Kopf und sagte gedämpft: »Der Kerl war gestern Nacht bei ihr. Erst ging es ums Geschäft, dann wohl um die körperlichen Freuden.«

Verblüffte Blicke ließen den Münchner weitersprechen: »Holger Wahl arbeitet bei Meiner-Pharmazeutika. Er ist der Leiter der Finanzabteilung. Riccarda Meiner hat ihn gestern Abend einbestellt und eine Konferenz mit ihm abgehalten, die im Schlafzimmer geendet hat. Er bestätigt das und damit fällt unsere beste Verdächtige weg.«

Eine Tür öffnete sich und der Gerichtsmediziner signalisierte ihnen, dass er nun Zeit für die Beamten hatte.

Der Arzt hielt sich nicht mit Begrüßungsfloskeln auf, sondern sagte, während er ein Laken zurückschlug: »Die Leiche ist stark verbrannt.«

Ein unnötiger Hinweis, dachte Jasmin, die nur widerwillig auf den vom Flammenfraß geschundenen Körper blickte.

Sie konzentrierte sich auf die Worte des Gerichtsmediziners, der von Verkohlung, Fechterstellung durch Muskelschrumpfung und Zerstörung durch Hitze sprach. Die Identifizierung war eindeutig, ein Zahnschema hatte dabei geholfen. Außerdem stimmten auch andere körperliche Merkmale, wie zum Beispiel Größe und Alter der toten Frau, mit den Daten von Meike Sommer überein.

Sie waren schnell fertig und Jasmin sagte mehr zu sich selbst: »Ich glaube, ich möchte später einmal nicht eingeäschert werden.«

Die beiden Männer brummten zustimmend und die Dreiergruppe war erleichtert, als sie wieder an die frische Luft kam.

»Ich kann Ihnen gleich den Tatort zeigen, der Brandexperte wartet dort auf uns«, schlug ihnen Hauptkommissar Hürtgen vor.

* * *

Im Bürokomplex von Meiner-Pharmazeutika

Als Holger Wahl das Gebäude von Meiner-Pharmazeutika betrat, informierte man ihn bereits am Empfang, dass er sich umgehend bei Xaver melden sollte. »Er ist in seinem alten Büro zu erreichen.«

Diese Information genügte Holger, um zu wissen, dass Riccarda bereits zugeschlagen hatte. Im Stillen hatte er gehofft, sie würde es sich noch einmal überlegen oder zumindest diplomatischer vorgehen, aber wie es aussah, war sie wild entschlossen, schnellstmöglich und ohne Umwege die Leitung von Meiner-Pharmazeutika wieder zu übernehmen.

Xaver Meiner tigerte in dem Eckbüro auf und ab. Einige schlecht gepackte Kartons standen im Raum, und auf dem Schreibtisch zeugten die leeren Chipsverpackungen davon, dass sich der bisherige Unternehmenschef in einem gestressten Zustand befand.

»Sie ist zurück«, sagte er aufgelöst, als er Holger entdeckte.

Frau Kleiber huschte ebenfalls ins Zimmer und tauschte in Windeseile die leeren Tüten gegen eine Platte mit süßem Gebäck, bevor sie lautlos verschwand.

»Leander, dieser Einfaltspinsel, hat sie gefahren, vermutlich überträgt er ihr in dieser Sekunde seine Stimmanteile, dieser Idiot. Sie will die Leitung zurück, kannst du dir das vorstellen? Außerdem beschuldigt sie mich, die Firma heruntergewirtschaftet zu haben. Was bildet sich diese F…« Er verkniff sich die Beschimpfung und fuhr aufgebracht fort: »Nach dem Skandal vor sieben

Jahren war es nicht einfach, am Markt zu bestehen. Wir haben Kunden verloren, und jetzt …« Er schnappte sich eine Apfeltasche und verschlang sie mit wenigen Bissen. »Eine verurteilte Mörderin, eine Kriminelle. Wieso läuft sie überhaupt noch frei herum? Es gibt ja wohl keine Zweifel daran, dass sie die arme Frau Sommer ermordet hat. Ich muss meine Anwälte kontaktieren, da wird man doch etwas unternehmen können.« Er griff zum Telefon, wollte Frau Kleiber entsprechend instruieren, hielt dann aber inne, als Holger sagte: »Warte, sie hat ein Alibi. Ich war gestern Nacht bei ihr.«

Xaver blickte seinen Finanzchef durchdringend an und plötzlich machten sich erst Enttäuschung, dann Wut auf seinem Gesicht breit. »Du hast gewusst, was sie plant«, zischte er, bemüht, dass man seine Stimme nicht auf dem Flur hörte. Er traute Riccarda durchaus zu, ihn ausspionieren zu lassen. »Du hast es gewusst. Wie lange bereitet ihr beiden schon meinen Sturz vor? Du hast ihr von den Finanzproblemen der Firma erzählt.« Für einen Mann seiner Statur konnte Xaver ungewöhnlich schrille Töne von sich geben. Hysterisch rief er: »Du hast mich verraten, nach allem, was ich für dich getan habe, du hinterhältiges, kleines verlogenes Arschloch.«

»Ich hatte keine Wahl, sie hält nun einmal die Mehrheit. Ich bin ihr Angestellter und geplant habe ich gar nichts. Ich erhielt gestern Abend ihren Anruf. Sie hat mich zu sich beordert.«

»Du hättest mich danach anrufen können, spätestens heute Morgen …« Xaver brach ab. »Das glaube ich jetzt nicht«, fuhr er fassungslos fort. »Du sagst, du warst die ganze Nacht bei ihr?« Erst jetzt schien ihm das Ausmaß von Holgers Aussage bewusst zu werden. »Sie hat dich gevögelt.« Er lachte. »Sie hat dich gevögelt, nach allen

Regeln der Kunst, wieder einmal. Und du Penner ...« Er brach wütend ab, angelte sich die nächste Süßigkeit und brüllte dann: »Verschwinde! Wenn es nach mir geht, dann bist du gefeuert.«

Holger Wahl erinnerte sich mit einem Gefühl aus Lust und Scham an die letzte Nacht. Riccarda hatte ihn eingewickelt. Zuerst war sie ablehnend gewesen, wollte nur über das Geschäft sprechen, aber irgendwann hatte sich ihre Haltung geändert. Sie hatte mit ihm gespielt, so wie früher, ihm dabei seine Geheimnisse entlockt. Er war der Unterlegene gewesen und es hatte sich gut angefühlt.

Ihre schlanken Finger, die sein Glied kneteten, immer ein bisschen fester, als dass es noch angenehm war, aber nicht zu stark, um wirklich Schmerz zu fühlen. Sie demütigte ihn, benutzte ihn, setzte sich auf ihn, nackt und kühl, als wäre er irgendjemand x-Beliebiges, der ihr gerade zur Befriedigung diente. Sie bestimmte das Tempo, ritt ihn wild, hielt ihn dann hin und besorgte sich die eigene Befriedigung. Erst dann ließ sie ihn auf seine Kosten kommen. Er schämte sich hinterher, hoffte aber gleichzeitig darauf, dass sich dieser demütigende Akt bald wiederholen würde. Sie befahl ihm zu bleiben, falls sie in jener Nacht noch einmal Lust verspüren würde. Er schlief ein und erwachte gegen vier Uhr morgens in der Hoffnung, es würde eine Wiederholung ihres Liebesspiels folgen. Sie schickte ihn jedoch weg, ohne ihm Antwort auf seine Frage nach einem Wiedersehen zu geben. In stark erregtem Zustand stellte er sich zu Hause unter die Dusche, spülte sich ihren Geruch ab und masturbierte, während er glaubte, immer noch ihren Körper zu spüren.

Trisha war nicht misstrauisch, schließlich war es nicht ungewöhnlich, dass er mit Xaver bis in die Morgenstunden neue Strategien entwarf. Erst als die Polizei auftauchte, da begann sie Fragen zu stellen und er belog sie. Die Diskussion hatte gedauert und er war gezwungen gewesen, im Büro anzurufen, um sich für den Vormittag mit einer Magenverstimmung zu entschuldigen.

Nach Trisha musste er jetzt Xaver ruhigstellen, denn so einfach würde er sich nicht aus der Firma werfen lassen. Momentan stand nämlich längst nicht fest, wer von den Geschwistern am Ende den Kampf um das Unternehmen gewinnen würde. Deshalb hatte er vor, sich nach beiden Seiten abzusichern. Riccarda schien ihm momentan wohlgesonnen, und damit sich das bei Xaver genauso verhielt, sagte er nun: »Das würde ich mir an deiner Stelle gut überlegen. Noch weiß Riccarda nichts von deinen kleinen Steuersparmodellen und den Konten im Ausland. Wenn du willst, dass das so bleibt, dann solltest du mich besser als einen Freund betrachten.« Holger kam in Fahrt, er hatte eine weitere Idee. »Außerdem hätte dir Riccarda sofort angemerkt, wenn ich dich gewarnt hätte. So glaubt sie, in mir einen Verbündeten zu haben, das bringt uns in eine bessere Position.«

Xaver schien mit sich zu ringen, doch am Ende überzeugten ihn Holgers Worte. »Also gut, aber künftig keine Überraschungen mehr. Ich will dieses Weib vom Hals haben. Ist mir scheißegal, ob sie draufgeht oder wieder im Gefängnis landet, Hauptsache, Riccarda verschwindet.«

Holger nickte. »Du kannst auf mich zählen.«

Frau Kleiber, die hinter der Tür lauschte, schnaufte ungehalten. Es fing also wieder an. Riccarda Meiner würde systematisch das Leben der Menschen zerstören, so wie sie es auch damals getan hatte. Und seit vielen Jahren faltete die Sekretärin das erste Mal wieder die Hände und betete. Aber es war kein Flehen um Stärke und Durchhaltevermögen, sondern das Bitten um einen qualvollen, baldigen Tod für Riccarda Meiner.

* * *

Münchner Innenstadt, gegen Abend

Jasmin Nau stieß einen begeisterten Laut aus, als sie ihr Hotel erreichten. »Das nenne ich einmal eine Unterkunft«, sagte sie anerkennend.

»Momentan findet in München eine Messe statt, alles ausgebucht, vor allem die preisgünstigen Übernachtungsmöglichkeiten, deshalb hat man uns gezwungenermaßen upgegradet«, entgegnete Stutter, der sich auf eine heiße Dusche freute und davon ausging, dass er diese in einem luxuriösen Badezimmer genießen durfte.

Ein Page eilte herbei und übernahm ihr Gepäck. An der Anmeldung wurden sie behandelt wie VIPs und die Zimmer im zweiten Stock waren ausgestattet wie die Räume eines Palastes.

»Ein super Laden«, kommentierte Jasmin ihre vorübergehende Bleibe, als sie sich eine halbe Stunde später mit Stutter in dessen Zimmer traf. »Schade, dass wir die meiste Zeit nicht hier sein werden.«

Ihr Vorgesetzter schmunzelte. »Bei den Übernachtungspreisen werden die uns noch mehr Druck machen, damit wir den Fall schnell abschließen.«

Die Oberkommissarin ließ sich auf eine zierliche

Couch fallen, deren geschwungene goldene Füße die Form von Löwentatzen hatten.

»Was denkst du, wer diese Meike Sommer ermordet hat? Der Brandsachverständige geht ganz klar von Brandstiftung aus.« Sie erinnerte sich an die Worte des Mannes: »Der, der das getan hat, muss keine Erfahrung darin haben. Eine Flasche gefüllt mit Spiritus, in der ein brennender Lappen steckt. Klassischer Nachbau eines Molotowcocktails, die Anleitung findet man im Internet. Von einer Nachbarin wissen wir, dass Frau Sommer für gewöhnlich über Nacht das Fenster im Wohnzimmer offen gelassen hat, damit der Zigarettenrauch abziehen konnte. Ansonsten hätte man die Scheibe erst einschlagen müssen, aber auch das wäre kein Problem gewesen. Die Gitter haben das Opfer zwar vor einem Einbrecher geschützt, aber eine Flasche passte durch. Der Brandherd ist jedenfalls im Wohnzimmer. Von dort hat sich das Feuer ausgebreitet. Wir wissen auch, dass sich die Tote Rauchmelder hat installieren lassen. Vielleicht nahm sie Schlaftabletten und ist deshalb nicht rechtzeitig vom Alarm aufgewacht.«

Es waren keine Tabletten, dachte Jasmin.

Zwischenzeitlich lagen erste Laborergebnisse aus der Gerichtsmedizin vor. Meike Sommers Blutalkoholspiegel war erhöht gewesen. Vermutlich hatten sie die Promille in einen tiefen Schlaf versetzt.

»Vielleicht wollte man Meike Sommer gar nicht umbringen, sondern nur erschrecken«, überlegte Jasmin laut.

Stutter, der noch die letzten Kleidungsstücke aus seinem Koffer packte und in den Schrank hing, hielt kurz inne. »Das ist durchaus möglich«, gab er zu.

Während die Oberkommissarin wieder einmal feststellte, wie ordentlich ihr Chef war, als er sogar die Socken sorgfältig gefaltet in eine Schublade legte, spekulierte sie weiter: »Der Täter konnte keinesfalls von dem geöffneten Fenster wissen, es sei denn, er hätte die Frau schon eine Weile ausspioniert. Womöglich war der Mord nur ein Akt von geplantem Vandalismus, der dann ausgeartet ist.«

»Und das Motiv?«, fasste Stutter nach und schloss die Schranktüren.

»Meike Sommer war im Fernsehen. Da draußen laufen genug Spinner herum, die Vergnügen daran haben, eine Person, die aus welchen Gründen auch immer in der Öffentlichkeit steht, zu bedrohen.«

»Du schließt Riccarda Meiner also aus«, stellte ihr Kollege nüchtern fest.

Ein wenig empört entgegnete Jasmin: »Ich denke, du tust das auch?«

»Ich sagte lediglich, dass sie ein Alibi hat. Vielleicht wurde jemand von ihr beauftragt. Wenn auch nur, um der Haushälterin einen Schrecken einzujagen«, antwortete Stutter nachdenklich. »Außerdem wissen wir noch nicht, wie glaubhaft die Aussage dieses Ex-Freundes wirklich ist. Alles in allem ein komischer Zufall, dass Riccarda Meiner aus dem Gefängnis kommt und kurz darauf eine ihrer ...« Er suchte nach dem richtigen Wort und sagte schließlich: »... Widersacherinnen stirbt. Glück für Riccarda Meiner, dass sie die Nacht mit ihrem Ex-Freund verbringt, der längst mit einer anderen verheiratet ist.«

»Du hast recht, das könnte alles geplant gewesen sein. Was machen wir jetzt?«

»Unser Münchner Kollege, Hauptkommissar Hürtgen, hat eben angerufen«, informierte sie Stutter. »Riccarda Meiner ist bereit, mit uns zu sprechen, wir erhalten in einer Stunde eine Audienz.«

»Und bis dahin?«

»Essen, und zwar dringend«, schlug Stutter vor. »Mir ist nach Knödel, Sauerkraut und Schweinebraten und ich habe gehört, dass die das hier besonders gut hinkriegen.«

* * *

Zur gleichen Zeit

»Nein, ich bin keine Hexe, ich habe nicht gelogen.« So oder so ähnlich mussten Heerscharen von verzweifelten Frauen versucht haben, sich vor dem Feuertod zu retten. Wie viele waren auf dem Scheiterhaufen gestorben? Tausende, Hunderttausende? Sie alle hatten sich für unschuldig gehalten, vermutlich genauso wie Meike Sommer. Dabei war doch niemand unschuldig. Unschuld passte nicht zur Natur des Menschen. Die Sünden begannen mit dem ersten Schritt, den man tat.

Die Erinnerung an letzte Nacht und an das Feuer kehrte zurück. Es war ein gutes Gefühl, an die Flammen und ihre reinigende Wirkung zu denken.

Wie lange hatten die vermeintlichen Hexen, festgebunden an einen Pfahl, unfähig, zu entkommen, auf dem brennenden Berg aus Holz und Reisig überlebt? Zuerst erreichte das Feuer die Füße, dann die langen Röcke aus grobem Stoff, bevor die Haut angesengt und schnell der ganze Körper von den Flammen erfasst wurde. Anschließend roch die Luft nach gebratenem Fleisch. Die Leiber wippten an den Pfählen hin und her wie Blumen im Sturm. Schmale Feuersäulen, die schmerzerfüllte Schreie von sich gaben. Endeten ihre Bewegungen, verstummten auch die quälenden Rufe. Der Übergang in ein Leben nach dem Tod war geschafft und es folgte die Erlösung. Wer es verdient hatte, würde aus dem Martyrium direkt zu Gott aufsteigen, die anderen waren dazu verdammt, die Ewigkeit in der Finsternis zu verbringen.

All diese Gedanken beschäftigten die Mörderin von Meike Sommer. Woher kamen diese Dinge auf einmal? Handelte es sich etwa um Visionen? Nein, vermutlich war es doch eher so, dass sich das Gehirn an Informationen erinnerte, die lange Zeit nur darauf gewartet hatten, eines Tages abgerufen zu werden. Gutenachtgeschichten, obligatorische Kirchgänge an Sonn- und Feiertagen, Schulunterricht, aber auch Reportagen im Fernsehen, Bücher und das Internet könnten Ursprung dieser Überlegungen sein. Manchmal war es eben nicht so kompliziert, da tat man einfach, was notwendig war. Meike Sommers Tod stellte keinen Verlust für die Menschheit dar, sondern trug hoffentlich dazu bei, die Welt besser zu machen.

* * *

Im Haus von Familie Seiler

Anke Seiler hatte die Nachrichten verfolgt. Es lief mittlerweile auf allen Kanälen: Meike Sommer, die ehemalige Haushälterin von Riccarda Meiner, war tot.

»Wer jetzt denkt, die tödliche Heilige alias Riccarda Meiner hätte erneut zugeschlagen, der irrt«, sagte die Moderatorin eines Abendmagazins gerade mit süffisantem Unterton. »Die eben erst aus dem Gefängnis entlassene Meiner hat nämlich ein Alibi für die Tat. Laut einer Mitteilung der Anwaltskanzlei, die Frau Meiner vertritt, verbrachte deren Mandantin die letzte Nacht mit Holger Wahl, einem alten Freund. Herr Wahl hat das der Polizei gegenüber bestätigt. Besonders verfänglich«, fuhr die Moderatorin fort und wechselte zurück in einen scherzhaften Tonfall: »Herr Wahl ist ein hohes Tier bei Meiner-Pharmazeutika und ...« Es folgte eine theatralische Pause, bevor sie sagte: »... verheiratet. Seine Frau ist die bekannte Society-Lady Trisha Wahl.«

Anke Seiler schaltete den Fernseher aus und atmete durch. »Gottes Wege sind tatsächlich unergründlich«, murmelte sie und wirkte dabei sehr ernst.

Philippa neben ihr schien wie versteinert.

»Alles in Ordnung?«, fragte die Mutter besorgt.

»Wie ist das möglich?«, rief die Siebzehnjährige daraufhin schrill. »Sie hat der Frau gedroht, alle haben das gesehen und gehört. Das ist ekelhaft. Sie hat ein Alibi, weil sie die Nacht mit einem verheirateten Mann verbracht hat, sie ist eine Hure.«

»Philippa«, stieß Anke entsetzt hervor.

»Es ist wahr«, ließ die sich jedoch nicht bremsen. »Und tu nicht so, als hättest du das Wort noch nie gehört. Fast in jeder Predigt benutzt es unsere Geistliche. Warnt sie uns nicht Sonntag für Sonntag vor genau diesen Frauen? Sie sind schlecht, bringen Unglück über andere. Sind das etwa Lügen?«

Anke Seiler eilte zu ihrer Tochter, wollte sie in die Arme schließen, aber Philippa zog sich zurück. »Tut mir leid, aber ich verstehe es nicht. Wir wissen, dass dort drüben ein böser Mensch wohnt, aber wir dürfen das weder sagen noch etwas dagegen unternehmen.«

Anke versuchte es mit Vernunft: »Du weißt genau, dass die Pfarrerin die Worte anders gebraucht als du jetzt. Zu fluchen, ist eine Sünde und passt auch nicht zu dir. Und wenn es etwas gibt, das zu tun ist, dann wird das von einer höheren Macht geregelt.«

»Ich will nicht, dass sie wieder in unserer Straße wohnt«, gab Philippa trotzig Antwort.

Anke trat erneut auf ihre Tochter zu und dieses Mal ließ sie sich in die Arme nehmen. »Ich bezweifle, dass diese Frau allzu lange hier sein wird.«

»Wie kannst du dir so sicher sein?«, fragte die Tochter unglücklich.

»Ich vertraue auf Gott, er wird einen Weg finden«, antwortete ihr Anke voller Überzeugung.

* * *

Villa von Riccarda Meiner

Hauptkommissar Jens Stutter saß neben Jasmin Nau. Er kam sich vor, als würde er gleich ein Vorstellungsgespräch führen. Unverkennbar hatte man sie in ein Büro gebracht. Der Schreibtisch im Raum war groß, die dunkle Oberfläche blank poliert, vermutlich etwas, das den Bemühungen von Meike Sommer zu verdanken war. Ein Stapel Unterlagen türmte sich am rechten Rand. Ein Hinweis darauf, dass Riccarda Meiner im Begriff war, die Arbeit wieder aufzunehmen. Die Beamten saßen an einem großen Tisch, ihnen gegenüber zwei Männer und eine Frau, die sich als Anwälte von Riccarda Meiner vorgestellt hatten. Die Gastgeberin fehlte noch.

»Unsere Mandantin ist gegen unsere Empfehlung

bereit, mit Ihnen zu sprechen. Wir werden allerdings nicht zulassen, dass Sie Frau Meiner in eine prekäre Situation bringen. Ich weise ausdrücklich darauf hin, dass diese Unterredung auf freiwilliger Basis stattfindet und jederzeit abgebrochen werden kann.«

Der Mann, der Stutter so scharf anging, mochte um die sechzig sein.

Ein gewiefter Hund, dachte der Hauptkommissar.

Dessen Begleiter, der wie eine jüngere Version des Alten aussah, war unverkennbar der Sohn. Die anwesende Frau sah die Beamten nicht an, sondern machte ununterbrochen Notizen, was Stutter aufgrund der Tatsache, dass so gut wie nichts gesprochen wurde, ein wenig unheimlich fand.

»Meine liebe Trisha, das war niemals meine Absicht«, hörten sie eine weibliche Stimme. Jemand näherte sich dem Raum. »Du wirst sicher verstehen, dass ich das nicht verschweigen konnte, sonst wäre ich womöglich wieder verhaftet worden. Außerdem weißt du doch, wie die Medien sind. Die finden alles heraus.«

Riccarda Meiner betrat das Zimmer, ein Telefon am Ohr, das sie jetzt ein Stück von sich hielt. Selbst auf die Entfernung konnten die Beamten das Kreischen einer anderen Frau hören.

»Ich lege jetzt auf«, sprach Riccarda ruhig in das Telefon und beendete das Gespräch.

»Einstweilige Verfügung gegen Trisha Wahl, sofort. Ich will nicht, dass mich diese hysterische Kuh weiter telefonisch belästigt«, gab sie kalt Anweisungen.

Die Anwälte nickten, der Ältere sagte: »Selbstverständlich.«

Die Frau, die die Notizen anfertigte, fing seinen Blick auf und kritzelte erneut etwas auf ihren Block.

»Ich bin überrascht, dass die Polizei noch einmal mit mir sprechen möchte, wo doch längst alles geklärt ist«, wandte sich Riccarda Meiner nun direkt an Stutter, während sie Jasmin komplett ignorierte.

»Der Mord an Meike Sommer ist längst nicht geklärt«, antwortete der Hauptkommissar gelassen und hielt dem Blick seines Gegenübers stand.

»Sie sind nicht von hier«, sagte Riccarda daraufhin und legte den Kopf schräg.

Ihre blauen Augen blitzten neugierig und Stutter wurde plötzlich etwas klar. Sollte sie etwas mit dem Mord zu tun haben, dann würde sie es ihm nicht leicht machen, das zu beweisen. Vor ihm stand weder eine durch das Gefängnis gebrochene Frau noch eine Närrin. Womöglich neigte sie zu unkontrollierten Wutausbrüchen, aber das hieß noch lange nicht, dass es ihr an Intelligenz mangelte. Stutter war stets auf der Hut, wenn er Verdächtige befragte, aber hier und jetzt hatte er das Gefühl, es wäre besser, mit gezückter Waffe am Tisch zu sitzen.

»BKA«, entgegnete er wahrheitsgemäß und bemerkte, dass auch Riccarda Meiner dabei war, ihn abzuchecken.

Normalerweise bildete sie sich schnell ein Urteil über Männer, aber dieser Hauptkommissar war schwer einzuschätzen und sicher niemand, den man einfach so manipulieren konnte, also entschloss sie sich dazu, es gar nicht erst zu probieren. Bei jemandem wie Stutter war die Taktik »rücksichtslose Ehrlichkeit« die beste.

»BKA, weil ich ein heikler Fall bin?«, fragte sie deshalb.

»So ist es«, erwiderte Stutter, ohne zu zögern, was Jasmin an seiner Seite überrascht blinzeln ließ.

»Hat jemand Angst, er könnte zur Verantwortung gezogen werden? Immerhin hat man mich vorzeitig aus der Haft entlassen. Wehe, ich bringe Menschen um?«

Der Anwalt wollte das Wort ergreifen, aber sie kam ihm zuvor. »Zum Glück habe ich ein Alibi, damit dürften die Gemüter beruhigt sein.«

»Und Sie, sind Sie auch beruhigt?«, kam Stutters Frage wie aus der Pistole geschossen.

Riccarda sah ihn irritiert an. »Warum sollte ich das nicht sein?«, gab sie sich gelangweilt.

»Weil sich mir an Ihrer Stelle die Frage aufdrängen würde, ob mir da jemand etwas anhängen will.«

Das erste Mal, seit Riccarda Meiner das Zimmer betreten hatte, verlor sie etwas von ihrer Selbstsicherheit. Stutter hatte den Nagel auf den Kopf getroffen und offensichtlich vor, ihn bis zum Anschlag in die Wand zu hauen, denn schon fuhr er fort: »Falls Sie nichts mit dem Mord zu tun haben, dann kann man wirklich nur von Glück sprechen, dass Sie Herrn Wahl als Alibi-Zeugen vorweisen können. Ansonsten ...«

Sie zwang sich zu einem Lächeln. »Ach, und wenn ich keinen Zeugen gehabt hätte, dann stünde für Sie fest, dass ich Meike Sommer umgebracht habe?«

»Sie haben der Frau gedroht, dafür gibt es das deutsche Fernsehpublikum als Zeugen. Ihre Vergangenheit spricht für sich. Vor sieben Jahren haben Sie bereits schon einmal einen anderen Menschen getötet. Ob im Rauschzustand oder im Affekt, spielt dabei gar keine

Rolle, Fakt ist, dass Sie dadurch zur Hauptverdächtigen geworden wären.«

»Wir untersagen jegliche Bezugnahme auf abgeschlossene Fälle«, ging der Anwalt zornig dazwischen. »Meine Mandantin wird sich dazu nicht äußern.«

»Schon gut«, sagte Riccarda sanft. »Wir haben es nicht mit einem Dummkopf zu tun. Ich nehme an, der Herr Hauptkommissar weiß genau, dass meine Schuld niemals zweifelsfrei bewiesen wurde.«

»Sie haben es nicht abgestritten, sondern behauptet, sich nicht mehr an die Geschehnisse erinnern zu können«, sprach Stutter weiter trotz der vehementen Einsprüche des Anwalts.

»Wenn ich es gewesen wäre, dann hätte ich mich erinnert«, brauste Riccarda plötzlich auf. »Wenn man jemanden umbringt, dann brennt sich das einem ins Gedächtnis, ich bin es damals nicht gewesen.« Sie war laut geworden, unbeherrscht und ihre ganze Körperhaltung wirkte wie eine Drohung.

»Sie haben es bei der Verhandlung nicht abgestritten, warum nicht?« Irgendetwas trieb Stutter dazu, der Sache weiter auf den Grund zu gehen.

Riccarda schwieg und der Anwalt sagte: »Das reicht jetzt.«

Stutter forschte im Gesicht der Frau, aber die hatte sich bereits wieder unter Kontrolle und folgte dem Rat ihres Rechtsbeistandes.

»Warum der Hass auf Meike Sommer?«, probierte es Stutter auf einem anderen Weg.

»Ich verabscheue Illoyalität«, antwortete Riccarda kühl.

»Sie verlangen von Ihren Angestellten, dass sie für Sie lügen?«, gab sich Stutter naiv.

»Ich verlange, dass sie die Tatsachen nicht zu meinen Ungunsten verdrehen, das ist alles.«

»Meike Sommer hätte bestätigen sollen, dass Kuno Seiler Ihnen gegenüber zudringlich geworden war. Das hätte Sie im Zweifel vor Gericht wie das Opfer einer sexuellen Nötigung aussehen lassen. Notwehr bedeutet ein geringes Strafmaß, wenn überhaupt«, führte der Beamte weiter aus. »Als Meike Sommer das nicht bezeugen wollte, fiel eine vielversprechende Verteidigungsstrategie weg.« Sein Blick wanderte zu den Anwälten. »Ich vermute, man hat Ihnen daraufhin geraten, Ihre Aussage, was Kuno Seilers Verhalten anging, zu korrigieren.«

»Herr Hauptkommissar«, mischte sich der Rechtsbeistand von Riccarda ein. »Was soll das? Meine Mandantin wird mit Ihnen nicht über den Fall Kuno Seiler sprechen.«

»Eines Tages wird sie das wohl oder übel aber müssen«, blieb Stutter sachlich. »Dann nämlich, wenn sich herausstellt, dass der Mord an Meike Sommer damit zusammenhängt.«

»Dann bringen Sie dafür Beweise«, schnappte der Anwalt, »ansonsten sind wir hier fertig.«

»Wie kam es, dass Herr Wahl die Nacht bei Ihnen verbracht hat?«, überging Stutter die Aufforderung.

»Ich rief ihn an«, antwortete Riccarda direkt. »Er ist der Leiter der Finanzabteilung, ich hatte Gesprächsbedarf.«

»Die ganze Nacht?«

Sie lächelte verführerisch und warf dem Hauptkommissar einen zauberhaften Augenaufschlag zu. »Wir hatten uns lange nicht mehr gesehen, erinnerten uns an die alten Zeiten, eines kam zum anderen.«

»Er ist der Mann Ihrer besten Freundin«, warf Jasmin Nau ein.

Riccarda sah die Beamtin das erste Mal wirklich an.

Hübsches Ding, selbst mit dieser merkwürdig unordentlichen Frisur, dachte sie ehrlich und säuselte: »Ja, aber zuvor, da war er mein Verlobter. Trisha hat ihn von mir übernommen.«

»Und jetzt haben Sie ihn sich zurückgeholt.«

Plötzlich begann Riccarda Meiner aus vollem Hals zu lachen. Sie warf den Kopf in den Nacken und drückte dabei aufreizend ihren Busen nach vorne.

»Was ist so lustig?«, blieb Jasmin beherrscht.

»Glauben Sie etwa, dass ich ihn zurückwill? Von einer Polizistin hätte ich erwartet, dass sie geistig mehr auf Zack ist.«

Die letzte Aussage grenzte zwar schon an eine Beamtenbeleidigung, aber Jasmin störte sich nicht daran, da sie in diesem Moment verstanden hatte. Kurz verzog sie die Mundwinkel zu einem wissenden Grinsen. »Sie wollten ihn nur für diese eine Nacht, nicht wahr? Es ging lediglich darum, Ihrer ehemals besten Freundin eins auszuwischen, weil die Ihnen den Verlobten weggeschnappt hat. Deshalb auch die zeitnahe öffentliche Erklärung in den Medien. Sie haben Trisha Wahl zum Gespött gemacht.«

»Diese Demütigung hat die falsche Schlange verdient«, reagierte Riccarda zufrieden. »Es macht noch viel mehr Spaß, sich an jemandem zu rächen, wenn man Publikum hat. Dass sie sich Holger gekrallt hat, als ich im Gefängnis saß, stellte sich für mich nicht als Problem dar, aber dass sie bei der Verhandlung gegen mich ausgesagt hat, nur um ihn zu bekommen, das nehme ich ihr übel«, erklärte Riccarda mit einem gefährlichen Unterton.

»Ursprünglich wollte ich die Information über unsere gemeinsame Nacht einfach an die Klatschpresse weitergeben. Aber plötzlich brauchte ich ein Alibi, alles war ganz offiziell, Holger musste meine Aussage bestätigen, meine Anwälte konnten eine Erklärung abgeben. Natürlich hielten wir uns zurück, man braucht der Presse nicht zu sagen, Riccarda Meiner und Holger Wahl hätten gefickt. Man sagt, er war die ganze Nacht bei ihr, um über alte Zeiten zu sprechen, in Erinnerungen zu schwelgen, alles ganz harmlos.« Sie schnippte mit den Fingern. »Et voilà, die Gerüchteküche brodelt. Jeder weiß, dass wir in jener Nacht Sex hatten.«

»Viel Aufwand für ein wenig Rache, oder?«, hakte Stutter nach.

»Ich war sieben Jahre eingesperrt. Glauben Sie mir, Herr Hauptkommissar, ich musste letzte Nacht kein allzu großes Opfer bringen.«

Die Anwälte sahen peinlich berührt auf ihre Unterlagen.

Stutter lächelte müde, so leicht brachte man ihn nicht in Verlegenheit.

»Können Sie uns vielleicht etwas über Meike Sommer erzählen, was war sie für ein Mensch, hatte sie Feinde?«

»Wie soll Frau Meiner das wissen?«, warf der Anwalt ein, froh, dass man die schlüpfrigen Themen abgehakt hatte.

»Wie war sie früher?«, verbesserte sich der Beamte und wartete auf Antwort.

Riccarda lehnte sich entspannt zurück. »Sie war ein unsympathisches geldgieriges Weib. Ich hatte sie in Verdacht, dass sie gelegentlich etwas mitgehen ließ.«

»Warum haben Sie die Frau behalten? Diebstahl wäre doch ein Kündigungsgrund gewesen.«

Riccarda zuckte mit den Schultern. »Vermutlich hätte ich sie auch eines Tages gefeuert, andererseits ging es damals hoch her. Ich hatte die Firma, die mich viel Kraft kostete. Die wenige freie Zeit wollte ich genießen. Also gab es gelegentlich Partys, ich brauchte das zum Abschalten. Alle möglichen Leute gingen dann bei mir ein und aus, ich hätte ihr nichts nachweisen können. Abgesehen davon hat sie den Haushalt einwandfrei geführt, und wenn es darum ging, Chaos zu beseitigen, war sie unentbehrlich. Ich bezahlte sie allerdings auch gut.«

»Wussten Sie, dass Frau Sommer weiterhin im Haus gearbeitet hat?«

»Nein«, entgegnete Riccarda ärgerlich. »Ich überließ diese Angelegenheiten leichtsinnigerweise meinem Bruder, der auch vorübergehend die Geschäftsführung der Firma übernahm. Ich hatte keine andere Wahl, da er der Einzige war, der den Betrieb annähernd so gut kannte wie ich. Zumindest ging ich bei Xaver davon aus, dass er schon aus persönlichem Interesse sein Bestes geben würde.«

»Aber jetzt übernehmen Sie wieder die Leitung?«, fragte Stutter nach.

»Selbstverständlich, mein Vater hat das so festgelegt. Ich bin die, die das Sagen hat. Xaver hat nur einen Minderheitsanteil, genauso wie mein Cousin Leander. Der hat seine Anteile wiederum von seiner Mutter geerbt, die Schwester meines Vaters.«

»Aber Ihr Cousin arbeitet nicht in der Firma.«

Riccarda kicherte und es klang, als würde sich ein junges Mädchen köstlich amüsieren. »Leander ist ein Träumer, der jedoch weiß, dass er sich darauf verlassen kann, dass ich sein Vermögen gut verwalte.«

»Und Ihr Bruder ist einverstanden, die Führung wieder an Sie abzugeben?«

»Sein Einverständnis spielt keine Rolle«, antwortete Riccarda hart. »Wir standen uns nie besonders nahe und haben uns seit sieben Jahren nicht mehr gesehen. Für mich ist Xaver ein Angestellter, einer, den man gelegentlich in den Hintern treten muss.«

»Verstehe«, sagte Stutter und blickte Riccarda durchdringend an. »Ich denke, vorerst war es das.« Er legte eine Visitenkarte auf den Tisch. »Meine Nummer, falls Sie Gesprächsbedarf haben.« Er hielt die Karte in Riccardas Richtung, aber der Anwalt griff danach und murmelte ein »Herzlichen Dank, Herr Hauptkommissar«.

Die Verabschiedung war knapp und die Frau, die die ganze Zeit Notizen gemacht hatte, brachte sie nach draußen, ohne ein Wort zu sprechen.

Als sie die Einfahrt entlanggingen, kam ihnen ein Mann entgegen. Er sah sie neugierig an, blieb sogar stehen und nickte freundlich. Bevor er zu sprechen beginnen konnte, rief Riccarda Meiner vom Haus aus nach ihm: »Leander?«

Er drehte sich um und winkte ihr zu. »Mein Typ wird verlangt, schönen Tag noch«, sagte er gut gelaunt zu den Beamten. Seine Worte galten vor allem Jasmin, die verlegen lächelte und sich deshalb sofort über sich selbst ärgerte.

»Du scheinst dem Cousin zu gefallen«, stichelte Stutter kurz darauf.

Die Oberkommissarin rollte mit den Augen, drehte sich aber noch einmal zu dem Mann um.

Leander, der soeben die Eingangstür erreichte, tat es ihr gleich und ihre Blicke trafen sich.

»Vielleicht solltest du dich demnächst einmal mit ihm unterhalten«, schlug Stutter vor.

»Ich werde ihn einbestellen«, sagte Jasmin bemüht, dabei geschäftsmäßig zu klingen.

Stutter seufzte vernehmlich. »Wie lange arbeiten wir schon zusammen? Du weißt genau, dass man mehr von Zeugen erfährt, wenn man sie in einer ihnen vertrauten Umgebung befragt. Finde raus, wo sich Leander Meiner aufhält, und statte ihm einen Besuch ab.«

»Hauptkommissar Hürtgen hat ihn überprüft. In der Nacht, in der Meike Sommer ermordet wurde, hat er mit Freunden in einem Lokal in der Münchner Innenstadt gefeiert. Er kann also nicht Riccarda Meiners Komplize sein«, gab Jasmin zu bedenken.

Sie hatten den Wagen erreicht.

»Wirklich?«, bemerkte Stutter zweideutig. »Vielleicht haben die beiden aber alles perfekt geplant, sowohl für Alibis gesorgt als auch für jemanden, der den Mord begeht.«

»Du glaubst Riccarda Meiner also nicht«, erwiderte Jasmin und schnallte sich an.

»Ich bin vorsichtig«, gab Stutter zur Antwort und startete den Wagen. »Diese Frau ist clever und kaltblütig. Eine gefährliche Kombination. Ich traue ihr zu, so etwas auszuhecken. Sie saß sieben Jahre im Gefängnis, da hat man Zeit, Pläne zu schmieden und ...« Er warf Jasmin einen kurzen Blick zu. »... Bekanntschaften zu schließen.«

»Natürlich, dort hätte sie jemanden kennenlernen können, der ihr bei dem Mord hilft«, rief Jasmin.

Stutter nickte. »Gleich morgen setzen wir uns mit der Justizvollzugsanstalt in Verbindung. Ich will wissen, was Riccarda Meiner dort so getan hat und mit wem.«

KAPITEL FÜNF

Etwas später im Haus von Xaver und Benita Meiner

Benita wartete im Wohnzimmer auf ihren Mann. Für gewöhnlich tat sie das nicht, da sie strikt darauf achtete, genug Schönheitsschlaf zu bekommen.

Auch Xaver war überrascht, sie noch wach vorzufinden, und gleichzeitig genervt. Auf ein Gespräch mit seiner Frau hatte er nach dem heutigen Tag weiß Gott keine Lust.

»Was ist in der Firma los?«, fiel sie ohne Begrüßung mit der Tür ins Haus.

»Ich muss etwas essen«, antwortete Xaver und bewegte sich in Richtung Küche, ohne ihr eine Antwort zu geben.

Benita folgte ihrem Mann und konnte sich nur mühsam beherrschen, als er seelenruhig den Ofen öffnete, die Schale mit dem noch lauwarmen Essen herauszog, die die Haushälterin für ihn dort zurückgelassen hatte, und anfing, mit der Mikrowelle zu hantieren. Der Geruch von Erbsengemüse und Rostbraten durchzog den Raum. Kurz darauf saß Xaver am Tisch. Den Teller hatte er sich gespart, stattdessen schaufelte er sich das Essen direkt aus der Schüssel in den Mund.

Wie ein Schwein, dachte Benita, schwieg aber, selbst

als er sich eine trockene Brezel mit reichlich Butter beschmierte. Gerne hätte sie ihn schnippisch darauf hingewiesen, dass das Light-Bier, das er sich dazu eingeschenkt hatte, nun auch nicht mehr nötig gewesen wäre, aber wieder riss sie sich zusammen.

Sie ließ ihn drei, vier Bissen nehmen, bevor sie ihn erneut ansprach: »Also, wie sieht es aus?«

»Riccarda hat die Leitung der Firma wieder übernommen.«

»Was?« Benita schrie auf, dann folgten eine wüste Flut von Beschimpfungen, Vorwürfe gegen den Staat, die Gerichtsbarkeit und die Moral, anschließend entlud sich ihr Zorn über Xaver, der sich nicht wie ein begossener, sondern eher wie ein ertränkter Pudel vorkam, als sie fertig war.

Auch wenn er den Anschein erweckte, er hätte ihr überhaupt nicht zugehört, war jedes ihrer Worte an seine Ohren gedrungen. Obwohl die Schüssel von ihm geleert worden war und die Portion sicher zwei erwachsene Männer gesättigt hätte, fühlte er sich immer noch hungrig.

»Sag schon«, schnauzte seine Frau, »was gedenkst du jetzt zu tun?«

»Ich werde mich damit abfinden müssen und das Beste daraus machen«, gab er kleinlaut zu, wohl wissend, dass er mit der Antwort eine weitere Schimpftirade auslösen würde.

»Du ziehst den Schwanz ein«, schrie sie erbost. »Mein Gott, was bist du denn für ein Mann?«

Xaver hätte aufstehen und mit der Faust auf den Tisch schlagen sollen, aber dafür fehlte ihm die Kraft. Riccarda hatte ihn heute wieder einmal gedemütigt. Ihm waren die Blicke der Angestellten, die peinlich berührt die Köpfe zur Seite gedreht hatten, als er in sein ehemaliges Büro zurückgezogen war, nicht entgangen. Einige von ihnen würde er entlassen, so schaffte er sich wenigstens ein kleines bisschen Genugtuung, aber das konnte nicht verhindern, dass sich seine Schmach herumsprach. Künftig wäre Riccarda die Chefin, ihn würden sie bestenfalls bemitleiden.

»Ich gehe zu Bett«, sagte er müde, als Benita ihn zu Wort kommen ließ.

»Wir müssen uns einen Anwalt nehmen«, schnauzte sie ihm hinterher und beobachtete die korpulente Gestalt, die sich langsam die Stufen hinaufschob.

»Außerdem solltest du Holger rausschmeißen. Dieser Mistkerl hat sich gegen uns gestellt, nach allem, was du für ihn getan hast. Wäre er nicht gewesen, dann säße deine Schwester längst wieder im Knast.«

»An seiner Aussage lässt sich nichts mehr ändern. Riccarda hat ein Alibi, es sei denn ...« Xaver blieb auf der Treppe stehen.

Benita sah ihn erwartungsvoll an.

»Es sei denn, man könnte Holger der Lüge überführen. Vielleicht wenn die Polizei annehmen würde, er hätte dabei geholfen, Meike Sommer umzubringen, im Gegenzug für Riccardas Wohlwollen«, spann er den Faden weiter.

»Kein schlechter Gedanke«, erwiderte Benita und kniff kurz ihre gebotoxte Stirn zusammen, was ihr Gesicht verschoben aussehen ließ. »Das Beste wäre tatsächlich, Holger würde als Zeuge ausfallen. Damit könnte man Riccarda das Genick brechen«, überlegte sie laut, bevor sie ihren Mann ansah, dieses Mal jedoch nicht wie eine enttäuschte Ehefrau, sondern wie eine Verbündete, und sagte: »Ich glaube, ich habe sogar eine Idee.«

* * *

In der gleichen Nacht

Die scharfe Klinge ratschte über Riccardas Gesicht. Sie konnte gerade noch den Kopf drehen. Man wollte sie töten. Noch nie in ihrem Leben hatte sie solche Angst verspürt. Die Menschen glaubten, sie würden in ihrem Alltag viele schwere Entscheidungen treffen, aber das war ein Trugschluss. Nichts ließ sich mit einer Situation vergleichen, in der es um Leben und Tod ging und die Entscheidung innerhalb weniger Sekunden getroffen werden musste. Riccarda war eine Kämpferin, aber sie hatte nie gelernt, ihre Fäuste zu gebrauchen. Sie war zwar wortgewandt, aber nicht in der Lage, ihren Körper gegen Attacken zu schützen. Dennoch blieb ihr keine Wahl, als genau das nun zu versuchen. Wo Muskelkraft und Erfahrung fehlten, musste ihre Entschlossenheit einspringen.

Jetzt in diesem Augenblick, als die Klinge erneut auf sie niedersauste, da wusste sie, dass sie leben wollte. Womöglich würde sie das eines Tages bedauern, aber in jenen Minuten der direkten Gefahr, da war sie so sicher wie niemals zuvor. Ihr Arm fuhr herum, sie schlug zu, trat um sich und schaffte es, die Hand der anderen zu umklammern. Die Frauen stürzten zu Boden. Plötzlich hatte Riccarda die Gewalt über die Klinge und stach zu. Die Zeit verging ab da wie in Zeitlupe. Sie spürte, wie das Fleisch der anderen Millimeter für Millimeter nachgab, als die scharfe Schneide in sie eindrang. Riccarda ließ nicht los. Sie umklammerte das Heft der Waffe mit aller Kraft, um sie bis zum Anschlag im Körper ihrer Gegnerin zu versenken. Warmes Blut rann über ihre Finger. Im

Moment des Todes bestand eine vollkommene Verbundenheit zwischen Riccarda und der Sterbenden. Dann folgte eine Art Rausch, ausgelöst durch das Wissen zu siegen. Sie hörte ein letztes gequältes Stöhnen und blickte in die Augen ihrer Angreiferin. Es waren kalte, unbarmherzige Augen. Auch in ihnen lag die Entschlossenheit, zu überleben, doch langsam wurde die durch die Enttäuschung abgelöst, es dieses Mal nicht geschafft zu haben. Ihr Blick wurde trüb, verschleierte sich, blieb jedoch auf Riccarda geheftet wie eine Anklage.

Riccarda schreckte aus dem Schlaf hoch. Sie hatte wieder diesen Traum gehabt.

Wie immer erwachte sie danach schweißgebadet. Warum brachte ihr Unterbewusstsein jenen Augenblick ständig zu ihr zurück? Jedes Mal erlebte sie die Geschehnisse auf die gleiche Art. Es gab weder Verzerrungen durch den Traum noch absurde Streiche ihrer Fantasie. Es begann immer mit dem Schmerz im Gesicht und endete mit dem Blick in die Augen einer toten Frau.

Riccarda stand auf und brauchte einen Moment, bis ihr klar wurde, dass sie das Licht nach Belieben einschalten konnte. Ja, es stand ihr sogar frei, mitten in der Nacht eine Dusche zu nehmen. Die Lampe erhellte das große Schlafzimmer und plötzlich wünschte sich Riccarda zurück in die vertraute Enge ihrer Zelle. Man hatte ihr geraten, sich Hilfe zu suchen, zumindest für die erste Zeit nach dem Gefängnis. Jemanden zum Reden, der ihr beistehen würde, um die Veränderung zu bewältigen. Ihre Anwälte hatten solche Auflagen auf Riccardas ausdrücklichen Wunsch hin abgeschmettert.

Sie war zum Fenster gegangen und sah in die Nacht, während ihre Hand das Amulett des heiligen Leonhard umschloss, das sie sogar beim Schlafen trug. Der Gefängnispfarrer hatte es ihr damals gegeben. Mit ihm würde sie gerne sprechen, aber der Mann hatte sich zur Ruhe gesetzt und lebte heute bei seiner Tochter auf einer Nordseeinsel. Womöglich war er längst tot. »Leonhard hilf, dass ich nicht vergesse, dass ich die Freiheit in mir trage.«

»Was für ein Unsinn«, hatte sie damals erwidert, als ihr der Geistliche das Gebet das erste Mal vorgetragen hatte.

Der Mann war geduldig geblieben, hatte gelächelt und geantwortet: »Wenn Ihnen etwas Besseres einfällt, dann bin ich ganz Ohr.«

Sie atmete durch und murmelte: »Er hat mit allem recht gehabt!«

* * *

Am nächsten Morgen

Trisha Wahl war unschlüssig, was den Termin im Schönheitssalon anging. Allerdings hätte eine Absage nur bestätigt, was alle Welt im Moment dachte. Nein, niemand sollte sie für eine betrogene Ehefrau halten. Sie würde den Gerüchten die Stirn bieten. Zornig starrte die Einundvierzigjährige in den Spiegel. Die Falte zwischen Nase und Mundwinkel trat schon wieder deutlich hervor. Sie musste unbedingt mit dem Arzt sprechen. Nur mühsam konnte sie die Tränen zurückhalten. Aber mit geröteten Augen wollte sie keinesfalls im Salon auftauchen. Jeder ihrer Schritte, jede Regung würde von den anderen genau beäugt werden. Jetzt galt es, die Nerven zu bewahren. Und überhaupt, was war schon passiert?

Holger hatte ihr versichert, ja sogar geschworen, dass es nur eine harmlose Übernachtung gewesen sei.

»Es gab viel zu besprechen wegen der Firma. Es wurde spät und ich bin auf der Couch eingenickt. Riccarda hat mich nicht geweckt, vermutlich um genau das jetzt mit uns abzuziehen. Siehst du das denn nicht?«, hatte er flehentlich gefragt. »Sie will uns auseinanderbringen.«

Trisha hatte ihm glauben wollen, einfach weil sie so unbedingt hoffte, dass er die Wahrheit sagte. Stutzig machte sie, dass er sie bei seinem Gespräch mit den Polizisten nicht hatte dabeihaben wollen. Wäre er nur nicht bei Riccarda gewesen, dann hätte man sie schon längst verhaftet. Trisha blinzelte. Dann wäre es wieder wie früher. Sie betrachtete erneut ihr Gesicht im Spiegel. Es war ein hübsches Gesicht mit einer Stupsnase, geschwungenen Lippen und ausdrucksstarken grünen Augen, die kalt wirkten, als ihre Gedanken zu Riccarda zurückwanderten.

»Diese elende Schlampe.« Ja, es war ihr zuzutrauen, dass hinter allem der Plan steckte, Trisha zu schaden. Riccarda war immer schon hintertrieben gewesen, grausam. Eines Tages war sie mit Holger aufgetaucht, einem Mann, den sie nicht verdient hatte. Bei Trisha war es Liebe auf den ersten Blick gewesen, aber Riccarda hatte ihn natürlich geblendet. Später hatte er ihr versichert, dass er die Beziehung nur aus Vernunftgründen eingegangen sei, dass er Riccarda nie geliebt habe. Auch das glaubte sie noch immer. »Ich werde ihn mir nicht wegnehmen lassen«, versprach sie ihrem Spiegelbild. »Riccarda wird wieder aus seinem Leben verschwinden, genauso wie damals.«

Eine halbe Stunde später trat Trisha Wahl mit vorgestrecktem Kinn und elegantem Hüftschwung in den angesagten Beautysalon nicht weit vom Stachus. Sie trug ein schickes Designermodell, sündhaft teure Schuhe, die sie eigentlich für eine andere Gelegenheit hatte aufsparen wollen, und lächelte huldvoll, als sie von einer Angestellten begrüßt wurde.

Im nächsten Moment eilte die Inhaberin des Geschäfts herbei und spätestens jetzt wussten sämtliche Kundinnen Bescheid, wer da gerade den Laden betreten hatte.

Mit durchdringender Stimme rief die Frau, die von allen nur Maxi genannt wurde: »Meine liebe Trish, es ist so furchtbar. Was tut dir die Presse nur an?« Maxi hauchte Trisha Küsse auf die Wangen, ohne sie wirklich zu berühren.

Trisha streckte ihr artig erst die linke, dann die rechte Wange hin und dachte automatisch an das entsprechende Bibelzitat. Gewappnet für derlei Sticheleien, die unter geheucheltem Mitleid versteckt waren, antwortete sie selbstbewusst: »Wenn man in der Öffentlichkeit steht, dann lernt man, damit zu leben. An einem Tag wirst du gefeiert, am nächsten angegriffen.« Sie wedelte mit der Hand, als könnte sie so alle Gerüchte verscheuchen. »Ich habe das bereits öfter erlebt, so etwas kann mich nicht mehr belasten.«

»Du bist bewundernswert stark«, stieß Maxi inbrünstig aus und hielt sich die Hände gegen die Brust, als wollte sie ihren eigenen Herzschlag fühlen.

»Und du bist eine wirkliche Freundin«, entgegnete Trisha nicht minder überschwänglich.

Daraufhin bat man sie, Platz zu nehmen, und es entwickelte sich die unvermeidliche Lästerei über

Riccarda Meiner. In Maxis Salon kannte man sich, deshalb war es auch nicht verwunderlich, dass sich schnell ein Grüppchen um Trisha versammelt hatte. Frauen mit Alufolie in den Haaren, die aussahen, als kämen sie von einem anderen Stern, ebenso befremdlich wirkende Kundinnen mit farbenfrohen Cremes im Gesicht und selbst die, die sich maniküren ließen und ein ganzes Stück entfernt saßen, beteiligten sich an dem Gespräch. Jede spitzte die Ohren, wollte nichts verpassen, während Maxi zwischen ihnen herumwirbelte, Champagner nachschenkte und gelegentlich Komplimente machte: »Ach, Herzchen, die Farbe steht dir ausgezeichnet ... bei deiner schönen Haut bräuchtest du gar nicht zur Behandlung zu kommen ... deine Figur ist immer noch tadellos.« Es waren alles Lügen, wie auch das Verständnis, das man angeblich für Trisha aufbrachte. Sie zerrissen sich das Maul über Riccarda, die einst zu ihnen gehört hatte, die sie jedoch noch nie hatten leiden können. »Ekelhaft, wie sie sich früher schon den Männern an den Hals geworfen hat«, sagte eine von ihnen, deren Pferdegesicht sich hasserfüllt verzog.

»Ja, eine Hure, eingebildet wegen ihrer Optik, als würde es Männern nur um Äußerlichkeiten gehen.«

Die anderen nickten zustimmend und prosteten sich zu. Einige nahmen bei dieser letzten Bemerkung einen besonders großen Schluck, vermutlich weil sie längst die Erfahrung gemacht hatten, dass das eben leider doch oft der Fall war.

Am Ende stand Trisha gut gelaunt auf, bewunderte Maxis Arbeit und bezahlte einen enormen Betrag für ein paar Strähnchen und eine kunstvolle Föhnfrisur.

Selbstbewusst marschierte sie auf die Straße, da fiel

ihr ein, dass sie das Trinkgeld für die Kleine vom Empfang vergessen hatte.

Niemand sollte sie für geizig halten, also machte sie auf dem Absatz kehrt und betrat erneut den Salon. Die anderen steckten immer noch die Köpfe zusammen, hatten sie nicht bemerkt.

»Das glaubt auch nur die, dass der gute Holger auf der Couch eingenickt ist«, rief eine von ihnen und eine andere johlte: »Der ist sicher nicht zum Schlafen bei Riccarda gewesen. Wie ich die kenne, hat die ihn wach gehalten.« Die Frau mit dem Pferdegesicht wieherte: »Holger wird es gefallen haben, wie man hört, steht der auf Abwechslung, warum nicht auch mal eine Knastschwester?« Das Gegröle schwoll an und die Gläser klirrten, als man sich freudig zuprostete.

Geschockt bewegte sich Trisha rückwärts, irgendwie gelang es ihr, durch die Tür zu schlüpfen und mit halbwegs beherrschter Miene die nächste Kneipe anzusteuern. Es roch nach gebratenem Fleischkäse und Bier. Ein einfaches, uriges Lokal, in dem man ihr zunickte, sie dann aber nicht weiter behelligte. Obwohl sie eindeutig kein Stammgast war, wurde sie von einer korpulenten Bedienung begrüßt, als wäre sie eine nahe Verwandte.

Trisha orderte einen Cognac, was der Kellnerin ein »So schlimm?« entlockte. Die Frau wartete jedoch nicht auf eine Antwort, sondern verschwand bereits Richtung Theke. Offensichtlich wurde das alkoholische Getränk nicht häufig bestellt, weshalb der Wirt beschlossen hatte, großzügig den Eichstrich am Schwenker zu ignorieren. Trisha befürchtete, dass man aus Mitleid so großzügig war, etwas, das sie als schrecklich demütigend empfand. Ihr Hass auf Riccarda wuchs.

Sie zerstört unser Leben, dachte sie verzweifelt.

Alle hielten Holger für einen Ehebrecher, was sollte sie jetzt tun? Sie liebte ihn zwar, aber konnte sie sich deshalb verspotten lassen? Für einen Augenblick dachte sie daran, München zu verlassen. Sie hatte eigenes Vermögen, das würde reichen. Holger könnte bei Meiner-Pharmazeutika kündigen und alles käme in Ordnung. Trisha nippte am Cognac. Der scharfe Alkohol ließ sie das Gesicht verziehen, dann jedoch durchströmte sie eine angenehme Wärme. Sie fühlte sich besser und der Gedanke, wegzuziehen, schien immer verlockender.

Plötzlich sah sie es. Der Fernseher lief und auf dem Bildschirm erschien ein altes Foto von ihr und Holger, aufgenommen bei irgendeiner Gala.

»Wie wir eben erfahren haben, scheint der Alibi-Zeuge von Riccarda Meiner mehr als nur ein Ex-Freund zu sein. Ganz offensichtlich hat Herr Holger Wahl auch nach der Inhaftierung der tödlichen Heiligen den Kontakt gehalten. Er soll regelmäßig Gast in der Justizvollzugsanstalt gewesen sein. Womöglich gab es auch sogenannte Intimbesuche.« Daraufhin folgte ein gehässiges Lachen, in das der Co-Moderator einstimmte.

Als Nächstes wurde der Studiogast befragt. Ein Untertitel wies ihn als Rechtsexperten aus. Die Kamera zoomte ihn heran und dann verkündete er mit großer Genugtuung seine Weisheiten: »Die Polizei wird sicherlich überprüfen, wie zuverlässig der Zeuge Holger Wahl tatsächlich ist. Sollte während der Haftzeit Kontakt zwischen ihm und Frau Meiner bestanden haben«, formulierte er in umständlichem Juristendeutsch, »ist fraglich, ob es nicht Absprachen bezüglich des Alibis gab.«

»Sie meinen, Riccarda Meiner ist doch die Mörderin von Meike Sommer?« Im Hintergrund wurde das Video abgespielt, das den Streit zwischen Riccarda und der Haushälterin vor der Villa zeigte.

»Das herauszufinden ist Sache der Polizei«, antwortete der Rechtsexperte lapidar.

Der Moderatorin war das jedoch genug. Sie seufzte theatralisch und sagte: »Tja, Pech für Riccarda Meiner und Pech für Trisha Wahl, die offenbar nichts von den Gefängnisbesuchen ihres Mannes wusste.«

Trisha saß fassungslos an dem kleinen Tisch und fragte sich, wie schlimm es noch werden konnte. Sie begann zu zittern, leerte den Rest des Cognacs auf einen Zug und gab der Bedienung ein Zeichen. Die eilte herbei.

»Ich möchte bezahlen.«

Die Frau warf ihr einen mitfühlenden Blick zu und murmelte: »Ist schon gut, Schätzchen, der geht aufs Haus. Wir Frauen müssen doch zusammenhalten.«

Trisha wusste nicht, was sie daraufhin sagen sollte. Verwirrt nickte sie und stolperte aus dem Lokal. Tränen rannen ihr über die Wangen, nicht nur wegen des Schmerzes, der ihr gerade zugefügt wurde, sondern auch wegen der Tatsache, dass offenbar nur eine wildfremde Person bereit war, ihr ehrlichen Trost zu spenden.

* * *

Etwa zur gleichen Zeit im Dienstgebäude der Kriminalpolizei München

»Sagen Sie mir, dass wir das nicht übersehen haben«, wandte sich Stutter angespannt an seinen Münchner Kollegen.

Das Wir benutzte er aus reiner Höflichkeit, denn es

war klar, dass es in Hauptkommissar Hürtgens Verantwortung gelegen hatte, den Alibi-Zeugen Holger Wahl zu überprüfen.

Hürtgen reagierte gelassen. »Haben wir nicht. Das mit Wahls Besuchen im Gefängnis ist eine Fake-Nachricht. Wir wissen, dass Riccarda Meiner niemanden außer ihren Anwälten im Gefängnis empfangen hat. Abgesehen davon verspürte lediglich der Cousin, Leander Meiner, das Bedürfnis, dem inhaftierten Familienmitglied seine Aufwartung zu machen.« Hauptkommissar Hürtgen ließ es sich nicht nehmen, noch spitz anzufügen: »Wir wissen hier auch, wie man ermittelt.«

»Ja, natürlich«, lenkte Stutter schnell ein. »Tut mir leid.« Er bedauerte seinen vorwurfsvollen Tonfall, denn in diesem Augenblick war ihm etwas klar geworden und er sagte freiheraus: »Es gibt nichts Schlimmeres für einen Ermittler als einen unklaren Fall. Ich weiß, wie sich das anfühlt, und ich bin keineswegs hier, um Ihre Arbeit zu kritisieren.«

»Hat sich gerade so angehört«, erwiderte Hauptkommissar Hürtgen bockig, stöhnte dann jedoch laut, während er sich auf seinem Stuhl ausstreckte und knurrte: »Dieses Weib hat mich damals schon um den Schlaf gebracht.«

Stutter nahm gegenüber dem Kollegen Platz und signalisierte, dass der offen sprechen konnte.

»Ich war gerade zum Hauptkommissar befördert worden. Man rief uns zum Tatort. Auf den ersten Blick ein eindeutiger Fall: Frau mit Tatwaffe in der Hand, Opfer und Täterin hatten schon im Vorfeld Streit, belastende Zeugenaussagen.« Er schlug mit der geballten Faust in die Handfläche seiner anderen Hand. »Aber, Kreizkruzefix«, fluchte er ärgerlich, »immer war da dieses Gefühl, ich hätte etwas übersehen. Und jetzt tauchen Sie auf, reden mit ihr und plötzlich behauptet Riccarda Meiner, unschuldig zu sein. Während der Befragungen vor sieben Jahren und auch im Gericht hieß es immer nur, sie könne sich nicht erinnern.«

»Womöglich weil das die bessere Taktik war«, warf Stutter ein. »Sie hatte gute Anwälte, niemand schickt seine Mandantin bei so einer Beweislast vor den Richter und lässt sie leugnen. Eine fehlende Erinnerung kann da viel hilfreicher sein.«

»Und warum rückt sie dann jetzt mit ihrer Unschuld heraus?«

»Gut möglich, um sich in einem besseren Licht zu präsentieren, sozusagen der Weg für die Zukunft. Außerdem hat sie das nicht öffentlich verlautbaren lassen, sondern es ist ihr im Eifer des Gefechts herausgerutscht.«

»Ja«, stimmte ihm Hürtgen zu, »und das macht es noch unheimlicher.« Er erinnerte sich nicht mehr an den genauen Wortlaut, fragte deshalb: »Wie hat sie es noch gleich formuliert?«

»Wenn man jemanden umbringt, dann brennt sich das einem ins Gedächtnis«, zitierte plötzlich Jasmin Nau, die den Raum betreten und einen Teil der Unterhaltung aufgeschnappt hatte. Sie sah die beiden Männer abwechselnd an und fuhr fort mit den Worten: »Vielleicht kann ich beantworten, warum sie das gesagt hat.«

* * *

Zur gleichen Zeit wählte Xaver Meiner die Handynummer seiner Frau Benita.

Sie klang gehetzt, als sie das Gespräch annahm.

»Wo bist du?«, fragte er genervt, als er ihre abgehackte Stimme hörte.

»Joggen«, schnaufte sie und er rollte mit den Augen.

Der Ehrgeiz seiner Frau, ewig den Körper einer Zwanzigjährigen behalten zu wollen, ging ihm schrecklich auf die Nerven. Ein paar Pfunde mehr würden sie vermutlich zu einem entspannteren Menschen machen.

»Was ist denn?«, holte ihn ihre ungeduldige Frage aus seinen Überlegungen.

»Warst du das?«, blaffte er, bereits ahnend, dass darauf ein Ja folgen würde.

»Wenn du die Geschichte mit Holgers Besuchen im Gefängnis meinst, dann ja. Übrigens nicht der Rede wert, du brauchst mir nicht zu danken.«

»Benita, das ist doch Schwachsinn. Holger hat Riccarda nie besucht und das weißt du auch. Die Polizei kann das überprüfen, das nützt gar nichts. Und wenn sie dich damit in Verbindung bringen, schadet es uns und der Firma.«

»Sei nicht albern«, schnaufte sie, offensichtlich war ihr Lauf beendet und sie kam wieder zu Atem. »Zunächst einmal glaubt ab sofort alle Welt, dass Holger nur aus Gefälligkeit ein Alibi gegeben hat. Trisha wird stinksauer sein und ihm die Hölle heiß machen, außerdem wird er gerade zum Buhmann der Nation. Künftig sollte er sich also seinen Umgang mit Riccarda sehr gründlich überlegen. Niemand wird ihm mehr glauben.«

»Die werden das im Fernsehen dementieren, Riccardas Anwälte reagieren garantiert darauf.«

»Natürlich werden sie dementieren, aber wen interessiert das schon? Die Meldung ist durch, das Dementi geht für gewöhnlich unter. Da bleibt ganz sicher etwas hängen. Es reicht doch, wenn die Öffentlichkeit an Riccardas Unschuld zweifelt. Banken werden sich zwei Mal überlegen, ob sie so jemandem einen Investitionskredit geben, Lieferanten und Kunden überdenken den Geschäftskontakt mit Sicherheit. Wenn du es richtig anstellst, dann wirst du zum Mann der Stunde. Sie werden mit dir verhandeln wollen, aber nicht mit ihr. Auf diese Weise können wir sie vorerst kaltstellen.«

Xaver stieß einen anerkennenden Laut aus. »Ich muss schon sagen, Benita, du bist genial. Trotzdem wird Riccarda sich nicht lange ruhig verhalten«, gab er zu bedenken.

»Richtig«, antwortete seine Frau, die langsam wieder zu traben begann, da sie sich entschlossen hatte, eine weitere Runde zu laufen. »Deshalb war das auch nur der Anfang.«

Xaver hatte gerade aufgelegt, als Riccarda in sein Büro stürmte. »Steckst du hinter dieser miesen Verleumdungskampagne?«, schnauzte sie wütend.

»Ich weiß nicht, was du meinst«, blieb ihr Bruder reserviert.

»Blödsinn«, brüllte sie.

Er gab voller Genugtuung nach. »Also gut, ich habe die Berichte im Fernsehen gesehen, aber ich habe nichts damit zu tun. Außerdem ist Holger mein Freund, ich würde ihm so etwas niemals antun.«

Riccarda runzelte die Stirn. *Vermutlich aber nur, weil du zu dämlich bist, auf so eine Idee zu kommen,* dachte sie und vor ihrem geistigen Auge erschien das Bild von Benitas verkniffenem Gesicht.

»Also schön, dann nehmen wir einfach an, dass das die Wahrheit ist. Jedenfalls brauche ich dich heute bei dem Termin mit den österreichischen Kunden, sie bestehen auf deiner Anwesenheit.«

Xaver lächelte zufrieden, der Plan seiner Frau schien aufzugehen.

Riccarda hatte ihn genau beobachtet und der Ausdruck in seinem Gesicht, der dem einer Katze glich, die gerade die Maus verschluckt hatte, reichte ihr, um eine Warnung auszusprechen: »Versuche nicht, mich aus meiner eigenen Firma zu drängen, das würde dir sehr schlecht bekommen.« Sie schlenderte gemütlich zur Tür und sagte kurz vor dem Verlassen des Raumes mit boshaftem Unterton: »Und grüße die liebe Benita von mir.«

* * *

Im Dienstgebäude der Kriminalpolizei München

Die beiden Hauptkommissare sahen Jasmin erwartungsvoll an. Die fuhr sich, wie so oft, durchs Haar, das bereits in alle Richtungen abstand und trotzdem den Eindruck erweckte, sie hätte es bewusst und unter großen Mühen in diese Position gebracht.

»Es gab vor zwei Jahren einen Zwischenfall im Frauengefängnis.«

»Davon ist mir nichts bekannt«, entgegnete der Münchner Beamte.

»Wurde auch aus verschiedenen Gründen unter Verschluss gehalten.«

»Was war das für ein Zwischenfall?«, fasste Stutter nach.

»Eine Mitgefangene hat Riccarda Meiner angegriffen, daher stammt auch die Narbe im Gesicht.«

»Wie?«, fragte Stutter überrascht.

»Eine Art selbst gebasteltes Messer. Jedenfalls ging diese Mitgefangene ohne Vorwarnung auf die Meiner los, es gab einen Kampf, ein Gerangel, während dem es der Meiner gelang, ihre Angreiferin zu überwältigen und ihr das Messer in den Oberkörper zu rammen, die Frau starb sofort.«

»Es gab keine Untersuchung?«, warf nun Hauptkommissar Hürtgen verständnislos ein.

»Doch, natürlich, aber der Fall war klar. Das Ganze ereignete sich nämlich vor den Überwachungskameras. Die Justizvollzugsbeamten waren umgehend zur Stelle, aber alles ging so schnell, dass die nicht mehr eingreifen konnten. Die Gefangene, die den Angriff gestartet hatte, saß wegen zweifachen Mordes lebenslänglich.«

»Und warum wollte sie Riccarda Meiner umbringen?«, stellte Stutter eine naheliegende Frage.

»Niemand weiß das so genau, allerdings nahm man ein religiöses Motiv an, die Frau sprach häufig von Dämonen und Engeln. Während des Angriffs schrie sie, dass sie die tödliche Heilige in die Hölle schicken müsse.«

Die Männer schwiegen.

»Jedenfalls konnte man Riccarda Meiner keine Schuld geben, sie handelte in Notwehr. Natürlich wurden die Staatsanwaltschaft eingeschaltet und die Anwälte der Meiner informiert. Keiner Partei lag daran, dass das an die große Glocke gehängt wurde. Beide Seiten scheuten die Öffentlichkeit, also einigte man sich zu schweigen. Vermutlich half das auch beim Beantragen der Bewährung.«

»Deshalb ist Riccarda Meiner heute davon überzeugt,

dass sie es wüsste, wenn sie Kuno Seiler ermordet hätte?«, brach es aus Hauptkommissar Hürtgen heraus.

»Ja, mag sein, dass sie das annimmt«, gab ihm Jasmin recht, »das heißt aber noch lange nicht, dass sie wirklich unschuldig war. Und sie kann uns diesen Brocken auch hingeworfen haben, um uns in die Irre zu führen. War doch klar, dass der Todesfall während der Haft zu uns durchdringt. Ich habe die Meiner erlebt und halte sie für kaltblütig und raffiniert. Sie gibt uns keine Erklärung für ihren Kommentar, lässt es uns selbst herausfinden und schon erhöht sich der Wahrheitsgehalt ihrer Behauptung.«

Stutter nickte anerkennend. »Kollegin Nau hat da einen interessanten Punkt angesprochen. Riccarda Meiner manipuliert uns möglicherweise.«

»Aber warum?«, rief Hürtgen.

»Denkbar, dass wir Teil irgendwelcher Rachepläne sind, vielleicht macht es ihr auch einfach Spaß, mit solchen Bemerkungen Unruhe zu stiften.«

»Ich sollte noch erwähnen, dass Frau Meiner nach diesem Angriff Zutrauen zum evangelischen Gefängnisgeistlichen gefasst hat«, ergriff Jasmin erneut das Wort.

»Die? Nie im Leben«, stieß Hauptkommissar Hürtgen heftig hervor und schüttelte den Kopf. »Die war nie eine Heilige und wird es auch nie sein.«

Jasmin schmunzelte. »Ganz meiner Meinung, trotzdem hat sie regelmäßig von den Angeboten des Pfarrers Gebrauch gemacht.«

»Die da wären?«, hakte Stutter aufmerksam nach.

»Pfarrer Jeuler betreute unter anderem Gefangene mit Suchtproblemen. Riccarda Meiner hat damals beim Prozess zugegeben, dass ihr Alkoholkonsum über der Norm lag, außerdem nahm sie gelegentlich Kokain. Allerdings scheint sie erst durch den Angriff auf ihr Leben den Weg der Vernunft entdeckt zu haben«, fuhr Jasmin fort, »und sie besuchte ab diesem Zeitpunkt auch regelmäßig den Gottesdienst des Pfarrers.«

»Wir müssen mit dem Mann sprechen«, drängte Stutter.

Oberkommissarin Nau verzog bedauernd das Gesicht. »Schon versucht, er lebt bei einer Tochter auf Helgoland und weigert sich, mehr über Riccarda Meiner zu sagen, als dass sie mit ihm in Kontakt stand.«

»Richterlicher Beschluss«, schlug der Münchner Hauptkommissar vor.

»Können Sie vergessen. Der Mann ist ein siebzigjähriger Geistlicher, der mir schon am Telefon versichert hat, dass er niemals das Vertrauen seiner Schäfchen missbrauchen würde, weder aufgrund eines richterlichen Beschlusses noch durch Daumenschrauben.« Sie schnaufte. »Das war ein Zitat. Glauben Sie mir, der bleibt stur und am Ende sind Sie der Polizist, der einen heiligen Mann misshandelt hat. Da versuche ich es lieber bei dem Cousin, Leander Meiner.«

»Der Einzige der ehrenwerten Sippschaft, der Riccarda im Gefängnis besuchen wollte«, ergänzte Hürtgen.

»Ja, aber sie hat sich geweigert, Besuch zu empfangen, nicht einmal Leander durfte kommen, nur die Anwälte. Der Cousin schickte ihr aber regelmäßig Briefe, sie wiederum hat laut Gefängnisverwaltung keinen einzigen zurückgeschickt.«

»Er hätte trotzdem den Mittelsmann für Holger spielen können, aber ohne Rückantwort macht das wenig Sinn. Bleibt noch die Anwaltskanzlei, doch die würden sich kaum in Mord mit hineinziehen lassen«, überlegte

Stutter laut. »Sieht also so aus, als hätte Frau Meiner, wenn es denn kriminelle Pläne gibt, diese allein geschmiedet. Versuchen wir noch mehr über Meike Sommer herauszufinden, womöglich führt uns das Opfer zum Täter oder der Täterin.«

KAPITEL SECHS

»Riccarda, bitte, wir müssen reden. Ich stehe vor deinem Haus und warte auf dich«, sprach Holger das x-te Mal auf den Anrufbeantworter.

Im Büro hatte sie ihn abgewimmelt wie einen lästigen Vertreter. Über ihre Vorzimmerdame wurde ihm ausgerichtet, dass momentan keine Zeit für Meetings wäre.

Riccardas Bruder Xaver war gleichermaßen abweisend gewesen, und beinahe hatte Holger geglaubt, die Geschwister hätten sich aufgrund einer unerwarteten göttlichen Fügung gegen ihn verschworen. Aber er hatte seine Quellen und so erfuhr er, dass der Kunde aus Österreich sich geweigert hatte, mit Riccarda zu verhandeln. Die Belegschaft fragte sich seither, ob Riccarda die Firma unter diesen Umständen tatsächlich leiten konnte.

Sie kann, hatte Holger gedacht, sich jedoch gehütet, das Gehörte zu kommentieren.

Er war also wie befürchtet zwischen die Fronten geraten und zu Hause saß seine hysterische Frau. Trisha war davon überzeugt, dass er Riccarda im Gefängnis besucht hatte, obwohl die Falschmeldung mittlerweile vom Sender berichtigt worden war. Das Dementi hatte man am späten Abend gesendet, ganz nebenbei und ohne Entschuldigung.

»Wie es aussieht, hat Herr Wahl dann doch davon abgesehen, seine ehemalige Geliebte im Gefängnis zu besuchen.« Ein einziger, gelangweilt aufgesagter Satz. Trisha hatte er nicht besänftigt. Sie glaubte ihm nicht, drohte sogar mit Scheidung. Aufgelöst hatte sie ihn beschimpft, Gegenstände nach ihm geworfen und doch wusste er, dass sie ihre Drohung niemals wahr machen würde. Trisha hasste nämlich die Vorstellung, eine geschiedene Frau zu sein. Das lag zum einen an ihrer christlichen Erziehung, zum anderen legte sie viel Wert auf ihre gesellschaftliche Stellung und befürchtete, als Geschiedene über vierzig gemieden zu werden. Dazu kam, dass Trisha ihn hätte auszahlen müssen. Ihr gehörten einige Immobilien in München und die hatten über die Jahre enorme Mieteinnahmen abgeworfen, ganz abgesehen von den Wertpapierdepots. Trishas Vater hatte gute Vorsorge für seine Tochter getroffen, und einen Ehevertrag gab es nicht. Obwohl Holger ein saftiges Gehalt kassierte, reichten seine Einkünfte nicht an die seiner Frau heran. Er mochte Trisha, aber verrückt nach ihr war er nie gewesen. Wenn er richtig darüber nachdachte, dann wäre eine Scheidung gar keine so schlechte Lösung, allerdings benötigte er dazu erst einmal die Zusage von Riccarda. Für einen kurzen Moment sah er sich als Geschäftsführer von Meiner-Pharmazeutika. Als Riccardas Ehemann bräuchte er auf Xaver keine Rücksicht mehr zu nehmen. Ein zufriedenes Grinsen huschte über das attraktive Gesicht des Dreiundvierzigjährigen. Jetzt musste er nur noch Riccarda überzeugen.

Erneut sah er auf das Handydisplay, fünfzehn Anrufe von Trisha, aber keiner von Riccarda. Er hatte den silbernen Sportwagen in ihrer Einfahrt geparkt, war sogar ausgestiegen, um über die Mauern zu spähen, konnte aber keine Lebenszeichen entdecken. Dann hatte es zu regnen begonnen und er hatte sich schnell wieder ins Auto gesetzt. Während die Tropfen gegen die Scheiben prasselten und Windböen den schnittigen Wagen gelegentlich zum Schaukeln brachten, dachte er über seine Zukunft nach. Ein plötzlicher Schlag gegen das Seitenfenster ließ ihn zusammenfahren, und für eine Sekunde glaubte er, sein Herz würde aussetzen. Dann erkannte er jedoch, dass jemand mit einer Taschenlampe ins Innere leuchtete.

»Verdammt«, fluchte er laut und wusste nicht, was jetzt schlimmer wäre: ein Sicherheitsdienst, der ihn vertreiben wollte, oder Reporter, die ihn morgen als Riccarda Meiners Stalker outen würden.

Er hätte nicht hier parken und sich somit selbst auf den Präsentierteller setzen sollen. Warum war er nicht um die Ecke gefahren?

Erneut klopfte jemand an seine Scheibe. Das Licht blendete ihn, trotzdem erkannte Holger, dass es eine weibliche Hand war.

Riccarda, dachte er sofort und beeilte sich die Tür zu öffnen.

»Ich habe auf dich gewartet«, sagte er freudig, hielt jedoch mitten im Satz inne und sah überrascht zu seinem Gegenüber. Was auch immer er sich vorgestellt hatte, es lief nicht nach Plan. Kurze Zeit später kniete er auf dem Boden, der Regen klatschte ihm ins Genick, kalte Tropfen suchten die Lücken zwischen Kragen und Haut, rannen über seinen Rücken und ließen ihn frösteln. Der Schlag war hart, kräftig und kam für ihn trotz allem, was in den letzten zwei Tagen passiert war, völlig unerwartet. Es folgten weitere schmerzvolle Hammerschläge. Seine Schädeldecke hielt dem Angriff nicht stand. Knochen splitterten, Blut spritzte aus den Wunden und wurde zusammen mit dem kalten Wasser zu einem lauwarmen Gemisch, das ihm wie ausgespültes Shampoo über das Gesicht lief.

Holger war bereits zur Seite gekippt. Die Angreiferin zögerte nicht und schlug weiter auf ihn ein. Der Hammer sauste unaufhörlich nieder. Er wurde nicht mit dem Verlangen geführt zu töten, sondern zu zerstören. Trotz der Gefahr, entdeckt zu werden, vollendete sie ihr Werk und knipste die Taschenlampe aus. Sie wurde nun eins mit der Dunkelheit, verschmolz regelrecht mit ihr. Nur im Licht hätte man das Blut erkennen können, das von dem langen Plastikcape abperlte und vom Regen aus ihren Haaren gespült wurde. Feine rote Sprenkel, die von der Fähigkeit zeugten, anderen Schmerz zufügen zu können.

* * *

Etwa eine Stunde später

Wieder wurde Riccarda Meiners Villa von der Presse belagert. Dieses Mal gab es jedoch die Polizeiabsperrung, die die Medien auf Abstand hielt.

Stutter stand mit seinen Kollegen im Regen und betrachtete die Leiche, um die man mühsam eine Art Zelt aufgebaut hatte. Hauptkommissar Hürtgen hob fragend seine gewaltigen Schultern und stöhnte: »Lacht uns die Frau ins Gesicht, oder warum finden wir ihren ermordeten Liebhaber direkt vor ihrer Haustür?«

»So dreist kann sie nicht sein«, antwortete Jasmin. »Ist doch klar, dass wir sie als Erstes verdächtigen.«

»Ja, und vielleicht ist sie darauf vorbereitet«, warf Stutter nachdenklich ein.

Der Gerichtsmediziner unterbrach ihre Unterhaltung, indem er einen Hammer hochhielt, der sich in einer Beweismitteltüte befand, und sagte: »Könnte die Mordwaffe sein.«

»Und was ist das?«, fragte Hauptkommissar Hürtgen, sichtlich um Fassung ringend, und deutete auf die drei dünnen Äste, die aus dem Körper des Toten herausragten. Sie waren etwa einen Meter lang und wirkten wie Stacheln.

»Tja, das ist mir auch noch nicht untergekommen«, erwiderte der Gerichtsmediziner bedauernd. »Jedenfalls wurden die dem Opfer mit Gewalt in den Körper gerammt, vielleicht unter Zuhilfenahme des Hammers.« Er gab seinem Assistenten die Anweisung, entsprechende Aufnahmen zu machen, bevor er, sorgsam darauf bedacht, alle Regeln der Beweissicherung zu befolgen, einen der dünnen Äste aus dem Hals des Opfers zog. Ein weiterer steckte in der Stirn und war etwas geknickt, ein dritter auf Höhe der rechten Hüfte.

»Ist es schwierig, diese Äste in die Haut zu stoßen?«, fragte Stutter interessiert.

Der Gerichtsmediziner hob den entnommenen Ast in die Höhe und schüttelte den Kopf. »Der Mann ist höchstens eine Stunde tot. Ich nehme an, man hat ihm die direkt nach der Tat ins Fleisch gestoßen, da ist das Gewebe nachgiebig. Außer an der Stirn, dort war der Knochen im Weg, deshalb sitzt der Stängel nicht besonders tief und ist abgebrochen.« Er zog an dem Ast und wie zur Bestätigung glitt der sofort aus der Wunde.

Erst als alle drei entfernt waren, drehte der Gerichtsmediziner mithilfe seines Assistenten den Toten auf den Bauch. Der zerschmetterte Hinterkopf von Holger Wahl blickte den Beamten entgegen und ließ sie blass werden. Das harte weiße Licht der aufgestellten Strahler erfasste jeden Knochensplitter und jeden noch so winzigen Gewebebrocken.

»Können Sie uns etwas zum Täter sagen?«, drängte Stutter. Er wurde deutlicher: »Mann oder Frau?«

Der Arzt lachte spöttisch auf. »Woher soll ich das wissen?«, gab er Antwort, lenkte dann jedoch ein und erklärte: »Vielleicht gibt uns die Autopsie darüber Aufschluss. Momentan weiß ich nur, dass man mehr als einmal auf ihn eingeschlagen hat, derjenige oder ...« Er sah in Stutters Richtung. »... diejenige war gründlich, so viel steht jedenfalls fest.«

* * *

Zur gleichen Zeit im Haus von Anke Seiler

Anke Seiler stand am Fenster ihres Schlafzimmers und starrte durch ein Fernglas. Der Tumult auf der anderen Seite war ihr natürlich nicht entgangen, nun versuchte sie zu erkennen, was genau sich vor der Meiner-Villa ereignete.

»Mama?«, stieß Philippa überrascht hervor, als sie ihre Mutter in dieser Position im dunklen Zimmer vorfand. »Was tust du da?«, fügte sie noch vorwurfsvoll an. »Spionierst du etwa?«

Philippas Mutter unterließ es, zu leugnen oder sich die Mühe zu machen, verschämt das Fernglas hinter dem

Rücken zu verstecken, stattdessen erklärte sie: »Da drüben ist etwas passiert und ich halte mich auf dem Laufenden.«

Im nächsten Augenblick drängte sich ihre Tochter neben sie und griff nach dem Fernglas. »Lass mich auch sehen.«

Anke überließ ihr den alten Feldstecher und rieb sich müde über die Augen. »Die Polizei ist dort und ein Krankenwagen.«

»Vielleicht ist Riccarda Meiner tot umgefallen«, erwiderte Philippa boshaft, was ihre Mutter veranlasste, den Arm um sie zu legen und zu sagen: »Du solltest so etwas nicht einmal denken.« Sie küsste die Siebzehnjährige auf das Haar, es roch nach Shampoo. Sie hatte es gewaschen und geföhnt und es fühlte sich weich und samtig an. Mit einem plötzlichen Gefühl der Rührung bemerkte Anke, dass da auch immer noch dieser besondere Duft war, den Philippa bereits als Baby an sich gehabt hatte und den Anke wie jede Mutter unter tausend anderen erkennen würde.

»Die Anwesenheit der Polizei könnte doch bedeuten, dass man sie verhaften wird«, überging die Tochter die Ermahnung und folgte interessiert dem Geschehen auf der gegenüberliegenden Straßenseite.

Einem plötzlichen Impuls folgend ließ sich Anke hinreißen und rief: »Gott, dafür bete ich jeden Tag.«

Philippa senkte das Fernglas und betrachtete ihre Mutter aufmerksam. »Du kannst es auch nicht, oder?«

Es folgte keine Antwort und die Siebzehnjährige wurde deutlicher: »Du kannst auch nicht vergeben?«

Die beiden Frauen blickten sich an. Anke war versucht, ihrem Kind eine ehrliche Antwort zu geben, ihm die Wahrheit zu sagen, aber dann hielt sie doch irgendetwas zurück und sie entgegnete müde: »Wir müssen es versuchen, sonst werden wir niemals unseren Seelenfrieden finden.«

Sie schlang den Arm erneut um die Tochter, drückte sie fest an sich und sagte: »Komm, lass uns das hier beenden. Wir werden noch früh genug erfahren, was genau passiert ist. Ich habe Reporter und Übertragungswagen gesehen.«

Philippa gab nach, schaltete dann aber im Wohnzimmer sofort den Fernseher ein und lauschte interessiert den Spekulationen. Fast zeitgleich klingelte es an der Auffahrt.

Durch die Gegensprechanlage meldete sich ein Polizist. Wieder wechselten die beiden Frauen einen Blick.

»Wenn er uns befragt, dann geht es bestimmt um die Meiner«, folgerte Philippa zufrieden.

Kurze Zeit später saßen Anke und Philippa Seiler den Beamten Nau und Stutter gegenüber.

Der Hauptkommissar war überrascht vom Lebensstil der Familie. Er erinnerte sich an die Protokolle von damals, daran, dass Kuno Seiler durchweg als strenggläubiger Mann beschrieben worden war, der nur das Gute im Menschen suchte. Vermutlich hatte das Stutter zu der irrigen Annahme geführt, die Mitglieder seiner Gemeinde und damit auch seine Familie würden ein eher asketisches Leben führen und weltlichen Dingen abgeneigt gegenüberstehen. Aber sowohl das Gebäude selbst als auch die Einrichtung, sogar das Freizeitoutfit der Tochter zeugten von Geld und Markenbewusstsein.

»Wie können wir Ihnen behilflich sein?«, fragte Anke Seiler, die nicht vergaß, den durchnässten Beamten ein heißes Getränk anzubieten.

Zu Jasmins Überraschung nahm Stutter an. Sie war

nicht davon ausgegangen, dass er sich hier länger aufhalten wollte, daher vermutete sie, dass irgendetwas kurzfristig seine Neugier geweckt hatte, und ließ sich gerne zu einem Kaffee überreden.

»Sie wohnen hier sehr schön«, stellte der Hauptkommissar fest, während Anke Seiler in der Küche hantierte.

Philippa sah ihn neugierig an, sagte dann amüsiert: »Sie hatten geglaubt, in ein Kloster zu kommen, was?«

Stutter schenkte ihr ein entwaffnendes Lächeln und nickte. »So was in der Art.«

Ihr schien es Spaß zu machen, ihn eines Besseren zu belehren. »Das denken immer alle, auch meine Freunde in der Schule, wenn sie das erste Mal hören, dass ich einer besonderen Kirche angehöre. Wenn die mich dann besuchen, machen die genau das gleiche Gesicht wie Sie.« Es folgte ein Lächeln, das deutlich machte, wie hübsch das Mädchen war. »Wir sind keine Hinterwäldler«, sagte Philippa nun vehement. »Wir üben lediglich unseren Glauben so aus, wie wir das möchten. Das heißt nicht, dass wir keine Freude am Leben haben.«

Anke Seiler, die in diesem Augenblick das Wohnzimmer betrat und den letzten Satz hörte, schüttelte mit einem resignierten Augenrollen den Kopf. »Meine Tochter ist sehr engagiert. Eines Tages möchte sie einmal unsere Pfarrerin werden und die Gemeinde führen, so wie ihr Vater.«

Philippa senkte verlegen den Kopf, als sie sich bewusst wurde, dass alle Blicke auf sie gerichtet waren.

Jasmin rettete die junge Frau, indem sie sagte: »Ich wollte auch einmal Pfarrerin werden, habe sogar mit dem Studium begonnen.«

»Wirklich?« Philippa gab sich sehr interessiert. »Warum sind Sie dann bei der Polizei gelandet?«

»Zweifel an mir, vermutlich mangelnde Berufung«, antwortete die Oberkommissarin leichthin, auch wenn ihre Entscheidung damals in Wirklichkeit alles andere als einfach gewesen war. »Mein Vater ist auch Geistlicher, daher schien es mir logisch, in seine Fußstapfen zu treten, aber manchmal kommen die Dinge anders, als man sie geplant hat.«

»Das kann mir nicht passieren«, ereiferte sich Philippa.

»Phili«, mahnte die Mutter.

»Kein Problem«, mischte sich Jasmin ein. »Ist doch gut, wenn man weiß, was man will.« Sie lächelte dem Mädchen zu und dachte bei sich: *Wir sprechen uns in ein paar Jahren.*

Der Kaffee war verteilt und Stutter sagte: »Sie können sich vermutlich denken, warum wir hier sind.«

»Wir haben die Fahrzeuge vor der Tür der Meiners gesehen«, erwiderte Philippa sofort.

Stutter wirkte unschlüssig, sollte er wirklich vor der Tochter sprechen? Andererseits war sie alt genug und galt ebenfalls als mögliche Zeugin, deshalb fuhr er fort: »Es gab einen Todesfall und wir suchen nach Zeugen.«

Anke riss überrascht die Augen auf und auch Philippa wirkte bestürzt. Letztere jedoch hatte sich schnell wieder im Griff und schnappte: »Also hat sie wieder jemanden umgebracht. Hoffentlich verhaften Sie diese Mörderin bald.«

»Sie sprechen von Frau Meiner?«, fasste Stutter behutsam nach, während Philippas Mutter einen mahnenden Blick zur Tochter warf.

»Natürlich spreche ich von ihr«, entgegnete diese nun beherrschter. »Das haben Sie jetzt davon, dass Sie sie aus dem Gefängnis entlassen haben.«

»Konnten Sie denn etwas beobachten? Wir sprechen von den letzten eineinhalb Stunden«, fragte der Hauptkommissar ganz direkt.

»Nein, ich war im Schwimmbad, ich trainiere für die Schulmannschaft.«

»Wir haben einen überdachten Pool im Garten«, warf Anke erklärend ein.

»Dann bin ich zurück ins Haus, habe geduscht.«

»Und Sie?«, wandte sich der Beamte an die Mutter.

»Ich war hier im Wohnzimmer, als ich die Sirenen hörte. Ich gebe zu, dass ich neugierig wurde und deshalb nach oben in mein Schlafzimmer ging, um besser zu sehen. Aber da waren Sie schon vor Ort. Sonst ist mir nichts aufgefallen.«

»Dürfte ich mir den oberen Raum einmal ansehen?«

»Sicher«, entgegnete Anke freundlich und stand auf.

Die Vierergruppe gelangte über eine breite Treppe ins nächste Stockwerk. Sie betraten ein Schlafzimmer, dessen Einrichtung an die luxuriöse Ausstattung ihrer Hotelsuiten erinnerte. Stutter bemerkte das Fernglas auf dem Bett, kommentierte seine Entdeckung jedoch nicht. Er trat ans Fenster und stellte fest, dass man von dort die Einfahrt im Blick hatte und den vorderen Poolbereich.

Anke Seiler war so liebenswürdig, ihm anzubieten, sich auch die anderen Räume im Obergeschoss anzusehen. Tatsächlich konnte man von jedem Fenster an der vorderen Fassade auf das Grundstück von Riccarda Meiner blicken, allerdings sah man immer nur kleine Ausschnitte wie zum Beispiel den Pool, ein Stück Rasen oder ein Drittel des Tennisplatzes, der Rest wurde von hohen Nadelbäumen und Sträuchern verdeckt.

»Die Villen sind so angelegt, dass man normalerweise

ausreichend Privatsphäre hat«, erklärte ihm die Frau. »Man kann hier sehr friedlich miteinander leben.«

Philippa, die am Türrahmen lehnte und eine Haarsträhne zwischen den Fingern zwirbelte, ergänzte jedoch gehässig: »Wenn man nicht gerade eine Mörderin als Nachbarin hat.«

»Das reicht jetzt«, fuhr Anke die Tochter an, die daraufhin beleidigt und ohne Gruß ging.

Geräuschvoll stieß ihre Mutter die Luft aus. »Nehmen Sie dieses Verhalten bitte nicht persönlich. Phili ist ein gutes Kind, aber der Tod ihres Vaters, der macht ihr immer noch zu schaffen, und seit diese Frau wieder gegenüber eingezogen ist ...« Sie blickte Stutter eindringlich an. »Bitte«, fuhr sie flehend fort, »sagen Sie mir, dass dieser Albtraum jetzt endet und Riccarda Meiner für immer im Gefängnis verschwindet.«

Der Hauptkommissar konnte keine Details über laufende Ermittlungen freigeben. Gerne würde er behaupten, der Fall sei gelöst. Hätte es eindeutige Beweise für Riccarda Meiners Schuld gegeben, dann wäre sie längst verhaftet worden. Aber sie hatte auch für diesen Mord ein Alibi, kein unumstößliches, aber ein gutes. Diese Tatsache und der Anwaltstross, der sich zu der polizeilichen Vernehmung um die Frau versammelt hatte, machten es unmöglich, Riccarda Meiner irgendeiner Straftat zu bezichtigen.

* * *

Es war gerecht gewesen, erneut zu töten, gerecht und notwendig. Holger Wahl hatte es nicht verdient zu leben. Er war ein Lügner und Betrüger gewesen, ein Egoist, deshalb hatte sie ihn bestrafen müssen. Gefängnisbesuche hin oder her, er war ganz offenbar unfähig, Versprechen zu halten. Für so jemanden musste der Tod schmerzhaft sein. Die Erinnerung an die Hammerschläge brachte die Augen seiner Mörderin zum Leuchten. Sie dachte an die dumpfen Geräusche, die das brachiale Werkzeug hervorgebracht hatte. Selbst der prasselnde Regen war nicht in der Lage gewesen, das Brechen der Knochen zu übertönen. In ihrer Fantasie hatte sie nicht den Hammer, sondern eine lange, geschmeidige Peitsche geschwungen, eine Peitsche, die bei jedem Hieb in die Haut schnitt, sie zerriss wie Papier und dann weiter auf die zerfetzten Stellen eindrosch, bis alles Leben aus dem Körper entwichen war. *Ja*, dachte die Mörderin von Holger Wahl und spannte automatisch die Muskeln an, *so hast du deine Strafe bekommen. Zu Tode geprügelt und zurückgelassen, schmerzvoll und einsam gestorben.*

Niemand hatte etwas bemerkt, sie war gekommen und gegangen, als hätte eine höhere Macht eine schützende Hand über sie gehalten. Die letzten Jahre hatten sie stark gemacht. Die Menschen, die ihr Leid zur Schau stellten, die waren schwach, aber jene, denen es gelang, es zu verbergen, die stärkte es, die wuchsen über sich hinaus.

Allerdings war es noch nicht vorbei, und so betrachteten die funkelnden Augen mit geradezu liebevoller Hingabe den abgerissenen Ast eines Holunderstrauchs.

* * *

Die Beamten erreichten die Wohnung von Trisha und Holger Wahl im Stadtteil Schwabing. Selbst in der verregneten Nacht konnte man die Pracht des ehemaligen Mietshauses erkennen, das man mit viel Hingabe renoviert hatte. Die Wahls lebten im obersten Stockwerk, dem Penthouse.

Es dauerte eine Weile, bis eine leise Stimme über die Gegensprechanlage fragte: »Ja, bitte?«

»Polizei«, antwortete Hauptkommissar Hürtgen, der es übernehmen würde, die Witwe vom Tod ihres Mannes in Kenntnis zu setzen. Er wollte noch mehr sagen, eine kurze wohlüberlegte Erklärung abgeben, aber das schien nicht notwendig, denn Trisha drückte augenblicklich auf den Türöffner.

Das Treppenhaus war kühl und offenbar gut isoliert, denn von außen drangen keinerlei Geräusche nach innen. Roter Teppich auf weißem Marmor, einige Spiegel mit verschnörkelten Goldrahmen und ein Ensemble aus winzigen Sesseln und Tischen rundeten das Bild eines Herrschaftshauses ab.

Der moderne Fahrstuhl versteckte sich hinter einer dem Stil der damaligen Zeit angepassten Holzverkleidung. Oben angekommen empfing sie Trisha Wahl in einem merkwürdigen Zustand. Es war fast so, als wüsste sie, warum die drei hier waren. Stutter erlebte das nicht das erste Mal. Oft hatten Familienangehörige eine Ahnung, spürten einfach, dass etwas Schlimmes passiert sein musste. Natürlich war das auch eine logische Schlussfolgerung, denn warum sonst standen für gewöhnlich Beamte mitten in der Nacht vor der Tür? Allerdings handelte es sich nicht um einen tödlichen Autounfall, sondern um Mord. Noch dazu an einem Ehemann, der es ganz offensichtlich mit der Treue nicht so genau nahm. Unweigerlich musste in so einem Fall die Ehefrau zu den Verdächtigen zählen.

Trisha Wahl sprach nicht, sondern sah die drei lediglich an. Sie trug ein unbequem aussehendes Kostüm, darüber eine Strickjacke, allerdings keine Strümpfe und Schuhe. Ihr Haar war zerzaust, so als hätte sie darauf geschlafen, und in der Hand hielt sie ein Glas. Lippenstift verschmierte den Rand, die Reste des Inhalts sahen aus wie eine hochprozentige Spirituose.

Sie weiß es schon, schoss es auch Jasmin durch den Kopf.

»Ich muss Ihnen leider mitteilen«, begann Hauptkommissar Hürtgen, aber er konnte nicht zu Ende sprechen, plötzlich schrie Trisha auf: »Er ist tot, Holger ist tot«, dann brach sie schluchzend zusammen.

Hauptkommissar Hürtgen verständigte über Funk den Notarzt, während sich Jasmin um die Frau kümmerte. Die Witwe von Holger Wahl weinte und zitterte am ganzen Körper. Ohne Widerstand ließ sie sich auf die Couch führen und in eine Decke hüllen. Jasmin nahm an, dass die Frau unter Schock stand. Während die Männer ein Auge auf Trisha hatten, machte sich Jasmin auf die Suche nach der Küche, um ein Glas Wasser zu organisieren. Sie fand den Raum schnell, schaute sich gerade nach den Gläsern um, als ihr Blick zufällig auf den Mülleimer fiel. Ein hauchdünner Seidenstrumpf lugte unter dem Deckel hervor. Neugierig betätigte Jasmin den Treteimer. Dort fand sie einen weiteren Strumpf, wollte es schon mit einem Schulterzucken dabei belassen, als sie auch noch ein Paar Schuhe entdeckte. Die Oberkommissarin war plötzlich sehr an dem Inhalt des Abfallbehälters interessiert. Sie vergaß das Glas und beugte sich über den Eimer. Die Schuhe sahen neu und teuer aus, sie hatten Wasserflecken, aber da war noch etwas anderes.

Vorsichtig kramte die Beamtin Handschuhe aus ihrer Jacke und hob einen der High Heels an. Jasmin hatte schon zu oft getrocknetes Blut gesehen, um es jetzt nicht zu erkennen. Sie dachte daran, dass Trisha beim Eintreffen der Beamten barfuß gewesen war und dass sie nicht überrascht gewirkt hatte.

»Jens«, rief sie mit fester Stimme Richtung Wohnzimmer.

Kurze Zeit später brachte man Trisha Wahl in die Klinik und beorderte ein Team der Kriminaltechnik in deren Wohnung.

»Wie es aussieht, haben wir eine überzeugende Hauptverdächtige«, bemerkte Hauptkommissar Hürtgen, als man ihm von dem Fund berichtete. »Die eifersüchtige Ehefrau, ein wasserdichter Fall.« Der Beamte rieb sich zufrieden die Hände.

Aber schon am nächsten Morgen musste er wieder einmal erfahren, dass die einfachste Lösung eben nicht immer die richtige war.

* * *

Am nächsten Morgen

Trisha Wahl hatte sich rechtlichen Beistand geholt. Auch ihr standen ausreichend finanzielle Mittel zur Verfügung, um sich mit Fachleuten zu umgeben, die bereit waren, für ihre Mandantschaft zu kämpfen.

In der Vernehmung bestritt sie ihre Schuld. »Ich habe meinen Mann nicht getötet«, sagte sie mit fester Stimme.

»Sie hatten in letzter Zeit viel Streit, Nachbarn sagen aus, dass es laut geworden sei, sich nach Handgreiflichkeiten angehört habe.«

»Das sind ja wohl wilde Spekulationen gelangweilter Anwohner. Keiner von denen scheint mir die nötigen Qualifikationen mitzubringen, um als Geräuschexperte zu gelten«, sagte die Anwältin an Trishas Seite. Eine Frau mit kräftiger Statur, die ein bisschen wie eine Schwester von Hauptkommissar Hürtgen wirkte, im Großen und Ganzen einen sympathischen Eindruck machte und ganz offenbar einen ausgeprägten Sinn für trockenen Humor besaß. Davon zeugte auch ihre nächste Bemerkung: »Da fragt man sich doch, warum Ihre sogenannten Zeugen nicht die Polizei gerufen haben, wenn sie so überzeugt von Handgreiflichkeiten waren. Mit was haben wir es also zu tun? Unterlassene Hilfeleistung oder jemand, der sich wichtigmacht? Im Zeugenstand knicken die Ihrem Staatsanwalt ein, so viel ist sicher!«

»Ihre Mandantin wird ja wohl kaum leugnen, dass es Konflikte zwischen ihr und dem Ehemann gegeben hat.«

»Wenn Sie mir in München eine Ehe zeigen, in der es keine Konflikte gibt«, antwortete die Juristin schnippisch, »dann sind Sie mein Gast beim nächsten Oktoberfest, und zwar jeden Tag, so lange es dauert. Hähnchen, Bier, Schnaps und Gaudi inbegriffen.«

Stutter hätte gegrinst, wäre der Anlass ihres Zusammenseins nicht so ernst gewesen. Deshalb fuhr er in ruhigem Ton fort, wandte sich dieses Mal direkt an Trisha Wahl.

Die sah im Vergleich zum Vorabend wirklich krank aus. Sie war blass und das ungeschminkte Gesicht, das ohne die gestylten Haare zu rund wirkte, wies zahlreiche kleine Fältchen auf. Vermutlich kaschierte sie die für gewöhnlich mit Make-up.

Jasmin war das auch aufgefallen und sie dachte automatisch an Riccarda Meiner, die im gleichen Alter war. Die sah, selbst mit der Narbe im Gesicht und nach der Zeit im Gefängnis, frischer und jünger aus.

Das Leben ist ungerecht, schoss es der Oberkommissarin durch den Kopf und sie musste sich zwingen, nicht zu seufzen.

»Sie hatten das Blut Ihres Mannes an den Schuhen, das Labor hat das eindeutig festgestellt.«

»Das kann von überall stammen«, mischte sich die Anwältin ein. »Männer schneiden sich beim Rasieren und sind nicht gerade dafür bekannt, besonders auf Sauberkeit zu achten. Sicherlich sind einige Spritzer auf den Schuhen von Frau Wahl gelandet, als sich die beiden am Morgen verabschiedet haben.«

»Ja, woraufhin Ihre Mandantin augenblicklich reagierte und die Schuhe in den Müll warf.« Stutter hatte den Tonfall seines Gegenübers nachgeahmt, sagte nun aber zynisch: »Dieses Argument, Frau Anwältin, wird wiederum der Staatsanwalt zerpflücken.«

Die Anwältin rückte ihren üppigen Busen in Position und schnappte: »Wir werden sehen. Erstens steht es Frau Wahl frei, ihr Eigentum zu entsorgen, wenn ihr danach ist, und zweitens ist nur auf den Schuhen meiner Mandantin Blut. Fürs Protokoll: nur wenige Spritzer. Hätte sie das getan, was Sie ihr vorwerfen, dann wäre auch die Kleidung erheblich in Mitleidenschaft gezogen worden. Ihre Kollegen fanden nirgendwo sonst in der Wohnung oder dem Wagen Blutspuren.«

Das war ein gutes Argument und Stutter wusste das. Auch ihn hatte diese Tatsache stutzig werden lassen. Er wollte es der anderen Seite jedoch nicht so leicht machen und daher zu einem Gegenschlag ansetzen.

Überraschenderweise wurde er von Trisha unterbrochen, die sich entschloss, eine umfänglichere Aussage zu machen: »Ich habe ihn gefunden«, sagte sie mit abwesendem Blick. »Er lag am Boden. Ich wollte wegfahren, gar nicht aussteigen, aber …« Sie brach ab. »Er war doch mein Mann, also ging ich zu ihm.« Plötzlich schien sie sich zu sammeln. Ihre Stimme wurde fester. »Ich wusste, dass er tot war, so wie er dalag. Diese Dinger, die aus seinem Körper ragten, das Blut.« Tränen liefen ihr über die Wangen. »Das ist Riccardas Werk. Sie hat es schon wieder getan. Von Anfang an war das ihr Plan gewesen.«

»Ihren Mann umzubringen?«, ging Stutter darauf ein.

Trisha sah ihn an, als hätte sie es mit einem Begriffsstutzigen zu tun. »Riccarda tut, was sie für notwendig hält. Sie haben keine Ahnung, wer diese Frau ist. Holger hatte recht, sie wollte uns auseinanderbringen, das hat sie ja jetzt geschafft.«

»Ihr Mann gab zu, dass er in jener Nacht Sex mit Riccarda Meiner hatte«, erinnerte sie Stutter. »Hat er das Ihnen gegenüber nicht erwähnt?«

Sie lachte auf. »Er hat es abgestritten, aber ich dachte mir das schon«, reagierte Trisha kalt. »Diese Hexe hat ihn eingewickelt, dieser Sex geschah gewiss nicht einvernehmlich, sie hat ihn überrumpelt.«

Stutter, der es für eine gute Idee hielt, die Verdächtige zu provozieren, um so eventuell mehr zu erfahren, fragte unschuldig: »Sie glauben, Riccarda Meiner hat Ihren Mann zum Beischlaf gezwungen?«

Trishas Lippen pressten sich wütend zusammen, bevor sie zischte: »Nennen Sie es, wie Sie wollen. Ich kenne Riccarda lange genug, um zu wissen, dass diese

Frau zu allem fähig ist.« Ihr Blick wanderte von Stutter zu Jasmin Nau. Ein verächtlicher Ausdruck erschien auf ihrem Gesicht, als sie sagte: »Sie sind ein Mann, Sie bemerken so etwas nicht, aber fragen Sie Ihre Kollegin, die versteht, was ich meine.«

»Sie behaupten also, Ihren Mann tot in der Auffahrt von Frau Meiner gefunden zu haben, und dann was? Sie sind einfach weggefahren, nach Hause, haben sich einen Drink eingeschenkt und ferngesehen? Ein Kreuzworträtsel gelöst?«

»Ich stand unter Schock«, giftete Trisha, und ihre Anwältin verschaffte sich Gehör.

»Sie selbst haben den Notarzt verständigt. Das medizinische Personal kann bestätigen, wie schlecht es Frau Wahl ging.«

»Wieso waren Sie überhaupt dort?«, mischte sich nun Jasmin ein, bemüht, verständnisvoller zu wirken als ihr Chef.

»Ich habe Holger gesucht.«

Wieder übernahm Stutter. Er hielt ein kleines Aufnahmegerät in die Höhe und drückte die Play-Taste. Trishas Stimme erklang, es waren Nachrichten, die sie letzte Nacht auf dem Anrufbeantworter ihres Mannes hinterlassen hatte. Allesamt unfreundlich und voller Zorn. Die Frau stützte die Ellbogen auf und vergrub ihr Gesicht in den Händen. Stutter stoppte die Aufnahme.

»Bitte, Herr Hauptkommissar«, mischte sich die Anwältin ein. »Meine Mandantin ist sicher nicht die erste Frau, die ihrem untreuen Ehemann die Leviten liest.«

»Fünfzehn Mal innerhalb einer Stunde, inklusive Todesdrohung«, entgegnete Stutter und drückte wieder die Play-Taste.

»Ich bringe dich um, wenn du bei ihr bist«, erklang erneut Trishas aufgebrachte Stimme.

Die Anwältin ergriff noch einmal das Wort: »Auch das ist eine von betrogenen Partnern häufig gemachte Äußerung.«

»Ja, eine Äußerung, der leider auch häufig eine entsprechende Tat folgt«, ließ der Beamte nicht locker.

»Ich war das nicht«, schluchzte Trisha, »ich hätte das nicht fertiggebracht. Ich habe ihn doch geliebt.« Sie wurde laut. »Holger war kein Engel, das stimmt, aber ich hätte ihm verziehen. Riccarda ist schuld, wenn überhaupt, dann hätte ich diese Hure umgebracht, ich hätte ihr ihren ...«

Die Hand der Anwältin legte sich blitzschnell auf Trishas Arm und drückte vermutlich fester als beabsichtigt zu. Trisha zuckte zusammen, verstand aber und wählte ihre nächsten Worte mit Bedacht: »Ich bin ins Auto gestiegen und zu Riccardas Haus gefahren, habe angehalten und nur kurz den Wagen verlassen. Als ich ihn dort liegen sah, da wollte ich sofort weg. Vermutlich war das falsch und ich hätte umgehend die Polizei rufen müssen, aber ich stand unter Schock, hatte Angst, man würde mir nicht glauben, also fuhr ich schleunigst zurück. Es war, als befände ich mich in einem Traum, ich war nicht ich selbst, das gebe ich zu, aber ich habe meinen Mann nicht ermordet.« Die letzten Worte sagte sie voller Leidenschaft.

»Sie haben kein Alibi für den Mord.«

»Nein«, erwiderte Trisha.

Hauptkommissar Severin Hürtgen, der das Verhör durch die verspiegelte Scheibe verfolgte, stutzte plötzlich. Ihm war etwas eingefallen und deshalb griff er schnell zum Telefon. Keine zehn Minuten später unterbrach er die Vernehmung und winkte Stutter zu sich.

»Schlechte Nachrichten«, sagte der Münchner Kollege und zeigte Stutter einige Ausdrucke. Es handelte sich um Radarfotografien. Deutlich zu erkennen war Trisha Wahl.

»Tut mir leid, aber ich hatte da so eine Idee. Von Schwabing nach Grünwald braucht man je nach Verkehrslage etwa dreißig bis fünfundvierzig Minuten. Es gibt natürlich mehrere Strecken, aber wer sich auskennt, würde wegen der Baustellen im Moment diese nehmen.« Hauptkommissar Hürtgen hielt Stutter eine Straßenkarte vor die Nase. »Und genau hier ...« Sein dicker Finger zeigte auf eine Stelle, die er bereits mit einem roten Filzstift markiert hatte. »... genau hier haben wir Radargeräte, und zwar in beide Fahrtrichtungen.«

»Trisha Wahl wurde geblitzt«, fasste Stutter überflüssigerweise zusammen.

»Ja, hin und zurück, im Abstand von knapp zehn Minuten. Trotz der hohen Geschwindigkeit hätten ihr für den Mord maximal zwei Minuten zur Verfügung gestanden.« Er hob entschuldigend die Hände. »Zwei Minuten, um den Mann aus dem Auto zu locken, auf ihn einzuschlagen, diese merkwürdigen Stöcke in seine Haut zu drücken und dann alle Spuren zu verwischen?«

»Zu knapp«, gab Stutter zu. »Allerdings scheint diese feste Radarfalle kein Geheimnis zu sein, vielleicht hat sie es darauf angelegt, sich auf diese Weise ein Alibi zu verschaffen, womöglich hat sie ihren Mann schon früher umgebracht und da bewusst eine andere Route genommen.« Der Hauptkommissar vom BKA schnalzte ärgerlich mit der Zunge. »Aber Sie haben recht, das unterstützt zunächst Frau Wahls Unschuld. Ihre Anwältin wird höchst erfreut sein.«

»Tut mir echt leid, jetzt komme ich mir vor wie ein Verräter«, seufzte Hürtgen.

Stutter klopfte ihm auf die Schulter. »Nein, das war gute Arbeit, was nützt es uns denn, die Falsche zu verhaften? Und wenn sie es doch war, dann sollten wir auch hieb- und stichfeste Beweise haben, bevor wir sie dem Richter vorführen, sonst platzt die Anklage.«

Sehr zu Jasmins Überraschung sagte Stutter, als er das Vernehmungszimmer wieder betrat: »Sie können vorerst gehen.« Sowohl Trisha Wahl als auch deren Anwältin wirkten verblüfft. Dennoch stellte keine der beiden die Entscheidung infrage. Die Frauen erhoben sich und verließen wortlos den Raum. Danach klärte Stutter seine Oberkommissarin auf.

»Der Fall fühlt sich an, als wären wir im Krieg zwischen die Fronten geraten«, machte Jasmin ihrem Ärger Luft. »Für meinen Geschmack viel zu viele Frauen, die sich gegenseitig hassen.«

Ihr Vorgesetzter legte den Kopf schräg und sah sie interessiert an.

Sie wusste, dass das eine Aufforderung war, weiterzusprechen. »Nun ja«, fuhr sie fort, »Riccarda Meiner, gehasst von Trisha Wahl, Familie Seiler und der ehemaligen Haushälterin. All die Jahre war Ruhe, dann wird Riccarda aus dem Gefängnis entlassen und Menschen sterben. Anzunehmen, dass Riccarda ihrerseits sowohl Meike Sommer als auch Holger Wahl gehasst hat. Letzterer war immerhin ihr Verlobter gewesen und hat die beste Freundin geheiratet. Die wiederum ist rasend vor Eifersucht. Der Bruder Xaver Meiner hat Riccarda weder im Gefängnis besucht noch ihr vor Gericht die Treue gehalten, sie ist zurück und stößt ihn vom Thron. Das wären eigentlich schon genug verfeindete Parteien und jetzt lass uns den Faden weiterspinnen: Wissen wir, wie viele der Mitarbeiter von Meiner-Pharmazeutika hinter Xaver Meiner stehen oder wer von Kuno Seilers ehemaligen Gemeindemitgliedern glaubt, noch eine Rechnung offen zu haben?«

»Nein, aber warum sollten die Meike Sommer oder Holger Wahl umbringen?«

Sie zuckte mit den Schultern, wuschelte sich durchs Haar und sah müde auf die Uhr. »Bestrafung«, antwortete sie und gähnte. »Meike Sommer hat für die Feindin geputzt, Holger Wahl ist mit ihr ins Bett gesprungen. Vielleicht auch der Versuch, Riccarda etwas anzuhängen, um sie wieder ins Gefängnis zu bringen. So gesehen, wäre das für alle die einfachste Lösung. Der Bruder behält die Firma, die Gemeinde nebenan findet wieder Frieden, und Trisha Wahl verliert zwar ihren Ehemann, befriedigt jedoch ihre Rachegelüste. Der untreue Gatte ist tot, seine Geliebte im Knast.« Mit erfrischender Ehrlichkeit sagte Jasmin: »Es gab Momente in meinem Leben, da habe ich mir genau das Gleiche gewünscht.« Sie sah ihren Kollegen unsicher an. »Scheint so, als wäre ich weder zur Geistlichen noch zur Polizistin berufen.«

Stutter kannte Jasmins Geschichte und wusste, dass eine schwere Zeit hinter ihr lag, deshalb lächelte er aufmunternd und erwiderte: »Beide Berufsgruppen sind nicht dazu verpflichtet, ihre Gefühle zu verleugnen. Abgesehen davon ist es nicht verboten, sich so etwas zu wünschen.« Er überlegte einen Augenblick und fragte dann: »Was sagt dir dein Gefühl? Führt uns Trisha Wahl an der Nase herum? War das alles ausgeklügelt; die

Radarfalle, der Schock, die Verzweiflung, nur um einen mörderischen Plan in die Tat umzusetzen?«

Jasmin antwortete nicht sofort, ein Zeichen, dass sie von Trisha Wahls Unschuld nicht hundertprozentig überzeugt war. »Die Frau ist es gewohnt, sich zu verstellen. Sie lebt in einer Welt, in der dir jemand ein Küsschen zuwirft, während du gleichzeitig ein Messer in den Rücken gerammt bekommst. Immer lächeln, immer perfekt aussehen, bloß nicht altern und stets darauf bedacht, nicht von irgendeiner Kamera erfasst zu werden, während man gerade rülpst.« Sie wiegte den Kopf hin und her. »Doch, ja, ich glaube, sie könnte uns etwas vorspielen.«

»Sehe ich auch so.« Der Hauptkommissar schürzte die Lippen. »Ich denke, wir sollten als Nächstes einige Erkundigungen einholen. Trisha Wahl, die Seilers und natürlich die Familie Meiner. Ich muss mir ein besseres Bild machen.«

In diesem Augenblick ging die Tür auf und Hauptkommissar Hürtgen rief: »Die Gerichtsmedizin ist so weit.«

Der Leichnam von Holger Wahl war auf einem Stahltisch in der Ecke aufgebahrt. Die drei Beamten hätten sich gewünscht, ihnen wäre auf dem Weg dorthin erspart geblieben, an einem weiteren toten Körper vorbeigehen zu müssen, an dem bereits eine Präparation des Rückens durchgeführt worden war. Jasmin wollte eigentlich gar nicht hinsehen, trotzdem ruhte ihr Blick einen Moment zu lange auf dem Toten, dessen Haut vom Nacken bis zum Gesäß auseinanderklaffte und die Arme bedeckte. Es wirkte, als hätte man ihm eine gelborange Decke übergeworfen, aber was man da sah, waren offen gelegte Schichten des menschlichen Gewebes. Sie wandte sich zu spät ab und trat mit einem Gefühl aufsteigender Übelkeit schließlich neben die Leiche von Holger Wahl.

»Lochbrüche, Hämatome, Quetschungen, eindeutig zugefügt mit dem Hammer, den wir am Tatort gefunden haben«, sagte der Gerichtsmediziner gerade. »Wenn man die Winkel der Frakturen betrachtet, kann man davon ausgehen, dass die Schläge von oben erfolgten.« Er machte eine entsprechende Handbewegung und automatisch fragte Stutter: »Wie groß müsste der Angreifer dann gewesen sein?«

»Zwei Meter in etwa, allerdings legen Abschürfungen an den Knien nahe, dass das Opfer gekniet hat, und zwar mit dem Rücken zum Täter oder der Täterin.«

»Wie bei einer Hinrichtung?«, rutschte es Jasmin heraus.

»Oder wie bei jemand, der sich vielleicht die Schnürsenkel zugebunden hat und dabei von hinten angegriffen wurde«, entkräftete der Arzt die Theorie der Oberkommissarin.

»Wieso hätte der Mann bei dem Regen aus dem Auto steigen und sich die Schnürsenkel binden sollen?«, hielt Jasmin dagegen, die es nervte, vom Gerichtsmediziner korrigiert zu werden. Schließlich stellte sie seine medizinischen Schlussfolgerungen auch nicht infrage.

Der Mann gab ihr jedoch keine Antwort, sondern fuhr damit fort, ein paar allgemeine Angaben über den Gesundheitszustand des Toten zu machen. Erst am Ende sagte er: »Und dann gibt es da noch einige ältere Verletzungen.«

Die Beamten spitzten die Ohren, sahen den Arzt überrascht an und warteten gespannt auf dessen Erklärung. Der Gerichtsmediziner winkte, woraufhin ein junger Mann mit Mund-Nasen-Schutz herbeieilte und half, den Leichnam zu drehen. Am Rücken konnte man verblasste rote Streifen und einige braungelbe Flecken sehen.

»Sturz oder Kampf?«, hakte Hauptkommissar Hürtgen nach.

Daraufhin verzog der Gerichtsmediziner das Gesicht zu einem Lächeln, das Jasmin eine Gänsehaut über den Rücken jagte.

»Beides unwahrscheinlich, denn die Striemen stammen von einer kurzen Peitsche, die Flecken von Kugeln, nicht von Fäusten. Wenn es einen Kampf gab, dann fand der ziemlich sicher mit irgendwelchem Sexspielzeug statt.«

KAPITEL SIEBEN

Etwas später in der Villa von Riccarda Meiner

Riccarda stand am Fenster und blickte auf den Rasen, während Leander hinter ihr auf der Couch saß und über sein Smartphone die neusten Nachrichten abfragte.

Überrascht rief er plötzlich: »Trisha Wahl ist auf freiem Fuß.«

Riccardas Kopf schnellte herum. »Sie haben sie gehen lassen?«

Mit wenigen Schritten näherte sie sich ihrem Cousin und riss ihm das Handy aus der Hand. Ihre großen Augen bewegten sich wie das Schiffchen eines Webstuhls hin und her, während sie die wenigen Zeilen las.

»Ihre Anwältin behauptet, Trisha sei nur zu einer Routinebefragung aufs Revier gebeten worden und es habe zu keiner Zeit ein Tatverdacht bestanden.« Sie stieß ein belustigtes »Ha!« aus. »Jeder, der Trisha halbwegs kennt, weiß, wie eifersüchtig sie sein kann. Diese Frau ist zu allem fähig.«

Leander grinste und warf ein: »Das Gleiche hat sie bei deinem Prozess auch über dich gesagt. Es geht doch nichts über Frauenfreundschaften.«

Sie blitzte ihn wütend an. »Trisha hat mich damals verraten, das war viel schlimmer als alles, was ich jemals getan habe.« Riccarda verstummte, als sie bemerkte, wie unpassend das klang, immerhin hatte man sie wegen Mordes verhaftet. »Du hast mich nie gefragt, ob ich es gewesen bin«, sagte sie plötzlich.

»Und wann hätte ich dich das fragen sollen?«, erwiderte Leander mit einer gewissen Schärfe. »Als du dich geweigert hast, mich zu sehen?« Er stand auf und trat ihr gegenüber. »War das der Grund? Die Angst vor meinen Fragen?«

Obwohl Riccarda Meiner nicht gerade dafür bekannt war, sich zu entschuldigen, sagte sie: »Es tut mir leid, ich weiß, dass du es gut gemeint hast.«

»Gut gemeint?« Leander brauste auf. »Rede nicht über mich, als wäre ich ein dummes Kind, das einen toten Vogel mit nach Hause bringt, um ihn gesund zu pflegen. Ich dachte, uns verbindet eine Freundschaft, sogar etwas mehr, du warst für mich immer wie eine Schwester. Und dann ...« Seine angestaute Wut hatte ein Ventil gefunden. »Du warst alles an Familie, was ich noch hatte, und dann verschwindest du einfach.«

»Es war ja kein freiwilliges Verschwinden«, versuchte Riccarda mit gespielter Lässigkeit zu verhindern, dass er sie weiter zur Rede stellte.

»Halt den Mund, du weißt genau, was ich meine«, schnauzte er ungehalten zurück.

Und tatsächlich schwieg sie.

»Du hast einfach entschieden, dass ich keinen Platz mehr in deinem Leben haben solltest, nicht einen einzigen Brief konntest du mir schicken, kein Lebenszeichen und dann, ohne Vorwarnung ...« Er äffte ihre Stimme nach: »›Leander, ich komme raus, kannst du mich abholen?‹ Und seither warte ich auf irgendeine Erklärung, aber stattdessen ziehst du dein Riccarda-Ding durch. Machst dir alle zum Feind und lässt mich am langen Arm verhungern.« Er wollte noch mehr sagen, aber völlig unerwartet fiel ihm Riccarda um den Hals und drückte ihn, so fest sie konnte, an sich. Sie musste nichts mehr sagen, er spürte das Beben ihres Körpers, sie weinte und auch er konnte die Tränen nicht mehr zurückhalten.

Sanft streichelte er ihr übers Haar. »Ich habe dich so schrecklich vermisst«, murmelte er und sie nickte.

Es dauerte eine ganze Weile, bis sie sich voneinander lösten.

»Vermutlich bist du der einzige Mensch, der mich je weinen sah«, schluchzte sie schließlich und nahm dankend das Taschentuch von ihm entgegen.

»Mich haben schon viele Menschen weinen gesehen«, gab er offen zu.

»Du bist ja auch eine Heulsuse«, versuchte sie zu scherzen.

Er trat einen Schritt auf sie zu und sagte: »Du hättest das nicht alleine durchstehen müssen!«

Sie stieß die Luft aus, rang mit sich. Es war nicht ihre Art, über ihre Gefühle zu sprechen. Mit Pfarrer Jeuler hatte es auch nur funktioniert, weil der ein Fremder gewesen war, außerdem ein Geistlicher, der sich an Regeln hielt und somit ihre Geheimnisse bewahren würde. Leander dagegen agierte oft emotional und im Zweifel konnte er ein Plappermaul sein, auch wenn er dabei nie die Absicht hatte, ihr zu schaden. Trotzdem sagte sie ihm die Wahrheit: »Ich habe mich geschämt.«

Sein Blick verriet ihr, dass er das nicht verstand.

»Ich habe mich geschämt. Ich saß immerhin im Gefängnis, hatte also total versagt. Es wäre mir einfach furchtbar schwer gefallen, ausgerechnet dir gegenüberzutreten.«

»Mir?«, rief er verdattert. »Ich hätte dir doch nie einen Vorwurf gemacht.« Er griff nach ihren Händen. »Egal was du getan hast, du bist meine Familie, ich habe zu dir gehalten, war dir das nicht klar?«

»Doch.« Sie musste wieder um Fassung ringen. »Du bist ein so guter Mensch, der Beste, den ich kenne, und ich konnte es nicht ertragen, zu sehen, wie sehr ich dich enttäuscht habe.«

Er zog sie ein Stück näher, wieder liefen ihm Tränen über die Wangen. »Hör auf, solche Dinge zu sagen, du willst mich nur weinen sehen.«

Sie lachten beide, dann wurde er wieder ernst: »Ich bin froh, dass du mich angerufen hast, und ich möchte, dass du weißt, dass ich immer für dich da sein werde, egal was passiert.« Leander ließ sie los. »So und jetzt brauche ich einen Drink und es ist mir egal, dass es dafür eigentlich noch viel zu früh ist.« Ihre Worte hatten ihn gerührt und er musste das entstandene Gefühlschaos auf irgendeine Weise in den Griff bekommen.

Zielsicher öffnete er den Barschrank und stutzte, als er den leer vorfand. »Du hast offenbar noch keine Gelegenheit gehabt, deine Vorräte aufzufüllen. Soll ich vielleicht etwas einkaufen?«

»Nein.« Sie zuckte mit den Schultern und lächelte. »Ich habe das meiste entsorgt. Ich trinke keinen Alkohol mehr, ist mir in der Vergangenheit nicht so gut bekommen. Aber in der Küche ist noch eine Flasche Wein, bediene dich.«

Als Leander mit einem halb gefüllten Glas zurückkam, stand Riccarda wieder am Fenster und blickte hinaus.

Sie hörte ihn eintreten und sagte leise: »Ich kann mich wirklich nicht mehr an jene Nacht erinnern.«

Er sah ihren geraden Rücken, das dunkle Haar, das fast wieder seinen alten Glanz hatte, und dachte an die Zeit, als sie Kinder gewesen waren. Die kleine, intelligente Riccarda, Papas ganzer Stolz und ganze Hoffnung, weshalb es für sie auch keine normale Kindheit gegeben hatte.

»Es spielt keine Rolle, was damals geschehen ist. Das liegt hinter dir.«

»Du meinst, weil ich meine Strafe abgesessen habe?«

Er gab ihr keine Antwort und sie wertete das als Ja.

»Befürchtest du nicht, dass ich es wieder tun könnte?« Blitzschnell drehte sie sich herum und starrte ihn an.

Ihr Cousin nippte am Wein. »Du kennst doch meine Leidenschaft für Bücher. Die hat mich gelehrt, dass ständig und überall Menschen sterben und Menschen andere Menschen töten. So gesehen müsste ich bei jeder Begegnung mit einem meiner Artgenossen um Leib und Leben fürchten, das tue ich aber nicht.«

»Ich bin aber nicht irgendwer«, provozierte sie ihn weiter. »Ich bin eine verurteilte Mörderin.«

»Totschlag«, verbesserte er sie. »Sie haben dich wegen Totschlags verurteilt und dabei sollten wir es einfach belassen. Vergiss die Vergangenheit und beende diesen sinnlosen Streit mit Xaver. Soll er sich doch mit der Firma herumärgern. Nimm dein Geld, fahr an die Côte d'Azur oder nach Tibet oder sonst wohin und fange von vorne an.« Er prostete ihr zu.

Sie beobachtete ihn mit gerunzelter Stirn und sagte schließlich: »Vielleicht mache ich das irgendwann, aber zuvor habe ich hier noch einiges zu regeln.«

Leander ahnte, dass Riccarda in diesem Punkt stur bleiben würde, und drängte sie nicht weiter. Er hätte sie gerne noch etwas anderes gefragt, aber irgendwie wusste er nicht wie. Außerdem fürchtete er die Antwort. Deshalb ließ er sich auf die Couch fallen und schwieg, während er an gestern Abend dachte.

In seinem Buchladen hatte eine Lesung stattgefunden, Riccarda wollte erst gar nicht dabei sein, dann hatte er sie doch überreden können. Es war eine lustige Runde gewesen. Der Autor, ein alter Freund von Leander, besaß das Talent, sein Publikum mitzureißen, und so entwickelte sich eine heftige Diskussion. Natürlich achtete er nicht die ganze Zeit auf Riccarda, dennoch bemerkte er, dass sie irgendwann nicht mehr da war. Als nachher Häppchen und Sekt gereicht wurden, fragte er sie, und ihre Antwort lautete: »Ich musste mal raus, habe eine Runde mit deinem Wagen gedreht, das war doch in Ordnung?«

Natürlich war es das und er konnte es verstehen. All die Jahre eingesperrt, da überkam einen verständlicherweise gelegentlich der Drang nach frischer Luft. Später waren sie dann von der Lesung zurückgefahren, hatten die Leiche gefunden und die Polizei verständigt. Riccarda war ruhig geblieben, während Leander völlig die Nerven verlor. Sie wurden nach Alibis gefragt und er hatte den Beamten die Namen von einigen Stammkunden und dem Autor gegeben, die ihren Aufenthaltsort bezeugen konnten. Allerdings hatte Riccarda den Beamten ihren kleinen Ausflug verschwiegen.

Sie schien seine Gedanken zu lesen und sagte: »Denkst du, ich hätte dem Hauptkommissar sagen sollen, dass ich mir gestern Abend dein Auto geliehen habe?«

»Wenn sie es herausfinden, bringt dich das in Schwierigkeiten«, erwiderte Leander, ohne zu zögern.

»Es schien mir nicht relevant«, sagte sie leichthin,

»aber du hast recht, vielleicht sollte ich das richtigstellen.«

Leander kam sich plötzlich sehr unfair vor und sagte schnell: »Und wenn sie dir nicht glauben?«

Riccarda sah auf sein Glas. »Da ich nicht mehr trinke, würden sie mir dieses Mal sicher Absicht unterstellen.«

Ihr Cousin riss erschrocken die Augen auf und Riccarda kicherte. »Keine Sorge.« Sie streckte sich und lächelte. »Ich bin es nicht gewesen und jetzt muss ich ins Büro.«

Leander nickte, stand auf und drückte ihr einen Kuss auf die Wange. »Pass auf dich auf«, murmelte er besorgt und fügte in Gedanken noch an: *Und mach keine Dummheiten.*

* * *

In den darauffolgenden Tagen versuchten die Beamten, mehr über die Opfer der jüngsten Morde herauszufinden. Außerdem stellten sie Nachforschungen über die Familien Meiner und Seiler an. Jasmin hatte sich zudem durch die Klatschseiten im Internet gekämpft. Einige der Beteiligten waren zumindest lokale Berühmtheiten und deshalb oft genug Anlass für eine Berichterstattung.

»Die Vorfahren von Anke Seiler waren so etwas wie gute Samariter«, erklärte ihnen gerade der Münchner Kollege. »Das Geld stammt aus der Großeltern-Generation. Der Vater von Anke Seiler hat es noch vermehrt und seine Tochter so gut versorgt zurückgelassen, dass sicher noch ihre Ururenkel vom Vermögen profitieren werden. Der Besitz wird von einer Stiftung verwaltet, die außerdem zahlreiche gemeinnützige Organisationen unterstützt. Die Freikirche, der die Seilers angehören, wurde von Anke Seilers Vater gegründet und finanziert sich bis heute vor allem mit seinem Geld. Kuno Seiler war eines der Mitglieder beziehungsweise der Geistliche der kleinen Gemeinde.«

»Es ist aber nicht so, dass die Seilers durch die Mitgliedsbeiträge und Spenden reich geworden sind?«, hakte Stutter nach.

»Sie denken an einen Sektenführer, der sich bereichert«, verstand Hauptkommissar Hürtgen, worauf sein Kollege hinauswollte. »Nein, nichts dergleichen. Im Gegenteil, die werben nicht für Mitglieder. Wer da mitmachen will, muss bestimmte Voraussetzungen erfüllen.«

»Und die wären?«, fragte Jasmin neugierig.

»Alle Mitglieder verfügen über ein gewisses Vermögen und/oder Einfluss«, antwortete Hürtgen. »Diese Gemeinde ist ein elitärer Klub mit philanthropischen Aktivitäten, der sich gelegentlich zum Gebet trifft.«

»Vermutlich schustert man sich dabei auch den ein oder anderen lukrativen Auftrag zu oder greift sich mit dem Austausch von Informationen unter die Arme«, fügte Jasmin spöttisch an.

»Sicherlich, aber das ist erst einmal nicht strafbar. Abgesehen davon sind Gemeinde und Stiftung sehr engagiert.«

»Wir haben es also nicht mit weltfremden Frömmlern zu tun«, fasste Stutter zusammen, »sondern mit einer modernen Kirchengemeinde, deren Mitglieder in Wirtschaft und Politik eine Rolle spielen. Womöglich dient die Gemeinschaft dazu, vorteilhafte Kontakte zu knüpfen, Fakt ist aber auch, dass alle Beteiligten großzügig spenden«, schloss Stutter aus dem eben Gehörten.

»So sieht's aus«, gab ihm Hürtgen recht.

»Das heißt aber auch, dass Kuno Seiler damals in einem Umfeld gelebt hat, in dem er sich Feinde hätte machen können«, überlegte Stutter laut.

»Wie das?«, fragte Jasmin. »Er war doch nur der Pfarrer und finanziell durch seine Frau bestens versorgt. Wem hätte er in die Quere kommen können?«

»Womöglich hat sich jemand hinreißen lassen und seinem Beichtvater zu viel verraten«, schlug Stutter vor. »Vielleicht war auch jemand scharf auf sein Amt. Vermutlich wird das unter diesen Umständen sehr gut bezahlt.«

»Es gab keinerlei Anhaltspunkte dafür, dass jemand anderes als Riccarda Meiner den Mann getötet hat. Sie hielt die Mordwaffe in der Hand«, mischte sich Hürtgen eine Spur zu aggressiv ein.

»Tut mir leid«, beeilte sich Stutter zu erklären, »ich sage das nicht, weil ich Riccarda Meiner entlasten will, mir schwirrt ein anderer Gedanke durch den Kopf.« Er richtete sich auf und sah Hauptkommissar Hürtgen offen an. »Belassen wir es dabei, dass Frau Meiner Kuno Seiler umgebracht hat, wie es aussieht, im Drogenrausch während einer Auseinandersetzung. Bleiben trotzdem noch die Morde an der Haushälterin und Holger Wahl. Die Alibis von Riccarda Meiner sind ziemlich gut.« Jasmin wollte etwas sagen, aber er hob die Hand, ahnte, welches Argument von ihr kommen würde, und griff es selbst auf. »Denkbar, dass sie uns täuscht, aber wenn nicht, dann suchen wir eine andere Person. Welches Motiv hätte jemand, die beiden Opfer aus dem Weg zu räumen?«

»Es könnten aber auch zwei unterschiedliche Mörder sein«, ergänzte Jasmin, machte dann jedoch eine wegwerfende Handbewegung und korrigierte sich, indem sie sagte: »Allerdings wäre das schon ziemlich unwahrscheinlich.«

»Sie haben recht«, stimmte nun auch Hauptkommissar Hürtgen seinem Kollegen zu, »sieht so aus, als würden diese Morde mit Riccarda Meiner zusammenhängen. Kaum ist die Frau raus, passieren neue Verbrechen. Also, was denken Sie?«, fragte er auffordernd in Stutters Richtung.

Der Hauptkommissar vom BKA hob entschuldigend die Hände. »Noch sind das vage Vermutungen, aber was, wenn der Mord an Kuno Seiler damals jemandem in den Kram gepasst hat? Riccarda kam ihm vielleicht zuvor und mit einem Schlag schienen wortwörtlich alle Probleme gelöst. Dann taucht die Meiner wieder auf und plötzlich gibt es zwei Morde. Warum?«

»Jemand befürchtet, dass durch Riccardas Entlassung etwas ans Licht kommen könnte, das besser unentdeckt bleiben sollte«, sagte Severin Hürtgen spontan.

»Womöglich mussten deshalb Komplizen beseitigt werden«, rief Jasmin in die Runde. Sie stürmte zu ihrem Laptop und startete ein Video. Es zeigte Meike Sommer und Riccarda Meiner bei ihrem Streit vor der Villa. Jasmin spulte ein Stück vor und hielt die Aufnahme an. »Hier, seht ihr das, die Stelle, als Riccarda die Frau damit konfrontiert, gelogen zu haben?« Sie ließ die Sequenz noch einmal laufen und stoppte dann, als man Meike Sommers Gesicht sehen konnte. »In diesem kurzen Moment, da wirkt sie tatsächlich so, als wäre sie ertappt worden, als hätte Riccarda recht.«

»Oder aber sie war einfach fassungslos ob dieser frechen Anschuldigungen«, widersprach Hürtgen.

Stutter hingegen betrachtete das Gesicht der Frau, das auf dem Bildschirm eingefroren war, interessiert. »Haben unsere Nachforschungen nicht ergeben, dass Meike Sommer jede Gelegenheit nutzte, sich einen Vorteil zu verschaffen? Durch die Blume haben uns das sogar ihre Freundinnen bestätigt. Das letzte Interview ließ sie sich ebenfalls gut bezahlen. Wer weiß, für was sie noch die Hand aufgehalten hat?«

»Du denkst an Erpressung?«

»Zum Beispiel, oder eine Art Schweigegeld für was auch immer«, erwiderte Stutter.

»Und Holger Wahl?«, fragte Hauptkommissar Hürtgen. »Wir wissen immer noch nicht, woher diese Verletzungen am Rücken stammten. Seine Frau bestreitet, dass in ihrem Schlafzimmer Liebesspiele dieser Art stattgefunden hätten. Von Riccarda Meiner konnten die Verletzungen ebenfalls nicht stammen. Dafür waren sie laut Gerichtsmedizin zu lange her. Also gibt es eine weitere Frau.«

»Oder Mann«, unterbrach ihn Jasmin.

Eigentlich hatte die Oberkommissarin damit gerechnet, dass der Kollege unangenehm berührt das Gesicht verziehen würde, aber stattdessen sagte Hürtgen nur leichthin: »Natürlich, wäre auch möglich, obwohl ich mir nicht vorstellen könnte, dass solche Dinge meinem Ehemann gefallen würden.«

Für einen Moment verschlug es Jasmin die Sprache, während Stutter sachlich fragte: »Gibt es Anzeichen für homosexuelle Kontakte?«

»Nein, Holger Wahl galt als Frauentyp, aber das heißt ja nichts.«

»Wir sollten jedenfalls in alle Richtungen offen bleiben«, schlug Stutter vor. »Als Nächstes suchen wir mögliche Verbindungen zwischen Holger Wahl, Meike Sommer, Kuno Seiler und der Gemeinde.«

Fürs Erste war die Besprechung beendet.

Später auf dem Gang fragte Jasmin leise: »Hast du es gewusst?«

»Was?«

»Na, dass Hürtgen einen Ehemann hat?«

»Sicher«, antwortete ihr Kollege fröhlich, »steht doch eine ziemlich eindeutige Fotografie auf seinem Schreibtisch.«

»Das ist mir glatt entgangen«, stöhnte Jasmin genervt über sich selbst, »manchmal hat man eine so klare Vorstellung von einem Menschen, dass man das Offensichtliche übersieht.«

* * *

Erinnerungen

Riccarda Meiner stand neben dem Pool. Da es bereits dunkel war, hatte sie die Außenbeleuchtung eingeschaltet, und die zusätzlichen Scheinwerfer im Becken ließen das Wasser türkis schimmern. Sanft kräuselte sich die Oberfläche, denn ein leichter, kühler Wind machte den Aufenthalt im Freien äußerst ungemütlich. Es nieselte sogar, dennoch ging Riccarda barfuß über die Kacheln. Außerdem trug sie ein schillerndes Gewand, das auf verführerische Weise ihre Figur betonte. Sie hatte es bewusst ausgewählt, obwohl sie darin fröstelte. Der leichte, durchsichtige Stoff, der an den Beinen links und rechts geschlitzt war, flatterte um ihre Haut, als versuchte er zu entkommen. Ihr sorgfältig aufgelegtes Make-up hielt dem Regen noch stand und das schwarze Haar, bereits feucht, umrahmte kunstvoll ihr Gesicht. Große goldene Creolen baumelten an ihren Ohren, sie sah aus wie damals ...

Für einen kurzen Moment war sie sogar versucht gewesen, das Gartentor zu öffnen, aber die Gefahr, irgendein neugieriger Reporter könnte sich einschleichen, schien ihr dann doch zu groß.

Sie versetzte sich gedanklich in die Vergangenheit zurück. Vor sieben Jahren war ein extrem anstrengender Arbeitstag dem Unglück vorangegangen. Sie hatte den absoluten Mega-Deal für die Firma abgeschlossen. Es war ein harter, riskanter Kampf gewesen, bei dem man alles auf eine Karte hatte setzen müssen.

Riccarda räusperte sich, ihre Kehle war trocken, Gott, hätte sie jetzt gerne etwas getrunken. Damals war sie nach Hause gekommen und in einer schrecklichen Stimmung gewesen. Obwohl sie gesiegt hatte, und zwar auf ganzer Linie, war da diese unbefriedigende Leere gewesen. Sie war zum Barschrank gegangen, hatte innerhalb kurzer Zeit zwei Tequila heruntergeschüttet und die wohlige Wärme genossen, die sich daraufhin in ihrem ganzen Körper ausgebreitet hatte. Es folgte ein Glas eisgekühlter Rosé, den sie ebenfalls viel zu schnell trank. Plötzlich hatte sie die Idee, eine Party zu feiern, zu tanzen und zu lachen. Die Haushälterin sollte den Caterer anrufen. Die Firma war stets bereit gewesen, kurzfristig anzutanzen und gegen gutes Geld die Wünsche der Hausherrin zu befriedigen.

»Holger«, murmelte Riccarda und schlang die Arme um ihren durchgefrorenen Körper. Sie hatte damals auch Holger angerufen, der von der Idee wenig angetan gewesen war. Er wollte mit ihr allein sein, den Deal in trauter Zweisamkeit begießen. Sie lachte ihn aus und ignorierte wie gewöhnlich seine Wünsche.

Trisha hingegen zeigte sich begeistert, telefonierte sofort einige Bekannte durch und plötzlich tummelten sich fünfzig Leute um den Pool. Die Hitze war an jenem Tag unerträglich. Die Polizei tauchte zwei Mal wegen angeblicher Ruhestörung auf. Riccarda erinnerte sich verschwommen daran, klarer war ihr jedoch Trishas Aussage im Gedächtnis geblieben.

»Riccarda war in ihrem Element, sie hat die Beamten sogar gebeten mitzufeiern und mit dem jüngeren ganz unverblümt geflirtet, es war uns allen ziemlich peinlich.«

»Peinlich?«, schnappte Riccarda, die sich selbst nach all der Zeit noch darüber ärgerte. »Gegrölt habt ihr, euch benommen wie Schweine, hinter den Hecken gevögelt, gekotzt und gekokst, nur um am nächsten Tag wieder so zu tun, als wärt ihr etwas Besonderes«, schrie sie in die Nacht.

Aber es stimmte, Riccarda war betrunken gewesen und Hitze und Alkohol hatten sie müde gemacht. Irgendwer hatte Koks herumgereicht und sie war gerne bereit gewesen, sich an dem Muntermacher zu bedienen.

Mittlerweile klebten ihre Kleider vom Regen durchnässt an ihrem Körper. Trotzdem drehte sie eine weitere Runde um das Schwimmbecken. Xaver und Benita waren ebenfalls auf der Party gewesen, aber hatten sehr früh, nachdem sich Riccarda äußerst uncharmant vor versammelter Mannschaft über den Bruder geäußert hatte, das Weite gesucht. Sie erinnerte sich an ihren Cousin Leander, der bei keiner Party hatte fehlen dürfen und wie gewöhnlich mit irgendeiner der Kellnerinnen verschwunden war. Außer mit Xaver hatte sie auch mit Holger gestritten, ihn als Langweiler bezeichnet.

»Riccarda war an dem Abend nicht sie selbst. Die Belastungen der letzten Monate hatten sie verändert.

Ich glaube, das Trinken und Feiern, die Drogen, das war ihr Ventil, um dem Stress zu entkommen. Vielleicht hätte ich mehr für sie tun müssen, aber Hilfe ließ Riccarda nie zu. Wir hatten wie gewöhnlich Streit und ich bin früher gegangen«, waren seine Worte im Gerichtssaal gewesen.

»Sie benahm sich stets wie eine Hure«, hingegen die weniger schmeichelhaften von Meike Sommer.

Leander hatte versucht, sie zu verteidigen, aber die Staatsanwältin war gewieft gewesen und hatte dem gutgläubigen Cousin die Worte im Mund herumgedreht.

Der Regen wurde stärker, aber Riccarda ignorierte ihn. Stattdessen hob sie eine der Badeliegen vom Stapel und trug sie umständlich hinter die Buchsbaumhecke. Dort ungefähr musste sie gelegen haben und eingeschlafen sein, das hatten zumindest die Kellner vom Catering ausgesagt, die im Gegensatz zu Riccarda und ihren Gästen den ganzen Abend über nüchtern gewesen waren.

»Sie schlief, völlig weggetreten, übrigens nicht das erste Mal. Die Partys bei Frau Meiner sind immer etwas schräg.« Der junge Mann hatte anzüglich zur Anklagebank geblickt und Riccarda sich daran erinnert, dass sie bei einer früheren Festlichkeit dieser Art Sex mit dem Typen gehabt hatte. Zum Glück war er damit vor Gericht nicht auch noch herausgerückt.

Riccarda setzte sich langsam auf die Liege und schloss die Augen. Für gewöhnlich war sie irgendwann aus ihrem Rausch aufgewacht und hatte sich dann mit dem Schwur ins Bett geschleppt, dass ihr das nie wieder passieren würde.

Trotz der Kälte und Nässe kam sie jetzt in eine liegende Position und streckte sich aus.

Nichts, ich kann mich nicht erinnern, dachte sie erschöpft.

Konzentriert stellte sie sich vor, laute Musik käme aus Lautsprechern, feixende Kellner würden ihre Liege umrunden und einen Blick auf die nur halbbedeckten Brüste werfen. Irgendwo erklang Trishas schrille Stimme beim Versuch, einen Song mitzusingen, und an der Bar feuerten einige Partygäste eine Gruppe Männer an, die ein Trinkspiel veranstalteten, für das sie schon viel zu alt waren.

Eigentlich ganz schön leichtsinnig, überlegte Riccarda und spürte, wie ihr der Regen über das Gesicht lief. *Was, wenn uns jemand ausspioniert hätte?*

Die meisten ihrer sogenannten Freunde wären nur ungern am nächsten Tag mit nacktem Oberkörper und besoffen auf dem Titelblatt einer Zeitung erschienen. Aber zu ihrer wilden Zeit hatte sie an so etwas keine Gedanken verschwendet.

Plötzlich schreckte sie ein Geräusch auf, eine Amsel flog laut schimpfend an ihr vorbei. Sofort kam ihr die Idee, dass sie vor sieben Jahren womöglich ebenfalls von etwas geweckt worden war. Sie stand auf, ging Richtung Pool, beinahe überzeugt, damals eine Stimme gehört zu haben. Rief man nicht nach ihr? Sagte nicht jemand ihren Namen? Für den Bruchteil einer Sekunde war sie sich ganz sicher. Riccarda wollte diese Erinnerung verstärken, festhalten, aber da war sie schon wieder weg. Sie ballte wütend die Fäuste. Sie hatte diesen kurzen Flashback nicht das erste Mal, aber er ließ sich einfach nicht fassen. Trotzdem machte sie mit ihrem Experiment weiter. Ihre Füße berührten die rutschigen Platten, ja, das kam ihr bekannt vor, aber das war auch alles. Kurz darauf stand sie vor dem Becken, dort, wo Kuno Seilers Körper im Wasser getrieben hatte. Riccarda kniete sich hin. So hatte man sie gefunden. Sie blickte aufs Wasser, und in ihren Gedanken mischte sich das Blau mit Rot. Vor ihrem geistigen Auge sah sie nun überall Blut. Blut auf den Fliesen, Blut im Pool, am Aschenbecher. Ein undefinierbarer Laut entglitt ihrer Kehle. Sie sah das Gesicht von Kuno Seiler direkt vor sich. Riccarda konnte immer noch kein Mitleid mit ihm empfinden. Bis zum heutigen Tage verabscheute sie den Mann. Woran das lag, wusste sie nicht. Sie hatte ihn jedenfalls nicht für einen harmlosen Prediger gehalten, sondern für einen Heuchler. Er hatte sie schon einmal unerwartet besucht. Angeblich, um das Gespräch zu suchen, eine Regelung zu finden, den nachbarschaftlichen Frieden wiederherzustellen. Sie hatte anderes im Kopf gehabt, ihm kaum zugehört und dann, völlig unerwartet, war seine Hand auf ihrem Rücken gelandet. Für eine Sekunde hatte sie in gierige Augen geblickt, im nächsten Moment hatte er so getan, als wäre das eine Geste der Versöhnung gewesen, ein tröstendes Tätscheln nach dem Motto: *Lassen Sie uns Freunde werden.*

Aber Riccarda kannte die Männer und wusste, was ein Annäherungsversuch war. Oder doch nicht? Ihre Haushälterin hatte diese Szene beobachtet und völlig anders interpretiert. Riccarda hasste Meike Sommer dafür immer noch. Nichtsdestotrotz fragte sie sich bis heute, ob die Haushälterin vielleicht im Recht gewesen war.

»Diese Scheißsauferei«, fluchte sie laut und rappelte sich wieder auf.

Zu jener Zeit war sie oft angetrunken gewesen, tagsüber die toughe Geschäftsfrau, abends zuerst einen Drink, um runterzukommen, dann einen zum Genießen und einen zum Abendessen, einen zum Fernsehen und schließlich einen zum Einschlafen. Auch Holger hatte ihr damals vorgeworfen, es mit dem Alkohol zu übertreiben. Sie erinnerte sich an die Wut, die sie oft empfunden hatte.

Ihr Blick wanderte zum Gartentor. In ihrer Vorstellung sah sie Kuno Seiler auf sich zukommen. Joviales Lächeln, die Arme ausgebreitet, lüsterne Blicke, die ihrem Körper galten. Er trat auf sie zu, näher, als es unter Nachbarn üblich war, legte ihr wieder eine Hand auf den Rücken, zog sie zu sich. Sie drückte ihn weg, er, unfähig, seine Begierden zu zügeln, ließ sie nicht entkommen. Stühle stürzten um, die Weinflasche, die er angeblich als Friedensangebot mitgebracht hatte, zerbrach. In ihrer Not griff sie nach irgendetwas und schlug zu. Unter Schock stehend, machte sie einen Schritt rückwärts und trat unglücklicherweise barfuß in eine Scherbe. Vermutlich war sie dabei ausgerutscht und gestürzt, bei dem Aufprall hatte sie das Bewusstsein verloren, und dann war sie mit dem Aschenbecher in der Hand wieder erwacht. Womöglich hatte Kuno Seiler sie auch gar nicht bedroht, sie nicht einmal angefasst, und nur seine bloße Anwesenheit hatte sie in Rage versetzt. Sie war ausgeflippt, hatte getobt, Dinge nach ihm geworfen und zum Schluss zugeschlagen. Vieles sprach für eines dieser beiden Szenarien.

Riccarda, jetzt klatschnass, begann zu zittern. »Ja, so könnte es gewesen sein«, sagte sie leise zu sich selbst, streckte ihren Körper durch und machte sich auf den Weg Richtung Haus. Das Gras gab schmatzende Geräusche von sich, als sie ihre nackten Füße daraufsetzte. Noch einmal sagte sie: »Ja, so könnte es gewesen sein.« Dann jedoch fügte sie mit fester Stimme an: »Aber so war es nicht!«

KAPITEL ACHT

Während der Münchner Hauptkommissar Severin Hürtgen weitere Befragungen im Umfeld der ermordeten Haushälterin Meike Sommer unternahm, folgten Jasmin Nau und Jens Stutter einer anderen Spur.

Interessanterweise hatten sich zarte Verbindungen zwischen den Beteiligten des Falls ergeben. Deshalb waren die beiden auf dem Weg zu einem Münchner Reitklub.

»Ist doch ein komischer Zufall, dass Holger Wahl und seine Frau Mitglieder im gleichen Reitklub sind wie Anke Seiler und deren Tochter Philippa«, bemerkte Jasmin gerade, als Stutter den Schildern folgend nach rechts abbog.

»Eigentlich nicht«, warf ihr Kollege ein, »alle gehören zur gleichen Gesellschaftsschicht. Daher verkehren sie in denselben Restaurants und Bars, buchen in den gleichen Hotels und treten den gleichen Vereinen bei.«

»Ja, aber wenn man bedenkt, dass diesem speziellen ›Man kennt sich halt‹ ein Mord vorausgeht, dann wundert mich, dass die Seilers dem Kontakt nicht aus dem Weg gehen.«

Stutter runzelte die Stirn, sagte dann: »Womöglich

sieht Anke Seiler das anders. Immerhin waren die Wahls keine Fürsprecher von Riccarda.« Er bremste abrupt vor der Schranke, die ihm die Zufahrt versperrte.

»Was ist das denn?«, stieß Jasmin hervor, als aus einem Pförtnerhäuschen ein Wachmann trat. »Sind wir versehentlich auf einem Militärgelände gelandet?«

Hauptkommissar Stutter zwinkerte ihr amüsiert zu. »Zweifelst du etwa an meinem Orientierungssinn?«

Die Gelegenheit zum Antworten blieb ihr versagt, denn schon klopfte der Wachmann energisch an Stutters Scheibe.

Der Beamte öffnete das Fenster und sofort fragte sein Gegenüber: »Wohin möchten Sie?«

»Eigentlich dachte ich, das ist der Weg zum Reitstall«, blieb Stutter höflich.

»Haben Sie einen Termin? Mir ist nicht bekannt, dass heute Termine stattfinden.«

»Ich brauche einen Termin, um zu reiten?«

»Sie brauchen vor allem eine Mitgliedschaft«, antwortete der Mann und lächelte jetzt sogar. Offensichtlich stufte er seinen Gesprächspartner nicht als gefährlich ein und sah damit auch keinen Grund, unhöflich zu werden. »Wenn Sie noch kein Mitglied sind, dann müssen Sie einen Termin ausmachen. Ich kann Ihnen einen Prospekt mitgeben, aufs Gelände darf ich Sie allerdings nicht lassen.«

»Und woher wollen Sie wissen, dass ich kein Mitglied bin?«, fragte der Hauptkommissar weiter nach, dessen Neugier geweckt war.

Es folgte ein breites Grinsen. »Weil ich Sie erstens noch nie hier gesehen habe und«, fügte er voller Stolz an, »mein Gesichtergedächtnis ziemlich zuverlässig ist. Und zweitens, weil Sie ansonsten wie alle unsere Mitglieder einen elektronischen Öffner für die Schranke hätten.« Er verschränkte zufrieden die Arme vor der Brust.

»Ich gebe mich geschlagen, ich bin kein Mitglied und habe keinen Termin«, reagierte Stutter amüsiert.

»Aha«, folgte ein wichtigtuerischer Laut des Wachmannes.

»Allerdings habe ich etwas anderes«, sagte der Hauptkommissar seelenruhig und zückte seinen Dienstausweis.

Daraufhin gab der Wächter ein »Oha!« von sich, was Jasmin ein Kichern entlockte.

»Wir müssten mit dem Verantwortlichen sprechen, es ist wichtig.«

»Geht sicher um den Mord am Wahl«, entgegnete der Mann mitfühlend, »war ein netter Kerl. Hat immer gegrüßt, auch mal angehalten und geschwatzt, nicht so wie die ...« Er besann sich und schluckte die abfällige Bemerkung herunter. »Na, dann fahren Sie mal durch. Sie finden Alex in der Reithalle.«

Als sich der Wagen wieder in Bewegung setzte, bemerkte Jasmin: »Die haben das Gelände sogar eingezäunt, allerdings glaube ich nicht, dass diese Maßnahmen unüberwindbar sind. Wer reinkommen will, der schafft das auch.«

»Vermutlich dienen Zaun und Wachmann nur der Beruhigung der Mitglieder, eine Marketingmaßnahme«, erwiderte Stutter und parkte den Wagen. Sein Blick wanderte über die Limousinen, Sportflitzer und SUVs und er fügte noch an: »Dem *Fuhrpark* nach zu urteilen, scheinen jedenfalls genug unter ihnen zu sein, die einen Grund haben, um ihr Eigentum zu fürchten.«

Auch der Rest des Geländes machte einen luxuriösen

Eindruck. Direkt vor ihnen lag eine gewaltige Reithalle, seitlich war ein Restaurant mit Bar integriert. Auf der Terrasse standen Mitglieder in Reitkleidung zusammen und stießen Champagnergläser aneinander, während Kellner in Livree Häppchen reichten. Neben der Reithalle lagen die Stallungen. Einige Pferde waren draußen angebunden und wurden gerade von zwei Mädchen gestriegelt.

Als Stutter sie nach Herrn Alex fragte, kicherten die beiden und zeigten mit dem Finger zur Halle.

Der Hauptkommissar sog den Duft ein. Die Mischung aus Pferd und Stroh bescherte ihm angenehme Erinnerungen an seine Kindheit und Urlaube auf dem Land.

Jasmin hingegen rümpfte die Nase. »Stinkt nach Misthaufen.«

Sie erreichten die Halle und trafen dort unerwarteterweise auf Anke Seiler. Sie lehnte an der Bande und beobachtete das Treiben im Inneren.

»Herrgott, Philippa«, hörten sie eine tiefe Stimme, »du sitzt heute auf dem Gaul wie ein hingeschissenes Fragezeichen.«

Jasmin stieß bei diesen Worten so geräuschvoll die Luft aus, dass sich Anke Seiler zu ihnen umdrehte. Sie war überrascht, die Beamten zu sehen, bemerkte aber trotzdem die Irritation der Oberkommissarin.

»Eine Welt für sich«, sagte sie leichthin. »Philippa ist geboren für den Reitsport, von mir hat sie das jedenfalls nicht.«

»Sie ist begabt«, warf Stutter statt einer Begrüßung ein und die Mutter antwortete ihm voller Stolz: »Ja, nächsten Monat wird sie an einem wichtigen Turnier teilnehmen, das ist eine große Ehre. Alex stellt dafür nur die besten Reiter auf.«

»Hintern runter, Schenkel ran, Schneewittchen, sonst gibt es Punkteabzug«, schrie es erneut aus der Arena, und Jasmin suchte nach dem Ursprung der Schimpftirade.

In der Mitte stand eine kleine Frau, die kerzengerade die Reiterin beobachtete. Ihr langes graues Haar war zu einem Zopf geflochten, der fast bis zu den Hüften reichte. Sie trug ein Reitdress und in der Hand hielt sie eine Gerte, die sie gelegentlich wie ein Soldat in historischen Filmen gegen das Leder ihrer hohen schwarzen Stiefel klatschen ließ.

»Wir suchen den Boss, einen gewissen Alex«, wandte sich Stutter noch einmal an Anke Seiler.

Das erste Mal sah er die Frau lächeln und musste gestehen, dass ihr Gesicht in diesem Moment äußerst ansprechend aussah.

»Sie haben *sie* gefunden«, antwortete sie lachend und deutete auf die kleine Frau, die eben brüllte: »Schluss für heute, führe sie noch ein bisschen. Sie hat ihre Sache gut gemacht.« Das »du nicht« hallte so deutlich nach, als hätte es die Frau ausgesprochen.

»Sie können jetzt rein«, bemerkte Anke.

Jasmins fragender Blick traf die Mutter, und Anke sah sich genötigt zu erklären: »Wenn es nach mir ginge, dann müssten wir uns das nicht antun. Aber wehe, ich schlage ihr vor, mit der Reiterei zu pausieren. ›Mama‹«, zitierte Anke nun ihre Tochter, »›wie kannst du das sagen? Pferde sind mein Leben.‹« Sie rollte mit den Augen. »Normalerweise fährt Phili mit ihrem Motorroller hierher, so bleibt mir dieser Kasernenhofton die meiste Zeit erspart.«

»Verstehe«, murmelte Jasmin, die in Wahrheit nicht nachvollziehen konnte, warum Philippa dieses Hobby

Spaß machte. Abgesehen davon hatte sie selbst Angst vor Pferden und achtete deshalb darauf, dicht hinter Stutter zu bleiben, während sie über den weichen Bodenbelag der Halle marschierten.

Als Philippas Pferd die Fremden sah, erschreckte es sich und scheute. Jasmin stieß einen erstickten Schrei aus, aber Stutter, der näher stand, sprach mit sanfter Stimme auf das Tier ein. Philippa, die die braune Stute am Zügel führte, schien nicht nur überrascht, den Polizisten zu sehen, sondern auch, wie gut er mit dem Pferd umgehen konnte. Er streichelte es nun sanft über den Kopf und es begann vergnügt mit den weichen Lippen an seinem Ärmel zu knabbern.

Philippa lachte. »Sie sind auch noch Pferdeflüsterer, Kalina ist normalerweise äußerst scheu.«

»Wunderschönes Tier«, lobte der Hauptkommissar und tätschelte zärtlich den Hals des Pferdes.

Die kleine Frau humpelte jetzt näher und berührte Jasmin von hinten mit der Gerte, um sie zur Seite zu schieben. Die Oberkommissarin hätte eigentlich ein empörtes »He!« ausgestoßen, wäre der Anblick der Alten nicht so faszinierend gewesen.

In einem faltigen, vom Wetter gegerbten Gesicht funkelten grüne Augen und als die Frau jetzt zu sprechen begann, klang es wie ein tiefes Knurren. »Neu hier?«, wandte sie sich interessiert an Stutter. »Gute Reiter sind uns immer willkommen.«

Etwas verdattert stotterte der Hauptkommissar: »Ich bin kein Reiter.«

»Pah«, machte die Alte und wedelte mit der Gerte durch die Luft. »Auf einem Pferd sitzen und herumhoppeln, das kann jeder.« Sie senkte verschwörerisch die Stimme und sagte: »Aber ein Gefühl für die Tiere haben, das ist eine wahre Gabe.« Der Moment der Sanftheit war vorbei. »Steh nicht herum, bring Kalina in den Stall und reibe sie gründlich ab.«

Philippa verabschiedete sich artig und führte ihr Pferd nach draußen.

»Sehr talentiert, das Mädchen, wird es mal weit bringen«, brummte die kleine Frau neben den Beamten.

»Hat sich eben aber ganz anders angehört«, konnte sich Jasmin nicht verkneifen.

Die Reitlehrerin musterte die Polizistin wie ein Kleidungsstück, von dem man nicht wusste, ob es in den Altkleidersack sollte oder doch noch eine Saison im Schrank verweilen durfte. »Sie sind zu zart besaitet, meine Liebe. Menschen brauchen klare Ansagen, sonst kapieren die nix. Ist so.« Sie standen immer noch mitten in der Halle. Ein gutes Stück von ihnen entfernt trainierte gerade eine Gruppe Teenager.

»Wenn ihr weiter so an den Zügeln reißt, dann brate ich euch eines mit der Gerte über«, brüllte die Frau durch die Halle. Sofort ging ein Ruck durch den Tross, und die Pferde liefen ruhiger, während die Mädchen aufrechter und konzentrierter in den Sätteln saßen.

»Also«, widmete sich die Reitlehrerin wieder ihrem Besuch, »Sie sind kein Reiter und Sie …« Ihr Finger zeigte auf Jasmin. »… haben Angst vor Pferden, was wollen Sie dann überhaupt hier?«

»Fragen stellen«, antwortete Stutter.

Noch bevor er sich ausweisen konnte, hob die Alte drohend ihre Gerte.

»Wir sind von der Polizei«, warf Jasmin schnell ein.

Alex entspannte sich wieder. »Keine Reporter? Na schön, dann folgen Sie mir.«

* * *

Die Reitlehrerin führte sie an den Stallungen vorbei, bis sie ein Gebäude erreichten, das mit seinem Bauhausstil nicht so recht zu den rustikal wirkenden Pferdeunterkünften passen wollte.

Sie bemerkte die erstaunten Blicke ihrer Gäste und schnalzte abschätzend mit der Zunge. »Ich weiß, sieht scheiße aus, aber das ist die Zukunft.«

Die beiden Beamten nickten pflichtschuldig und Alex ergänzte: »Meine Tochter bestand auf den Neubau, mir hätte die alte Bretterbude gereicht.« Sie traten ein und befanden sich in einem nach neuen Möbeln und Putzmittel riechenden Eingangsbereich. Ein angenehmer Brummton lockte eine Frau aus dem Büroraum hinter der Anmeldung.

Unverkennbar handelte es sich um Alex' Tochter, die ihnen höflich zunickte.

»Ah, da bist du ja«, sagte sie freundlich zu ihrer Mutter. »Die Stunde mit Ella fällt aus, die Kleine ist erkältet.«

Es folgte ein Grummeln, und Jasmin glaubte die Worte »Faules Stück« herauszuhören. Dann richtete sich die Reitlehrerin auf und meckerte: »Dass du ihr die ja berechnest! Die haben Geld zum Fressen, bloß keine falsche Scheu.«

Die Tochter seufzte vernehmlich und stieß ein mahnendes »Mutter« aus, vermutlich auch weil sie annahm, dass Stutter und Jasmin sich für eine Mitgliedschaft interessierten.

»Das ist Sabine, meine Tochter und diejenige, die dafür sorgt, dass wir nicht verhungern.«

Sabine schüttelte belustigt den Kopf, offensichtlich

schien sie ein völlig anderer Typ als ihre Mutter zu sein, denn mit geübter Freundlichkeit, ähnlich einer bestens ausgebildeten Restaurantfachfrau, bot sie den Neuankömmlingen etwas zu trinken an.

»Die sind von der Polizei«, knurrte die Alte, »spar dir deine Nettigkeit.«

Es folgte erneut ein müdes »Mutter«, und Sabine wiederholte ihr Angebot. »Ich nehme doch an, dass auch Polizisten gelegentlich eine Tasse Kaffee schätzen.« Sie machte eine einladende Handbewegung und geleitete ihre Gäste in einen Raum, der ganz offensichtlich die Verwaltungszentrale des Reitstalls bildete. Akten und Papiere stapelten sich zwischen Bildschirmen und Druckern.

»Viel Arbeit«, sagte Stutter leutselig und blickte zu der Jüngeren.

»Ja, diese Branche ist ziemlich kostenintensiv. Und wenn man mit den Instandhaltungen nicht am Ball bleibt, laufen einem die Kunden davon.«

»Meine Tochter versteht etwas von solchen Dingen. Aber beim Reitunterricht, da muss man anders mit den Menschen umspringen.«

»Ja, Mutter«, antwortete Sabine resigniert, »und ich bin sicher, dass dich unsere Mitglieder mehr denn je für deine Aufrichtigkeit schätzen.«

Jasmin unterdrückte ein Grinsen, offensichtlich stand die Tochter der Mutter in nichts nach.

Die stieß jetzt einen kehligen Laut aus. »Mein Mädchen glaubt, ich wäre zu grob zu den Schülern.«

Kopfschüttelnd verließ Sabine den Raum, kurz darauf hörte man das Mahlen eines Kaffeeautomaten.

»Ist ein gutes Kind, die beste Tochter, die man sich wünschen kann«, sagte die Alte plötzlich mit einer überraschenden Sanftheit. »Abgesehen davon hat sie recht, was mich betrifft. Aber so ein alter Mensch wie ich kann eben nicht mehr aus seiner Haut.«

Sabine kehrte zurück, sie hatte ihre Mutter offensichtlich gehört. »Mama ist die fähigste Reiterin, die ich kenne, als Ausbilderin fantastisch, aber menschlich eine totale Katastrophe«, sagte Sabine gut gelaunt, während sie die Kaffeetassen verteilte.

»Wohl wahr«, bestätigte die Mutter, wandte sich dann an die Beamten und blaffte: »Also, Sie sind ja nicht nur hier, um meinen teuren Kaffee zu trinken. Stellen Sie Ihre Fragen.«

»Sie haben von Holger Wahls Tod gehört?«, begann Stutter das Gespräch.

»Sicher, alle sprechen davon. Ich höre hier nur noch die Namen Riccarda, Trisha und Holger. Als wären wir ein Friseursalon, in dem man sich zum Tratschen trifft.«

»Sie kennen ihn also?«, hakte der Hauptkommissar nach.

»Natürlich«, antwortete Alex, »ich kenne sie alle, die ganze Bande und ihre Geheimnisse.«

»Auch Riccarda Meiner?«, fragte der Beamte ein wenig verblüfft.

»Selbstverständlich, zumindest«, korrigierte sich die Reitlehrerin, »zumindest kannte ich sie als junges Mädchen. Ich habe sie unterrichtet, wie fast alle Gören der besseren Gesellschaft.« Jasmins verständnisloser Blick ließ sie fortfahren. »Ist so eine Art Statussymbol, bei mir ausgebildet worden zu sein, stimmt doch, Sabine?«

Die Tochter, geübt darin, Sachverhalte in freundliche Worte zu fassen, blickte zu Stutter und sagte mit einem amüsierten Lächeln: »Mama ist mittlerweile eine Marke. Bei ihr eine Reitausbildung gemacht zu haben, ist ein

Prädikat. Wir haben eine lange Warteliste mit willigen Schülerinnen und Schülern.«

»Wow«, mischte sich Jasmin ein, »ich wusste nicht, dass Reiten immer noch zu einer so beliebten Freizeitbeschäftigung gehört.«

»Na, seit die Adelshäuser in Europa beschlossen haben, ihre Nachkommen auch mit Bürgerlichen zu vermählen, entwickeln reiche Eltern die Fantasie, ihre Sprösslinge könnten dort einheiraten. Schlecht, wenn die zukünftigen Prinzen und Prinzessinnen sich bei einer königlichen Jagdgesellschaft dann nicht auf dem Gaul halten können.«

Stutter lachte laut auf, woraufhin Alex ihm zuzwinkerte und dann verschmitzt grinste.

»Das ist der Grund, warum ich hier die Anmeldungsgespräche führe«, warf Sabine ein, die zwar den Kopf schüttelte, aber ebenfalls lächelte.

»Erzählen Sie mir von Holger Wahl, Trisha und Riccarda.«

»Er kam erst vor ungefähr zehn Jahren zu uns.«

Sabine tippte etwas in ihren Computer und sagte ergänzend: »Stimmt, seine Anmeldung erfolgte im Mai vor acht Jahren.«

»Die Mädchen«, fuhr Alex fort, »besuchten die Reitschule. Riccarda war geboren dafür. Fantastische Haltung und unglaubliche Disziplin, das will etwas heißen für eine Zehnjährige, Trisha konnte man vergessen und noch schlimmer war der Junge.«

»Welcher Junge?«, fragte Jasmin.

»Der pummelige, Xaver, der Bruder von Riccarda. Hat sich fast in die Hosen gemacht, wenn er im Sattel saß. Sein Vater konnte dafür natürlich kein Verständnis aufbringen.«

»Aber Sie?«, platzte Jasmin heraus.

Die Reitlehrerin nahm ihr das nicht übel. »Hören Sie, Kindchen«, sagte sie gelassen, »ich bin doch kein Unmensch. Manch einer gehört nicht auf ein Pferd, das ist auch für das Tier kein Vergnügen. Ich habe mir den Vater zur Brust genommen, ihm vorgeschlagen, er soll den Burschen in einen Schachklub schicken oder zum Tennis. Hat es schließlich eingesehen.«

»Und Riccarda hatte Freude am Reiten?«

»Nein«, gab Alex unumwunden zu. »Die tat das nur ihrem Vater zuliebe. Schrecklich, was Eltern ihren Kindern so antun.«

Wieder reagierte sie auf die verblüfften Blicke der Polizisten mit einer Erklärung. »Der alte Meiner war ein Tyrann, wie er im Buche steht. Ich bin Reitlehrerin und von meinen Schülerinnen fordere ich alles. Aber mein eigenes Kind ...«

Fragende Blicke trafen die Tochter. Die lächelte charmant und sagte: »Ich liebe Pferde, aber ich sitze nicht gerne auf ihnen. Mama hat mich in meinem ganzen Leben noch nie zu irgendetwas gezwungen.« Der liebevolle Blick, den Sabine ihrer Mutter nun zuwarf, ließ diese verlegen abwinken.

»Jedenfalls«, fuhr Alex fort, »hat der Meiner darauf bestanden, dass ich Riccarda ausbilde. Sie hat sogar an einigen Turnieren teilgenommen, sehr erfolgreich. Ich habe ihr einmal zum zweiten Platz gratuliert, wissen Sie, was sie geantwortet hat?« Alex versuchte mit der Stimme eines kleinen, wichtigtuerischen Mädchens zu sprechen. »Mein Papa sagt immer: ›Die Nummer zwei ist nicht die Nummer eins.‹« Die Reitlehrerin wirkte bei der Erinnerung daran immer noch erschüttert. »Als Erwachsene blieb sie zwar in der Kartei, kam aber nur selten hierher und dann auch nicht zum Reiten.« Ein vielsagender Blick streifte die Tochter.

»Viele unserer Mitglieder nutzen die Bar im neuen Klubhaus. Wir machen dort sehr gute Umsätze.«

Alex stieß mit vibrierenden Lippen die Luft aus. »Wir sind zu einer Kneipe geworden, aber was soll's? So können wir wenigstens die Rechnungen bezahlen.«

»An was erinnern Sie sich noch im Zusammenhang mit Riccarda Meiner und den anderen?«, führte sie Stutter zurück zum Thema.

»Die waren zu dritt. Riccarda, Trisha und Benita.«

»Benita Meiner? Die spätere Frau von Xaver?«, hakte Jasmin sofort nach.

»Genau«, bestätigte die Reitlehrerin. »Riccarda war intelligent, aber Benita, die war raffiniert. Nicht die schönste Stute im Stall, aber die mit den besten Strategien. Hat sich den Pummel geangelt und führt ein sorgenfreies Leben. Natürlich kam sie auch aus gutem Haus, aber das war mehr Schein als Sein, der Vater ging irgendwann pleite.«

»Und Trisha?«, fragte Jasmin, die zugeben musste, dass dieses Gespräch ein bisschen war wie das Lesen in einem Klatschmagazin.

»Hübsch und dumm und natürlich gesegnet mit dem zweifelhaften Talent, sich die falschen Männer auszusuchen. Als Riccarda mit ihrem Verlobten damals hier aufgekreuzt ist, wusste ich gleich, dass das Ärger gibt. Trisha konnte ja kaum die Augen von dem Kerl lassen.«

»Und was hielten Sie von Holger Wahl?«, fasste Stutter nach.

»Ein Schwätzer, aber ein sehr charmanter. Auf dem Pferd saß er wie ein Pfau und da die weiblichen

Mitglieder in der Überzahl sind, fand er auch genug Bewunderinnen.«

»Eine bestimmte?«

»Solche Sachen bekomme ich nicht mehr mit«, schnappte die Reitlehrerin verärgert. »Früher trafen sich die heimlichen Liebschaften auf unserem Heuboden, heute verschwinden die zum Stelldichein in das nächste Wellnesshotel.«

»Wie war das nach Riccarda Meiners Verurteilung?«, stellte der Hauptkommissar seine nächste Frage.

»Erst dachten wir, dass uns einige Kunden wegbrechen«, warf jetzt die Tochter ein, »aber eigentlich ging alles weiter wie bisher.«

»Ich sag Ihnen etwas«, mischte sich die Mutter ein, »die waren alle froh, als Riccarda aus dem Weg war.«

»Auch Holger Wahl?«

»Gerade der«, blaffte die Alte. »Riccarda hätte den doch nie geheiratet. Eines Tages wäre er von ihr abserviert und dadurch zum Gespött der Leute geworden. So hat er das Gesicht gewahrt und die wohlhabende Freundin seiner Verlobten geehelicht. Trisha durfte endlich von der bislang verbotenen Frucht naschen, der Pummel hat die Firma bekommen und Benita wurde sozusagen zur First Lady. Wundert mich jedenfalls nicht, wenn die kleine Riccarda sich heute dafür rächt.«

»Sie sind der Meinung, Frau Meiner habe Holger Wahl umgebracht?«, fragte der Hauptkommissar nun ganz direkt.

»Wer denn sonst?«, gab sie ihm, ohne zu zögern, Antwort.

»Wie war das mit den Seilers, seit wann sind die Mitglieder?«

Die Tochter befragte erneut den Computer, während die Mutter sagte: »Das war erst nach dem Prozess. Ich weiß noch, dass die Mutter mir erklärte, dass das Reiten ein Herzenswunsch von Philippa sei. Der Vater habe es ihr immer verboten, aus Angst, es könne etwas passieren. Aber nach dem Unglück wollte sie der Tochter damit eine Freude machen.«

»Die Seilers sind seit sechs Jahren in der Kartei«, bestätigte Sabine das Datum.

»Und, war es wirklich ein Herzenswunsch von Philippa?«, fragte dieses Mal Jasmin.

»Absolut«, entgegnete Alex, »das Mädchen ist genauso talentiert wie Riccarda damals, aber Philippa bringt auch noch die Leidenschaft mit.«

»Kannten sich Holger Wahl und die Seilers?«

Die Alte zuckte mit den Schultern. »Mit Sicherheit, die kennen sich alle von irgendwoher.«

Zufällig streifte Stutters Blick die Tochter. Er sah ihr an, dass sie mit sich rang, irgendetwas lag ihr auf der Zunge, aber sie schwieg.

Das Gespräch war beendet und die Beamten verabschiedeten sich. Stutter sagte seinen üblichen Spruch auf, bat die beiden Frauen, sich zu melden, wenn ihnen noch etwas einfallen würde.

Sie waren fast schon aus der Tür, da rief Sabine: »Ich begleite Sie zum Parkplatz, ich muss sowieso noch ins Lokal.«

Der Hauptkommissar drängte die Frau nicht. Ihm war klar, dass Sabine etwas auf dem Herzen hatte, jedoch nicht vor ihrer Mutter darüber sprechen wollte.

Sie schlenderten gemütlich an den Ställen vorbei.

Anke und Philippa Seiler waren offenbar gegangen, dafür trafen sie auf ein anderes bekanntes Gesicht.

Ein strahlender Leander, der ein großes Paket schleppte, kam ihnen entgegen.

»Die Lieferung ist heute angekommen«, rief er in Sabines Richtung, dann erst bemerkte er die Beamten.

Sie standen sich jetzt gegenüber und wieder betrachtete der Cousin von Riccarda Meiner auf eine fast schon unverschämte Weise die Oberkommissarin. »Wir wurden uns noch nicht vorgestellt«, wandte er sich an Jasmin, als würden sie sich auf einer Party treffen.

»Ich weiß, wer Sie sind«, knurrte diese unfreundlich.

»Das ehrt mich«, gab er grinsend zurück und ließ stöhnend den Karton auf den Boden sinken.

»Dafür gibt es keinen Grund«, schnauzte die Beamtin, die mit aller Macht verhindern wollte, ihr Gegenüber anziehend zu finden.

Leander schien ihre Abfuhr nicht ernst zu nehmen, sondern erwiderte: »Mögen, nicht mögen, unsereins freut sich doch über jede Gefühlsregung einer hübschen Frau.« Dann lächelte er vergnügt in Stutters Richtung, ignorierte Jasmins pikiertes »Bitte?« und sagte zu Sabine: »Wunderbarer Druck, soll ich sie gleich ins Büro bringen?«

»Ja, sicher«, antwortete die erleichtert, fügte aber noch an: »Kann jedoch sein, dass du auf Mutter triffst.«

Er spielte den Erschreckten, rief: »Und der Tag hat so gut angefangen«, bevor er sich von den Beamten verabschiedete und davonmarschierte.

Sabine lächelte, als sie ihm nachblickte. »Das ist der Normalste der Truppe«, rutschte es ihr heraus und sofort hielt sie sich schuldbewusst die Hand vor den Mund. »Ich werde schon wie meine Mutter.«

Stutter antwortete: »Unser Berufsstand freut sich über Ehrlichkeit. Erzählen Sie uns von Leander.« Tatsächlich hatten die beiden bisher noch nicht mit dem Mann persönlich zu tun gehabt. Hauptkommissar Hürtgen war derjenige gewesen, der Leanders Aussagen aufgenommen hatte.

»Er hilft uns mit der Buchpräsentation«, ließ sich Sabine darauf ein. »Mutter hat ihr Wissen zu Papier gebracht. Wir veranstalten eine Lesung. Ein bisschen Reklame, ein kleiner Empfang, eben Werbung für das Buch und den Reitstall. Leander war als Kind in den Ferien regelmäßig bei Riccarda und Xaver und natürlich kam er dann auch mit zum Reitstall, so haben wir uns kennengelernt. Seine Mutter war das, was man eine Aussteigerin nennen würde. Sie hat das Kind alleine großgezogen, ist mit ihm durch die Welt gereist und hat ihm viele Freiheiten gelassen. Ich glaube, er spricht fünf oder sechs Sprachen. Irgendwann hat er in München einen Buchladen eröffnet und seither ist er hier.« Sie seufzte. »Arbeiten müsste er natürlich nicht. Er besitzt Anteile an Meiner-Pharmazeutika, aber es ist allgemein bekannt, dass er sich nicht in die Geschäftsführung einmischt, außerdem weiß jeder, dass er und Riccarda sich sehr nahe stehen.«

»Über das normale Maß hinaus?«, hakte Stutter nach.

»Nein«, rief Sabine empört. »So habe ich das nicht gemeint.«

»Wir müssen solche Fragen stellen«, beeilte sich Stutter zu erklären.

Sein Gegenüber beruhigte sich. »Natürlich, aber so ist es definitiv nicht. Die beiden sind wie Geschwister. Er war der Einzige, der zu ihr gehalten hat.«

»Ist er liiert?«, fragte Jasmin und konnte nicht verhindern, dass ihr eine leichte Röte ins Gesicht stieg.

Sabine schien das nicht zu bemerken, Jens Stutter hob jedoch überrascht die Augenbrauen.

»Nein, Leander ist einer der begehrtesten Junggesellen, aber legt sich offenbar ungern fest. Allerdings gibt es um ihn auch keine Skandale.«

Sie hatten den Parkplatz erreicht und Sabine fasste sich endlich ein Herz. »Da gibt es noch etwas«, begann sie umständlich. »Ich wollte das vorhin nicht vor meiner Mutter sagen. Sie haben ja sicher schon bemerkt, dass sie sehr direkt sein kann. Oft zu direkt. Wenn sie etwas weiß, dann rutscht es ihr irgendwann heraus.« Sie hob und senkte die Schultern. »Ich liebe meine Mutter, aber manchmal wünschte ich, sie hätte ihr Mundwerk besser unter Kontrolle. Erwähnen Sie ihr gegenüber also nicht, dass Sie es von mir wissen. Das würde sie mir übel nehmen.«

»Verstehe.« Stutter nickte ihr aufmunternd zu. »Wir geben für gewöhnlich unsere Quellen nicht preis.«

»Gut, dann kann ich Ihnen vielleicht eine Ihrer Fragen beantworten. Sie wollten doch wissen, ob Holger Wahl eine Geliebte hatte.«

Die beiden Beamten sahen die Frau gespannt an.

»Benita Meiner«, flüsterte Sabine. »Die Frau von Xaver.«

»Sind Sie sicher?«, fasste der Hauptkommissar sofort nach.

»Ja, aber ich muss auch dazu sagen, dass das Jahre zurückliegt. Ich habe die zwei sozusagen in flagranti erwischt. Mutter irrt sich, der Heuboden ist noch in Mode. Allerdings fand das nach Riccardas Verhaftung statt. Die beiden haben mich zum Glück nicht bemerkt, aber ich bin mir sicher, dass dieses Verhältnis noch eine ganze Weile anhielt. Wenn man erst einmal weiß, worauf man achten muss, dann erkennt man die Zeichen.«

»Lief das auch noch, nachdem er seine Frau Trisha geheiratet hat?«

Sabine hob entschuldigend die Hände. »Ich hab die zwei nur einmal nackt gesehen und das hat mir gereicht, aber die Tatsache, dass sie eine Zeit lang regelmäßig jeden Samstag miteinander ausgeritten sind, hat mich zumindest stutzig gemacht.«

»Und Trisha hat das nicht bemerkt?«

»Wie denn? Die sind alle befreundet. Sowohl Trisha wie auch Xaver ziehen die Bar dem Sattel vor. Das ist ja auch ein bisschen unser Konzept. Nicht immer interessieren sich beide Ehepartner für den Reitsport. Das Restaurant ist eine Alternative.«

»Bestand diese Affäre auch noch, als Riccarda Meiner aus dem Gefängnis kam?«

»Ich würde sagen, nein. Die gemeinsamen Ausritte finden schon seit ungefähr einem Jahr nicht mehr statt. Meiner Meinung nach war die Sache beendet. Die beiden gingen sich nämlich aus dem Weg.« Sie seufzte. »Und dann gibt es da noch etwas. Benita Meiner und Anke Seiler hatten vor Kurzem eine heftige Diskussion.«

»Worum ging es?«, fragte Stutter interessiert.

»Ich versuche, es so genau wie möglich wiederzugeben. Benita bedrängte Anke Seiler und sagte: ›Finde heraus, was sie vorhat, du wohnst doch direkt gegenüber. Kann dir ja auch nur recht sein, wenn dieses Weib wieder in den Knast wandert.‹«

»Wow«, entfuhr es Jasmin, »und das haben die einfach so vor Ihnen besprochen?«

»Manche Menschen glauben, dass ihr Personal taub

ist. Vielleicht haben sie mich auch gar nicht bemerkt. Die Ställe sind unübersichtlich.«

»Fiel Riccarda Meiners Name?«, hakte Stutter nach.

»Das nicht und verstehen Sie mich bitte nicht falsch. Ich möchte niemanden anschwärzen. Normalerweise legen wir das Mäntelchen des Schweigens über die Fehltritte unserer Kunden. Aber diese Morde beunruhigen mich. Ich gebe ehrlich zu, dass ich mich um unseren Reitstall sorge. Die Menschen, die bei uns eingeschrieben sind, haben genug Geld, um sich jederzeit woanders anzumelden. Wir sind jedoch auf sie angewiesen. Wenn die Mitglieder anfangen, um die eigene Sicherheit zu fürchten und eine Verbindung zu den Meiners, den Seilers oder Trisha Wahl als negativ zu empfinden …« Sie unterbrach sich. »Betriebe wie unserer leben von ihrem guten Ruf. Sie würden uns mit der Aufklärung der Morde daher einen echten Gefallen tun.«

* * *

In der Nacht

Kaum jemand konnte sich vorstellen, wie es sich anfühlte, ungewollt zu sein oder gehasst zu werden für seine Herkunft, die Sprache, die man sprach, die Kleidung, die man trug. Nicht der Norm zu entsprechen, war immer schon eine Bürde. Dabei spielte es keine Rolle, warum das so war. Man wich durch extreme Hässlichkeit genauso vom Durchschnitt ab wie durch besondere Schönheit. Schreckliche Armut und unermesslicher Reichtum hatten dieselbe Wirkung, genauso wie Vorlieben, die man pflegte. Wehe, man entsprach nicht dem Gewöhnlichen, dann folgten Ächtung und Strafe.

All diese Dinge gingen der Frau durch den Kopf, als sie den leblosen Körper zum Balkon zerrte. Die Brüstung war nicht besonders hoch, trotzdem bedurfte es einiger Kraftanstrengung, die menschliche Last darüber zu hieven. Wie ein schwerer Stein plumpste sie schließlich nach unten. Das Seil dehnte sich, knirschte, der Knoten, der um den Handlauf auf der gemauerten Brüstung gewickelt war, zog sich jedoch zusammen und hielt das Gewicht. Mit einem zufriedenen Ausdruck blickte die Mörderin nach unten. Das Licht aus dem Inneren des Hauses kreierte gespenstische Schatten. Der Körper am Ende des Seils schaukelte im Nachtwind sanft hin und her. Alles schien perfekt wie ein düsteres Gemälde, das einen einerseits abstieß, andererseits jedoch auch ein gutes Gefühl gab, vor allem wenn man erkannte, dass man nicht Teil davon war, sondern nur ein Betrachter mit ausreichend Abstand.

Doch plötzlich wurde die Szenerie gestört, das Seil geriet in Bewegung. Mit einem Mal begann ein Zappeln und Reißen. Die alte Frau am Galgen wehrte sich, als könnte sie den Tod bezwingen. Mit den Beinen trat sie wild um sich, griff mit den Händen nach oben, versuchte irgendwie, den Strick um den eigenen Hals zu lösen, aber ihr Unterfangen war sinnlos. Trotzdem eilte ihre Mörderin die Treppen nach unten, stürzte aus dem Haus und stellte sich vor ihr Opfer. In diesem Augenblick fühlte sie sich als Teil des Gemäldes. Es war eine Hinrichtung, der Henker hatte seine Arbeit getan und jetzt stand eine einsame Zuschauerin vor der Sterbenden, die darauf wartete, dass ihr das Genick brechen oder sie ersticken würde.

Vielleicht sollte sie sich an die Füße hängen, es beschleunigen, so wie es manchmal in Filmen gezeigt wurde. Mit einem müden Lächeln wischte sie diesen Gedanken fort. Nein, warum das Risiko eingehen und DNA zurücklassen? Außerdem hatten dieses Zucken und Winden, das verzweifelte Schnappen nach Luft, nur um wenige Sekunden zu gewinnen, etwas für sich. Es zeugte davon, dass dem Tod mit Angst begegnet wurde. Das Mindeste, was ein Mensch tun sollte, denn wer wusste schon genau, was einen auf der anderen Seite erwartete: Höllenfeuer oder Engelschöre?

Ein krächzender Laut markierte das Ende der alten Frau und wieder wurde es ruhig und friedlich. Ihre Seele war fort, zurück blieb ein welker Körper, wertlos, zu nichts mehr nütze. Und dennoch ging die Gestalt vor der baumelnden Leiche nun in die Knie, legte etwas nieder wie eine Grabbeigabe und flüsterte unerwartet respektvoll einen letzten Gruß.

KAPITEL NEUN

Am nächsten Morgen

Die drei Beamten hatten noch am Vortag darüber diskutiert, wie sie bezüglich der belauschten Unterhaltung zwischen Benita Meiner und Anke Seiler weiter vorgehen sollten. Schließlich waren sie zu dem Schluss gekommen, dass Hauptkommissar Stutter mit Jasmin Nau die Befragung von Benita Meiner übernehmen würde. Zeitgleich war es dann an Hauptkommissar Hürtgen, Anke Seiler einen Besuch abzustatten. Damit hätten die beiden Frauen auch keine Gelegenheit, sich gegenseitig vorzuwarnen.

»Wir agieren behutsam«, hatte Stutter seinem Kollegen Hürtgen erklärt. »Wenn Benita etwas mit dem Mord an ihrem ehemaligen Liebhaber zu tun hat, dann ist sie gut vorbereitet. Wiegen wir sie also in falscher Sicherheit.«

»Das Gespräch zwischen ihr und Anke Seiler ist ziemlich verdächtig«, hatte Jasmin eingeworfen, »klingt so, als hätten die beiden Riccarda überwacht. Warum?«

»Vermutlich, um ihr bei der erstbesten Gelegenheit etwas anzuhängen. Andererseits«, hatte sich Hauptkommissar Hürtgen geäußert, »ist Riccarda die Mörderin von Anke Seilers Mann. Kein Gericht der Welt würde der

Seiler einen Strick daraus drehen, dass die ihre Nachbarin im Auge behält.«

Am nächsten Morgen waren die Beamten gerade auf dem Weg zu den Befragungen, als sie ein Kollege zurückhielt.

»Kam eben rein«, sagte er zu Hürtgen und drückte ihm einen Zettel in die Hand. »Dachte, das interessiert dich.«

»Ach du Schande …« Hürtgen verstummte und reichte mit besorgter Miene die Notiz weiter.

Es handelte sich um die Meldung, dass eine gewisse Alexandra Turner tot aufgefunden worden war. Zuerst stutzte Stutter, doch spätestens als er die Adresse las, wusste er Bescheid.

»Alexandra Turner, das ist Alex«, wandte er sich an Jasmin.

»Die Reitlehrerin? Die war doch gestern noch quicklebendig«, rief die Oberkommissarin überrascht aus.

»Ja, bis sie jemand heute Nacht ermordet hat.«

Hauptkommissar Hürtgen fuhr den Wagen, Stutter saß auf dem Beifahrersitz, Jasmin auf der Rückbank. Die Fahrt verlief sehr schweigsam. Stutter hatte das nicht kommen sehen und machte sich schwere Vorwürfe. Einiges sprach dafür, dass es zwischen der Ermordung der Frau und seinem gestrigen Besuch bei der Reitlehrerin eine Verbindung gab. Man hatte ihn immerhin dort gesehen. Anke Seiler, Leander Meiner, beides Kandidaten, die diese Information bewusst oder unbewusst hätten weitergeben können. Vielleicht hatte auch Alex selbst ihren Mörder davon unterrichtet, womöglich in gutem Glauben.

Er fühlte sich schlecht, richtig ausgebrannt. Das war schon das dritte Mordopfer seit Riccarda Meiners Entlassung. Eigentlich hatte man ihn als Feuerwehr nach München geschickt, um den Brand zu löschen. Stattdessen entstanden ständig neue Flammen, die er einfach nicht niederkämpfen konnte.

Sie erreichten die Schranke, und Stutter ließ die Scheibe nach unten gleiten.

Der Wachmann trat näher und erkannte den Beamten. »Fahren Sie durch«, sagte er bedrückt. »Ihre Kollegen sind schon da.« Er wirkte geschockt, traurig und hatte gerötete Augen vom Weinen.

»Tut mir sehr leid«, sagte der Hauptkommissar tröstend.

Der andere nickte und trat zur Seite.

Als sie den Tatort betraten, war Stutter schlecht gewappnet. Er spürte, wie er kurz davor war, die Kontrolle über seine Gefühle zu verlieren. Die kleine alte Frau lag auf einer Plane, immer noch schlängelte sich ein Seil um ihren Hals. Ihre nackten Füße wirkten wie die eines Kindes. Stutter blickte kopfschüttelnd zur Seite, sammelte sich und sagte dann, nur um überhaupt irgendetwas zu sagen: »Was ist das?« Er deutete auf den Zweig direkt neben der Leiche.

»Der lag schon dort, als wir kamen. Hat vermutlich der Wind hergeweht.« Der Beamte schien zu spüren, dass

Stutter das nicht reichte, und fügte schnell an: »Wird natürlich eingetütet und untersucht.«

»Gut«, murmelte der Hauptkommissar und sah sich nach Jasmin um.

Sie wirkte ebenfalls bestürzt, hielt sich aber tapfer. Einen Tatort in Augenschein zu nehmen, war immer schwer, aber wenn man das Opfer gekannt hatte, dann verlangte einem diese Tatsache noch mehr ab.

»Was ist passiert?«, fragte hinter ihm Hauptkommissar Hürtgen in die Runde.

Jemand deutete mit dem Finger nach oben. »Der Gerichtsmediziner ist im ersten Stock.«

Automatisch setzten sich die drei in Bewegung.

Hürtgen begrüßte den Arzt freundlich, aber mit dem typischen Bedauern darüber, sich schon wieder unter solchen Umständen zu begegnen.

Stutter betrachtete die etwa fünfzig Zentimeter hohe Steinbrüstung des Balkons, auf der ein metallener Handlauf angebracht war. Die Reste eines verknoteten Seils hingen daran, offensichtlich hatte man die Leiche an dieser Stelle abgeschnitten. Das lose Ende war zerfasert, so als wäre dazu ein stumpfes Messer benutzt worden.

»Haben Sie das gemacht?«, fragte der Hauptkommissar ungläubig, bemüht, nicht zu vorwurfsvoll zu klingen, falls die Antwort ja wäre.

Trotzdem strafte ihn ein ärgerlicher Blick. »Natürlich nicht, wir sind doch keine Deppen.«

Hürtgen hob schnell beschwichtigend die Hände. »Nicht falsch verstehen«, wandte er sich an den Arzt, »aber die Kollegen haben gestern noch mit der Frau gesprochen.«

»Tut mir leid«, ließ sich der Gerichtsmediziner besänftigen und fuhr in professionellem Tonfall fort:

»Das war die Tochter. Die Arme hat ihre Mutter so gefunden. Typische Kurzschlussreaktion, die uns die Arbeit erschwert.« Er brummte genervt. »Ich versuche zu retten, was geht, aber vermutlich wird die Spurenlage nicht besonders eindeutig sein, nachdem die Tochter an dem Seil herumgeschnippelt hat. Jedenfalls wissen wir, dass der Leichnam nach dem Durchtrennen auf den Boden gestürzt ist, was eine weitere Kontamination zur Folge hatte. Außerdem hat die Tochter versucht, die Mutter wiederzubeleben. Am Ende hielt sie weinend die Leiche im Arm. Der Wachmann hat sie so gefunden, sich der Tochter angenommen und dabei unseren Tatort weiter verunreinigt.« Der Arzt hob eine Hand über den Kopf und machte mit ihr eine pathetische Geste, so als wollte er den Himmel anflehen, während er sagte: »Erwarten Sie also keine Wunder.«

»Aber es war Mord?«, meldete sich das erste Mal Jasmin zu Wort.

»Man hat ihr mehrere heftige Schläge verpasst«, antwortete ihr der Arzt und deutete ins Innere des Hauses. Zum ersten Mal nahm Stutter den Raum, der an den Balkon angrenzte, bewusst wahr.

Es handelte sich um das Schlafzimmer der Toten. Die Wände schienen mit Fotos tapeziert. Bilder von Pferden, aufgenommen auf Koppeln oder bei Turnieren. Menschen in Reitkleidung und immer wieder das Gesicht einer kleinen Frau mit gerader Körperhaltung und stolzem Blick. Das, was Stutter hier sah, war Alexandra Turners Leben. Die kleine Alex, nur in T-Shirt und kurzer Hose auf dem breiten Rücken eines Hannoveraners, dann Aufnahmen aus der Teenagerzeit, irgendwann zusammen mit einem scheu dreinblickenden Mann, schließlich lachend vor einer Pferdekutsche mit einem

Baby auf dem Arm. Man konnte erkennen, dass Alex ein gutes Leben geführt hatte, und dennoch war es nicht gerecht, es ihr auf diese abscheuliche Weise zu nehmen. Er wandte sich von dem Glück und der Lebendigkeit ab, die die Fotografien eingefangen hatten, und richtete den Blick auf das gewaltsame Ende.

»Sie muss geschlafen haben«, holte ihn die Stimme des Gerichtsmediziners zurück ins Hier und Jetzt.

»Mehrere Schläge gegen den Schädel, Stirn, Schläfe. Dann hat man sie zum Balkon gezogen.« Er deutete auf die Blutspur. Außerdem zeigte er den Kriminalbeamten eine Beweismitteltüte, in der sich ein Sportpokal befand. »Die Tatwaffe«, fügte er überflüssigerweise an, denn das Blut daran war gut sichtbar.

Sie folgten dem Mann zurück zum Balkon. »Hier hat man ihr das Seil um den Hals gelegt, das andere Ende an dem Geländer verknotet und den Körper über die Brüstung geworfen.«

»Braucht man dafür viel Kraft?«, fragte Jasmin. »Kann das auch eine Frau tun?«, wurde sie präziser.

»Ich würde sagen, ja. Einen leblosen Körper zu transportieren, ist zwar kein Kinderspiel, aber ihn über einen glatten Boden zu ziehen und dann über ein mäßig hohes Hindernis zu wuchten, das bekommt man, wenn die nötige Entschlossenheit da ist, auch als Frau hin. Zumal das Opfer ein Fliegengewicht war.«

Jasmin blickte zu Stutter und sagte: »Die alte Reitlehrerin hat damit geprahlt, die Geheimnisse ihrer ehemaligen Schüler zu kennen. Wenn sie das zu uns gesagt hat, dann vielleicht auch noch zu anderen. Womöglich geriet irgendwer in Panik.«

»Wir brauchen die genaue Todeszeit«, richtete Stutter das Wort an den Gerichtsmediziner.

»Meiner ersten Schätzung nach zwischen Mitternacht und ein Uhr, ein Uhr dreißig.«

Sie hatten die Treppe nach unten genommen und betraten jetzt erneut den Hof. Wieder fiel es Stutter schwer, den Körper anzusehen.

Die monotone Stimme des Gerichtsmediziners, der sprach, als würde er sehr gelangweilt einen Vortrag vor noch gelangweilteren Zuhörern halten, schuf jedoch eine nüchterne Atmosphäre, die es leichter machte.

Erst deutete er auf die Kopfwunden, dann auf die Strangfurche, schließlich zeigte er den Beamten die verletzten Hände des Opfers. »Sie muss noch einmal zu sich gekommen sein und hat versucht, die Finger zwischen sich und das Seil zu bringen. Dafür sprechen auch die petechialen Blutungen. Mehr nach der Obduktion.«

»Können wir mit der Tochter sprechen?«, fragte Stutter, der sich wünschte, diese Begegnung würde ihm erspart bleiben.

»Man hat sie ärztlich versorgt, sie ist im Bürogebäude mit einer Beamtin.«

Stutter machte sich zusammen mit seinen Kollegen auf den Weg. Als er an einem der Kriminaltechniker vorbeikam, sagte er müde: »Bitte achten Sie darauf, dass in der Wohnung nachher alles wieder an seinem Platz steht.«

»Aber sicher, Chef«, antwortete der verständnisvoll. »Ist eine Schande, einer alten Frau so etwas anzutun.«

* * *

Etwa zur gleichen Zeit

»Mein Bruder ist doch nicht etwa krank?«, fragte Riccarda Meiner, als sie Xavers Vorzimmer betrat.

Doris Kleiber, stets die perfekte Sekretärin, antwortete höflich: »Nicht dass ich wüsste«, während sie den Blick konzentriert auf ihren Bildschirm hielt.

Riccarda grinste und ging auf den Schreibtisch der Frau zu.

»Kann ich sonst noch irgendetwas für Sie tun?«, reagierte Xavers Mitarbeiterin daraufhin reserviert.

»Das können Sie in der Tat«, entgegnete Riccarda in einem für sie ungewöhnlich liebenswürdigen Tonfall.

Ohne Eile legte sie Doris Kleiber einen Stapel Papiere vor die Nase.

Die Achtundvierzigjährige betrachtete gelangweilt die Ausdrucke. »Soll ich die Herrn Meiner weitergeben?«, fragte sie, obwohl ihr klar war, dass Riccarda von ihr eine Auskunft wollte.

»Wissen Sie, was das ist?«

»Kopien von Online-Überweisungen«, erwiderte Doris Kleiber zurückhaltend.

»Sehr gut«, entgegnete Riccarda spöttisch. »Sehen Sie sich den Empfänger an.«

Die Sekretärin verzog keine Miene, sodass es schwer war einzuschätzen, ob sie die Unwissende nur spielte oder wirklich keine Ahnung hatte.

»Eine Firma in Panama«, antwortete Frau Kleiber pflichtschuldig, nachdem sie so getan hatte, als würde sie den Namen ablesen.

»So ist es«, blieb Riccarda zynisch. »Kennen Sie dieses Unternehmen?«

»Momentan fällt mir dazu nichts ein«, kam die ausweichende Antwort.

»Interessant«, reagierte Riccarda.

Die beiden Frauen starrten sich an wie zwei Raubkatzen kurz vor dem Sprung.

»Augenscheinlich erhielt dieses panamaische Unternehmen in den letzten Jahren regelmäßig Zahlungen von Meiner-Pharmazeutika, und zwar für Marketing-Beratungen«, sprach Riccarda als Erste.

»Werbung ist wichtig«, warf Frau Kleiber tonlos ein.

»Sicher, Werbung ist wichtig und offensichtlich sind in den letzten sieben Jahren die Kosten dafür exponentiell gestiegen.«

»Das ist der Lauf der Zeit, alles hat seinen Preis«, erwiderte die Angestellte und legte den Kopf schräg. Ihre Worte klangen wie eine Drohung.

»Eine Million Euro für eine Marketingberatung, die dazu geführt hat, unseren Eingangsbereich wie den Aufenthaltsraum eines Obdachlosenheims zu gestalten?«

Das Schulterzucken ihres Gegenübers versetzte Riccarda allmählich in Rage.

»Einen Dienstleister mit solchen Umsätzen sollten sie als rechte Hand des ehemaligen Firmenchefs eigentlich kennen«, fuhr sie deshalb bissig fort und sprach das Wort »ehemalig« besonders gedehnt aus.

»Ich kann in den Unterlagen nachsehen«, zog sich Doris Kleiber geschickt aus der Affäre.

Riccarda schnappte sich die Ausdrucke. »Das wird nicht nötig sein. Ich weiß bereits alles, was ich wissen muss. Mein Bruder hat diese Zahlungen freigegeben. Das heißt, Holger Wahl als Leiter der Finanzen muss sich von ihm das Okay geholt haben.«

»Eine der Regeln. Die Zahlungsausgänge werden dem Chef vorgelegt. Mehr kann ich dazu leider nicht sagen.«

Doris Kleiber erinnerte sich sehr gut an die panamaische Firma, die niemals irgendeinen Vertreter nach München geschickt hatte. Natürlich war sie nicht eingeweiht worden, das war auch nicht nötig gewesen. Sie hatte sofort erkannt, um was es dabei wirklich gegangen war. Trotzdem blieb sie gelassen, als Riccarda ihr auf den Kopf zusagte: »Mein Bruder steckt hinter dieser ausländischen Firma, die einzig dazu gegründet wurde, Gelder aus dem Unternehmen abzuziehen. Vermutlich sollte das seine zusätzliche Altersvorsorge sein. Dem Fettsack waren seine Dividenden und das üppige Gehalt offensichtlich nicht genug. Wissen Sie, ob Holger Wahl auch etwas abbekommen hätte?«

Für einen kurzen Augenblick öffneten sich Doris Kleibers Lippen, doch sie erkannte die Falle gerade noch rechtzeitig und schwieg.

Riccarda lachte. »Sie sind eine fantastische Sekretärin. Haben Sie sich noch nie gefragt, ob es nicht gerechter wäre, wenn Sie auf dem Sessel meines Bruders sitzen würden und er Ihnen den Kaffee bringen müsste? Wir beide wissen, dass er den Geist eines Kleinkindes hat. Anzunehmen, dass seine bezaubernde Frau Benita hinter dieser äußerst illegalen Geldbeschaffung steckt.« Sie schnalzte missbilligend mit der Zunge. »Na, was soll's?«, gab sie sich gönnerhaft. »Richten Sie ihm jedenfalls aus, dass ich darüber nachdenke, die Sache den Behörden zu melden, und sollte ich ihn jemals wieder dabei erwischen, dass er seine gierigen Wurstfinger nach dem Geld der Firma ausstreckt, dann hacke ich ihm jeden einzelnen davon ab.«

»Ich werde es ihm sagen«, erwiderte Doris Kleiber, weiter bemüht, nicht mit der Wimper zu zucken.

Mit einem fröhlichen »Wunderbar, danke« bewegte sich Riccarda Richtung Tür, blieb dann jedoch noch einmal stehen und sagte: »Ich hoffe, der Tod von Herrn Wahl hat Sie nicht zu schwer getroffen, Sie haben ja immerhin regelmäßig mit ihm zusammengearbeitet.«

Doris Kleiber holte tief Luft und antwortete pikiert: »Er hatte mit vielen Mitarbeitern Kontakt, aber ja, ich bedauere sein Ableben wie vermutlich die meisten Angestellten.« Und dann fügte sie noch an: »Herr Wahl war sehr beliebt.« Das »im Gegensatz zu Ihnen« musste sie nicht aussprechen, Riccarda hatte verstanden und nickte.

»Das sehe ich genauso«, entgegnete sie kalt lächelnd und verschwand.

Wie ein Luftballon, dem schnell die Luft entwich, sackte Doris Kleiber in sich zusammen. Auf Dauer würde sie nicht die Kraft für solche Auseinandersetzungen aufbringen. Jedenfalls erinnerte sie sich erleichtert daran, dass sie Herrn Meiner behilflich gewesen war, mehrere Kartons mit der Aufschrift »Marketing Panama« unauffällig aus dem Büro direkt in den Kofferraum seines Wagens zu schaffen.

Dann griff sie zum Telefon. Leichtsinnigerweise hatte sie jedoch nicht bemerkt, dass Riccarda die Tür einen Spalt offen gelassen hatte. So hörte Xaver Meiners Schwester jedes Wort des kurzen Telefonats und war äußerst zufrieden darüber, dass ihr Instinkt nach wie vor funktionierte. Während sie zu ihren eigenen Räumen zurückmarschierte, murmelte sie: »Es ist ein herrliches Gefühl, bewaffnet zu sein. Bruderherz, dein Schicksal ist besiegelt.«

Nachdem Doris Kleiber ihren Chef informiert hatte, ließ sie sich erneut in ihrem Drehstuhl zurücksinken. Die Worte von Riccarda hallten noch nach. »Wäre es nicht gerechter, wenn Sie auf seinem Sessel säßen?« War das ein Angebot? Eher nicht. Riccarda Meiner konnte hinterhältig sein, Xaver lediglich einfältig.

Doris Kleiber wäre der Fehler mit den Onlineüberweisungen nicht passiert. Die hohen Beträge in regelmäßigen Abständen, immer direkt nach Panama, fielen jedem halbwegs intelligenten Buchhalter sofort auf.

Die Sekretärin seufzte. Ihre Loyalität stand in erster Linie dem zur Verfügung, der sie bezahlen konnte. Mit achtundvierzig Jahren wäre es nicht so einfach, einen neuen Job zu finden. Xaver würde sie noch zehn Jahre beschäftigen und dann könnte sie mit einer dicken Abfindung, einer Betriebsrente und großzügigen Vergünstigungen in den Ruhestand gehen. Ihre Erinnerung schweifte zurück an jenen Abend vor sieben Jahren.

Sie spürte sogar noch die Hitze dieses Tages auf der Haut. Überstunden hatte sie gemacht, weil Xaver einen unterschriebenen Vertrag verlegt hatte, einen, den er am nächsten Tag zu einer Geschäftsreise mitnehmen musste. Gelegentlich nahm Doris an, dass Riccarda ihrem Bruder solche Streiche spielte.

Sie hatte jedenfalls bis in die späten Abendstunden gesucht und fand das Schriftstück zwischen dem Werbeprospekt eines Schnellrestaurants. Einige Brotkrumen klebten noch darauf. Erst hatte sie versucht ihren Chef anzurufen, aber wie gewöhnlich hatte der vergessen, sein Handy anzuschalten. Dann erinnerte sie sich, dass er auf die Party seiner Schwester gehen wollte. Kurzerhand entschloss sie sich, ihm den Vertrag einfach vorbeizubringen. Die laute Musik hörte man schon von Weitem. Das große Haupttor stand offen und so scheute sie sich nicht einzutreten. Mittlerweile war es dunkel und die Gäste waren ziemlich betrunken. Sie kannte einige der

Anwesenden. Wichtige Persönlichkeiten, Geschäftsmänner und -frauen, alle stets bemüht, tadellos gekleidet und mit besten Manieren ihren Platz in der feinen Gesellschaft zu rechtfertigen. Jetzt jedoch benahmen sie sich wie wilde Tiere. Direkt hinter einer Hecke wäre sie beinahe über eine Frau und zwei Männer gestolpert, die sich ineinander verschlungen und völlig nackt ihren Begierden hingaben. Doris hatte sich schnell entfernt, trotzdem war es ihr möglich gewesen, die drei zu erkennen. Alle verheiratet, aber nicht miteinander. Sie musste in sich hineinlächeln, was für eine heuchlerische Welt. Dann erreichte sie den Pool. Immer noch war sie niemandem aufgefallen. Außerdem zog gerade Riccarda alle in ihren Bann. Wunderschön, braun gebrannt, eingehüllt in ein wallendes Gewand, das ihren wohlgeformten Körper verhüllte und doch gleichzeitig schamlos zur Schau stellte. Sie war in ihrem Element, fuhr eine verbale Attacke gegen Xaver, die dazu führte, dass die Versammelten in lautes Gegröle ausbrachen. Doris hasste Riccarda in diesem Moment. Nicht wegen Xaver, sie hegte keine zärtlichen Gefühle für diesen Mann, aber wegen all denen, die Riccarda auf dem Gewissen hatte. Die Hetze gegen den eigenen Bruder hielt an, bis der sich geschlagen gab und hastig davonzottelte wie ein Kind, das auf dem Spielplatz gemobbt wurde. Benita folgte ihm, nicht ohne auf Riccardas Höhe stehen zu bleiben und ihr etwas zuzuflüstern. Für eine Sekunde versteifte sich Riccardas ganzer Körper, dann jedoch lachte sie laut und rief nach mehr Champagner.

Doris Kleiber zog sich daraufhin zurück. Dieses Mal schlüpfte sie durchs Gartentor und wäre beinahe mit dem Mann zusammengestoßen, der ein wenig versteckt hinter einem der Bäume stand, die entlang des Gehwegs gepflanzt waren. Er sah ertappt aus, versteckte eine Weinflasche hinter seinem Rücken, grüßte jedoch freundlich. »Schöner Abend, nur ein bisschen laut«, sagte er mit einem Kopfnicken in Richtung der Party.

»Ja«, stotterte Doris Kleiber. »Jeder feiert eben anders.«

In all den Jahren hatte sie nie irgendwer zu diesem Abend befragt. Somit wusste bis heute auch niemand, dass sie in jener Nacht Kuno Seiler begegnet war. Ein Geheimnis, das sie für immer bewahren wollte.

Nach Riccardas Verhaftung war der Vertrag unwichtig gewesen und Xaver Meiner aufgeblüht, alles hatte sich damals zum Guten gewendet und Doris Kleiber wünschte sich nichts sehnlicher, als dass es bald wieder genauso wäre.

* * *

Als Benita in das talgig weiße Gesicht ihres Mannes blickte, während der sein Handy zur Seite legte, da wusste sie, dass etwas Unangenehmes passiert sein musste.

»Sie weiß es«, stammelte Xaver fassungslos und konnte sich kaum auf den Füßen halten. Seine Hand fuhr zur Brust, und Benita wog ab, ob sie einen Herzschlag fürchten oder herbeiwünschen sollte.

»Was weiß sie?«, fragte sie ungeduldig und ohne jedes Mitgefühl.

»Das Geld, das Geld in Panama«, schnaufte er und fiel erschöpft auf einen Sessel. Theatralisch ließ er den Kopf in die Hände sinken und jammerte: »Jetzt ist alles aus und vorbei. Sie wird mir das Finanzamt auf den Hals hetzen und am Ende lande ich wegen Steuerhinterziehung im Gefängnis.«

Benita zögerte mit der Antwort, überlegte, welche Folgen die Inhaftierung ihres Gatten für sie haben könnte. Die Wörter »eingefrorene Konten« geisterten durch ihren Kopf und sie beschloss, ihm beizustehen. »Was genau hat Riccarda gesagt?«, hakte Benita daher nach.

Xaver antwortete weinerlich. »Ich habe mit der Kleiber gesprochen, die sollte mir eine Warnung überbringen. Wenn ich noch einmal ...«

Benita entspannte sich und überging sein Gezeter mit den Worten: »Ich denke, den Kuchen mit der Feile muss ich noch nicht für dich backen.«

Er sah sie finster an, nicht in der Verfassung, ihren Humor gutzuheißen.

»Reg dich ab!«, fuhr seine Frau fort, »sie hätte längst die Behörden eingeschaltet, wenn sie das wollte. Je länger sie wartet, desto mehr macht sie sich mitschuldig. Kaum anzunehmen, dass sie ein großes Interesse an einer polizeilichen Untersuchung hat. Riccarda wird gar nichts tun.« Seine Frau verbesserte sich: »Bis auf das, was sie immer schon getan hat. Sie wird dich damit quälen, versuchen dich zu erpressen.«

Xaver konnte sich nicht beruhigen: »Woher willst du das wissen? Vielleicht ruft sie gerade in diesem Moment die Polizei.«

»Mann, reiß dich zusammen«, fuhr sie ihn an. »Du winselst wie ein altes Weib. Iss irgendetwas, dann bist du erträglicher«, schnauzte sie gereizt.

»Aber was, wenn ...«

Nun wurde Benita laut: »Wenn sie dieses Thema

jemals anspricht, dann wirst du ihr damit drohen, gegebenenfalls den Behörden gegenüber zu behaupten, dass sie dich vor sieben Jahren darum gebeten hat, Geld auf die Seite zu schaffen, um bei einer Insolvenz der Firma abgesichert zu sein.«

»Das kann ich doch gar nicht beweisen«, erwiderte Xaver lahm.

»Musst du auch nicht, dein Wort gegen ihres. Wem wird man glauben?« Sie lächelte verschlagen und endlich fiel auch von ihrem Mann die Anspannung ab.

»Du hast recht, immerhin bin ich der Gute. Ich wollte ihr nur einen Gefallen tun, meiner armen, vom Weg abgekommenen Schwester.« Er blickte seine Frau bewundernd an. »Was sollte ich nur ohne dich tun?«

Benita hatte sich eine der Modezeitschriften vom Tisch geschnappt und angefangen, lässig die Seiten umzublättern. Wie nebenbei gab sie ihm eine Antwort: »Ohne mich hätte dich das Miststück von Schwester längst um deine Anteile gebracht und du würdest in irgendeinem Steuerbüro das Geld anderer Leute verwalten. Vielleicht hättest du eine Eigentumswohnung und mit viel Glück einen fahrbaren Untersatz. Außerdem eine fette Frau und drei quengelnde Kinder, allesamt dumm wie Bohnenstroh.« Sie sah auf die Uhr. »Ich muss zur Kosmetik«, wechselte sie das Thema, stand auf und ging an ihm vorbei, als hätte sie diese gemeinen Dinge niemals ausgesprochen.

Xaver Meiner blickte ihr mit gemischten Gefühlen nach. Er brauchte Benita. Zwar hatte sich damals mit Riccardas Verhaftung sein größter Wunsch erfüllt, nämlich der Leiter von Meiner-Pharmazeutika zu werden. Aber mit der Verantwortung hatte er auch ständig das Gefühl, überfordert zu sein. Seine Frau half ihm da durch, beriet ihn bei wichtigen Entscheidungen. Dennoch konnte er sie manchmal kaum ertragen. Die Dinge, die sie sagte, die Kaltblütigkeit, mit der sie über Menschen urteilte und bereit war, ihnen eine helfende Hand zu verwehren, erinnerten ihn zu oft an Riccarda.

Vor sieben Jahren hatten sie die Verurteilung seiner Schwester gefeiert. Es war ein fantastisches Essen gewesen und anschließend hatte sich Benita sogar zu ihm ins Bett gelegt. Damals hatte es sich wie ein Sieg auf ganzer Linie angefühlt, aber dieses Gefühl war längst verschwunden.

»Benita«, rief er spontan hinter seiner Frau her, »denkst du, es wird wieder so werden wie vor Riccardas Entlassung?«

Sie blieb stehen, drehte sich zu ihm um und sah ihn eindringlich an, bevor sie sagte: »Die Zeit arbeitet für uns, du wirst schon sehen.«

* * *

Zur gleichen Zeit im Reitklub

Hauptkommissar Stutter verließ den Tatort zusammen mit Jasmin Nau. Das Wohnhaus der alten Reitlehrerin lag direkt hinter dem modernen Bürogebäude. Aus den Stallungen hörten sie das nervöse Wiehern der Pferde. Ein Mann um die dreißig kam auf die Beamten zu. Er stellte sich höflich vor, sagte dann jedoch vorwurfsvoll: »Die Tiere müssen versorgt werden, wann geben Sie den Stall wieder frei?«

Der Hauptkommissar vernahm das ungeduldige Scharren von Hufen. Er wandte sich an einen Mitarbeiter der Kriminaltechnik mit der Bitte, sich zu beeilen, dann sagte er zu dem Pferdepfleger: »Es wird nicht mehr lange dauern.«

Der andere bedankte sich und fügte traurig an: »Ist ein Jammer, die Alex war etwas Besonderes. Ist so, als hätte der Stall nun seine Seele verloren.«

Stutter stimmte dem Mann mit einem Nicken zu. Er wusste bereits, dass sich letzte Nacht niemand vom Personal auf dem Gelände aufgehalten hatte. Ihn beschäftigte jedoch noch eine andere Frage, deshalb suchte er das Gespräch, indem er nachhakte: »Alex war jedoch nicht bei allen beliebt, oder?«

Grimmig blickte ihn der Pferdepfleger an. »Wer sagt das?«

»Entspricht es denn nicht der Wahrheit?«, bohrte der Beamte weiter.

Der Mann gab sich geschlagen. »Sicher ärgerte sich der ein oder andere über ihre direkte Art. Vor allem die Mädchen. Allerdings waren die ja freiwillig beim Reitunterricht und beschwert hat sich keines.«

»Und Ihnen fällt niemand ein, der ganz besonders unter den Attacken von Frau Turner litt?«

»Nein, bestimmt nicht. Alex hat selten jemanden bevorzugt, Zuckerbrot und Peitsche wurden stets gleichmäßig verteilt.« Er lächelte bei der Erinnerung an seine Arbeitgeberin. »Philippa Seiler war eine der wenigen, die von Alex gefördert wurden. Sie hatte ein Händchen für Reittalente.«

Hinter ihnen rief der Kriminaltechniker: »Die Stallungen sind freigegeben.«

»Gott sei Dank, dann gehen wir mal an die Arbeit und beruhigen die Tiere. Die spüren, dass etwas nicht stimmt.«

Er verschwand und gab zwei abseits stehenden Männern das Zeichen, ihm zu folgen.

»Für den Betrieb scheint der Tod der alten Frau ja eine Katastrophe zu sein«, überlegte Jasmin laut, während sie weitergingen. »Könnte vielleicht ein Konkurrent dahinterstecken? Jemand, der sich mehr Kunden für sich selbst erhofft, wenn ein Aushängeschild wie Alex Turner verschwindet.«

»Guter Ansatz, den wir auf jeden Fall überprüfen. Das wäre mir jedenfalls lieber als ein weiterer Zusammenhang mit dem Fall Meiner.«

Sabine Turner saß heute auf dem Platz, an dem am Vortag noch ihre Mutter gesessen hatte. Sie weinte leise. Die Beamtin, die man für sie abgestellt hatte, sah die eintretenden Kollegen hilflos an.

Stutter gab ihr ein Zeichen, dass er jetzt übernehmen würde, und die Polizistin zog sich erleichtert zurück.

»Frau Turner«, sprach er die Tochter der Toten behutsam an.

Sabine blickte auf, erkannte ihn und brach in lautes Schluchzen aus. »Sagen Sie mir, dass das nichts mit unserem gestrigen Gespräch zu tun hat. Ich mache mir schreckliche Vorwürfe. Womöglich wollte uns jemand bestrafen, weil wir mit der Polizei gesprochen haben.«

»Ganz sicher nicht«, beruhigte sie Stutter und klang überzeugter, als er wirklich war. »Bis jetzt wissen wir noch nicht einmal, ob der Tod Ihrer Mutter überhaupt irgendetwas mit unseren Ermittlungen zu tun hat.«

Sie gab einen heiseren Laut von sich. »Behandeln Sie

mich nicht wie eine Idiotin.« Sie schnäuzte sich die Nase. »Riccarda Meiner kommt aus dem Knast und plötzlich sterben Menschen, die sie auf die eine oder andere Weise gekannt haben.«

»Warum hätte Riccarda Meiner Ihre Mutter töten sollen?«

»Ich bin nicht blöd«, reagierte Sabine erneut heftig. »Man munkelt, dass sie die Haushälterin ermordet hat nur wegen deren boshaften Aussagen. Holger Wahl, der Ex-Verlobte, musste ebenfalls daran glauben, weil er eine andere geehelicht hat, und meine Mutter ...« Sie zitterte heftig, schluchzte noch einmal und sagte dann mit bebender Stimme: »Jeder weiß, wie meine Mutter sein konnte. Vermutlich hat sie in der Vergangenheit ein Mal zu viel betont, dass Riccarda krumm auf dem Pferd saß. So einer Verrückten reicht das doch als Motiv.«

Sie machte ihrem Ärger Luft, spekulierte weiter. »Oder es war diese Benita Meiner, der gleiche miese Charakter, und Anke Seiler, die hat doch ebenfalls einen Schaden mit ihrem ganzen religiösen Mist. Die Welt ist voller Spinner und hier im Stall scheint das Zentrum zu sein.« Sie weinte. »Ich sollte alles verkaufen, damit ich keinen davon mehr ertragen muss.«

Stutter reichte ihr ein Taschentuch. Jasmin eilte nach hinten in die Küche, fand Teebeutel und goss eine Tasse auf.

Sabine hatte sich zwischenzeitlich beruhigt und nahm dankbar einen Schluck des heißen Getränks.

»Meine Mutter konnte so stur sein«, seufzte sie jetzt. »Es hat ewig gedauert, bis sie den Zaun und den Wachmann akzeptiert hat. Sie hasste solche Maßnahmen. Vermutlich hatte sie letzte Nacht wieder nicht die Tür abgeschlossen.«

Stutter musste das leider bestätigen. Die Kriminaltechnik hatte ihn bereits über fehlende Einbruchsspuren an dem einfachen Schloss des Wohnhauses informiert. Allerdings hätte das Abschließen allein sicher keinen Eindringling ferngehalten. Die alte Tür wäre mit ein bisschen Gewalt leicht zu öffnen gewesen.

Sabine schluchzte. »Ich habe ihr jeden Abend gesagt, dass sie abschließen muss. Bis vor zwei Monaten hatte sie noch einen alten Schäferhund, das war wenigstens eine Beruhigung. Dann mussten wir das Tier einschläfern lassen. Sie wollte keinen neuen Hund mehr, hatte Angst, sie könnte sterben und der Vierbeiner bliebe dann alleine zurück. Als hätte ich mich nicht um ihn gekümmert.« Wieder flossen Tränen. »Gerade hatte ich sie überredet ein Sicherheitssystem zu installieren. Stabile Tür, Kameras, Alarmanlage und ein Nachtwächter. Ein Cousin unseres Wachmanns sollte das übernehmen. Er beginnt nächsten Monat. Warum?«, schrie sie auf. »Warum jetzt, warum so?«

»Ich muss Sie das leider fragen«, fuhr Stutter mit der Vernehmung fort, nachdem sich Sabine gesammelt hatte. »Gab es im Leben Ihrer Mutter Feinde?«

»Unsinn, niemand hat einen Vorteil von ihrem Tod.« Sie reckte das Kinn. »Nicht einmal ich, falls Sie das glauben.« Sabine Turner funkelte Stutter einen Augenblick herausfordernd an. »Sie hat mir längst alles überschrieben. Ihre Art, mir zu zeigen, wie sehr sie mir vertraut hat, und ich hätte sie niemals enttäuscht.«

»Darf ich fragen, was mit Ihrem Vater ist?«

»Starb bei einem Reitunfall, ich war damals zwölf Jahre. Meine Mutter hat nie wieder einen anderen Mann in ihr Leben gelassen. Große Liebe.« Sie griff hinter sich und angelte eine Fotografie vom Schreibtisch. Es war das gleiche Bild, das Stutter schon im Schlafzimmer der Toten gesehen hatte. »Das war nach meiner Geburt. Die beiden waren sehr glücklich miteinander.«

»Gibt es jemand, den wir für Sie anrufen können?«, fragte Stutter besorgt.

»Mein Freund ist bereits auf dem Weg, keine Sorge, ich komme klar. Gehen Sie und finden Sie das Schwein, das das getan hat, und dann sorgen Sie dafür, dass meiner Mutter Gerechtigkeit widerfährt.«

KAPITEL ZEHN

Der Mord an der alten Frau war ein egoistischer Akt gewesen. Die Reitlehrerin hatte für den großen Plan nur eine geringe Bedeutung. Dennoch schien sich die Weisheit zu bewahrheiten, dass jeder Mensch, wie unbedeutend er auch sein mochte, ein wichtiges Rädchen im Getriebe des Ganzen war.

Die Presse hatte schneller als erwartet Wind von Alexandra Turners Tod bekommen. Es bedurfte keiner aufwendigen Recherchen, um herauszufinden, dass sowohl Familie Meiner als auch das Ehepaar Wahl eine Verbindung zum Opfer gehabt hatten. Somit schenkte die Öffentlichkeit diesem Mord mehr Interesse als erwartet, aber womöglich war das kein Schaden.

»Das Töten fällt mir jedes Mal leichter«, seufzte die Mörderin und empfand kein Bedauern bei der Erinnerung an die zappelnde Frau am Galgen. »Hätte sie mal besser ihren Mund gehalten«, fügte sie zufrieden an, kräuselte dann jedoch ärgerlich die Lippen. Die Ausführungen verliefen stets planmäßig, dennoch blieb das gewünschte Resultat noch aus. So mussten sich die Alchemisten in ihren dunklen Kellern gefühlt haben, als unzählige Versuche, Gold herzustellen, scheiterten.

Der Gedanke belustigte sie, und ihrer Kehle entschlüpfte ein albernes Kichern. Gold war es nicht, was sie da gerade braute, trotzdem besaß die bräunliche Flüssigkeit einen immensen Wert. Irgendwo hatte sie von dem tödlichen Gift gehört. Sie wusste nicht mehr, wer davon erzählt hatte. Ein Nachbar, ein Sprecher im Fernsehen, vielleicht stammte die Idee auch aus einem Film. Jedenfalls hatte sie sich erst kürzlich daran erinnert und im Internet die entsprechenden Informationen gefunden. Jetzt musste alles nur noch nett verpackt werden. Um die roten Würmer, die ein kleines, sich schlängelndes Knäuel gebildet hatten, tat es ihr nicht leid, denn zumindest einer von ihnen war für ihr Vorhaben unverzichtbar. Freude überkam sie bei der Vorstellung, endlich Rache zu nehmen. Mit allergrößter Sorgfalt schüttete sie die unappetitlich aussehende Brühe in die Flasche mit dem alkoholischen Fruchtcocktail und träufelte die kleinen Samenkörnchen hinein. Vorsichtig roch sie daran. »Perfekt.« Dann widmete sie sich den in sich verschlungenen roten Würmern. »Wer soll es sein? Ich brauche nur eine Schlange.« Mit einer Pinzette schnappte sie sich den dicksten Wurm und ließ ihn in den tödlichen Trank fallen, während sie murmelte: »Ruhe in Frieden!«

* * *

Am Nachmittag trafen sich die Beamten erneut mit dem Gerichtsmediziner, nachdem der die Autopsie durchgeführt hatte.

»Die Frau starb definitiv durch Ersticken, nicht an den Folgen stumpfer Gewalt. Ich kann allerdings nicht sagen, ob es beabsichtigt war, sie lebendig aufzuhängen. Den gravierenden Schädel-Hirn-Verletzungen nach zu urteilen, halte ich es allerdings für unwahrscheinlich, dass das geplant gewesen war. Ich würde ja sagen, sie hatte Glück, überhaupt noch einmal das Bewusstsein zu erlangen, aber dann an einem Galgen aufzuwachen ...« Er sprach nicht weiter, bemerkte selbst, dass sich das pietätlos anhörte. Geräuschvoll stieß er die Luft aus. »Ich kann Ihnen leider nicht mehr sagen, da der Täter keine brauchbaren Spuren hinterlassen hat. Dazu die Verunreinigung des Tatorts durch die Tochter ...« Er hob entschuldigend die Schultern.

Stutter nahm das ärgerlich zur Kenntnis, denn auch die Auswertungen der Kriminaltechniker waren wenig hilfreich gewesen. Die Polizisten verließen mutlos das Gebäude.

»Was nun?«, fragte Hauptkommissar Hürtgen und sah auf die Uhr. »Mein Magen knurrt.«

Jasmin Nau konnte einen entsetzten Ausruf nicht verhindern. »Wie können Sie jetzt an Essen denken, vor allem hier?«

»Wird keiner wieder lebendig, wenn ich faste«, gab er ihr gutmütig Antwort. »Außerdem muss man essen, sonst kann das Gehirn nicht arbeiten. Und darum geht es doch.«

»Der Kollege hat recht«, mischte sich Stutter ein. »Wir könnten alle eine Stärkung vertragen.«

Hauptkommissar Hürtgen führte sie in seinen Lieblingsbiergarten und orderte für sich und Stutter Weißwürste. Jasmin verzichtete zugunsten eines Leberkäses. Sie stocherte auf ihrem Teller herum und hätte sich gewünscht, Hauptkommissar Hürtgen wäre nicht so erpicht darauf gewesen, seine Würste auszuzuzeln. Aus irgendeinem Grund schoss ihr bei dem Anblick nämlich das Bild einer Leiche auf dem Seziertisch durch den

Kopf, der man die Organe entnommen hatte und nun den Darm von innen nach außen stülpte, um dadurch irgendwelche Erkenntnisse zu erlangen.

Sie schloss die Augen und fragte sich, wie sie um alles in der Welt den überladenen Teller vor sich leeren sollte, als ihr Diensthandy klingelte. Der Anruf kam von der Kriminaltechnik, und die Oberkommissarin war froh, einen Grund zu haben, aufstehen und sich ein Stück vom Tisch entfernen zu können.

»Holunder«, murmelte sie bei ihrer Rückkehr zur Bierbank.

Verständnislose Blicke trafen sie, und Jasmin erklärte: »Die haben den Ast untersucht, der bei Alexandra Turners Leiche gefunden wurde. Es handelt sich um Holunder.«

»Und was ist daran so besonders?«, fragte Hauptkommissar Hürtgen.

»Zum Beispiel, dass es auf dem ganzen Gelände keinen Holunderstrauch oder -baum gibt«, entgegnete Jasmin, die selbst nicht wusste, was sie davon halten sollte.

»Ist das wirklich ein so großes Rätsel?«, erwiderte Hürtgen, der zur Erleichterung der Oberkommissarin mittlerweile seine Mahlzeit beendet hatte und freundlicherweise die übrig gebliebenen Wursthäute mit einer Papierserviette bedeckte. »Es gibt viele Möglichkeiten, wie der Ast dort hingekommen ist. Der Wind, ein Spaziergänger, der ihn irgendwo abgerissen und in der Nähe des Reitstalls hat fallen lassen. Oder jemand schleifte ihn am Reifen seines Wagens mit.«

»Oder der Mörder wollte, dass er bei der Leiche gefunden wird«, warf Stutter ein.

»Und warum das?«, fragte sein Kollege ungläubig.

»Keine Ahnung«, gab ihm sein Gegenüber ehrlich Antwort.

* * *

Dienststelle der Kriminalpolizei München

Tatsächlich fühlte sich Jasmin Nau, auch wenn sie nicht viel gegessen hatte, geistig fitter. Sie betrachtete die Tatortfotos, während die Männer über das weitere Vorgehen diskutierten.

Der verkohlte Körper von Meike Sommer und auch die Aufnahme der Reitlehrerin riefen in ihr keinerlei Erinnerungen hervor. Bei der Leiche von Holger Wahl war das jedoch anders. Sie stierte auf die Fotografie, als könnte sie die rein mit ihrer Willenskraft dazu bewegen, ihr Antworten zu liefern. »Das kommt mir irgendwie bekannt vor«, murmelte sie vor sich hin. Die Worte waren zwar nicht für die anderen bestimmt, aber Stutter schnappte sie trotzdem auf.

Sofort trat er hinter seine Kollegin und sagte: »Was?«

»Die Art, wie man Holger Wahl zurückgelassen hat. Die Äste in seinem Körper. Es ist, als hätte ich das schon einmal gesehen.«

»Ein anderer Fall?«, mischte sich nun auch Severin Hürtgen ein. »Wir sind die Datenbanken doch durchgegangen. Es gab keinen Treffer.«

»Ja, ich weiß«, stöhnte Jasmin, »vielleicht verwechsle

ich auch irgendetwas. Dennoch habe ich das Gefühl, dieses Bild zu kennen.«

Sie wollte noch einmal den Autopsiebericht lesen, als ein Beamter atemlos den Raum betrat und schnappte: »Das sollten Sie sich ansehen.« Dabei deutete er auf den Fernseher. Er war so schnell verschwunden, dass Jasmin bereits ahnte, gleich mit etwas Unerfreulichem konfrontiert zu werden.

Der Text im Newsticker veranlasste die Beamten zu fluchen. Immer wieder flackerte der Satz »Mordopfer Holger Wahl stand auf Peitschenhiebe und harten Sex« über den Bildschirm.

»Wie konnte das durchsickern?«, empörte sich Hürtgen.

»Vermutlich eine Folge der Befragungen«, antwortete Stutter ärgerlich, »das hätte ich mir denken können.«

»Wenn Sie glauben, dass einer meiner Männer ...«, brauste Hürtgen auf.

»Nein, das glaube ich nicht«, entgegnete Stutter gereizt. »Hören Sie auf, jede meiner Äußerungen als Kritik an Ihnen und Ihren Männern zu deuten«, schnaubte er. »Ich rede davon, dass wir Befragungen im Rotlichtmilieu durchgeführt haben, um herauszufinden, ob Holger Wahl Kunde einer Domina war oder Mitglied in irgendeinem SM-Klub. Natürlich musste dazu auch sein Bild herumgezeigt werden. Manchmal halten alle den Mund. Meistens jedoch sickert für den richtigen Preis etwas an die Presse durch. Und nein«, wurde er noch deutlicher, »ich spreche nicht von den Polizisten, sondern von den Türstehern, Kneipenbesitzern, Prostituierten und dubiosen Gestalten, die andere Sorgen haben, als sich dem Staatsapparat zuliebe in Schweigen zu hüllen.«

»Schon verstanden«, brummte Hürtgen.

»Allerdings«, lenkte Stutter ein, dem sein Ausbruch bereits leidtat, »können wir das auch nicht mehr ändern und womöglich sind die Menschen jetzt, wo die Katze aus dem Sack ist, gesprächsbereiter.«

* * *

Grundstück von Familie Seiler

Im Gemeinde- und Gebetshaus auf dem Grundstück der Seilers herrschte tagsüber für gewöhnlich Ruhe. Die Pfarrerin Hedwig Ächter zündete auf dem überladenen Altar einige Kerzen an. Sie wollte sich ins Gebet zurückziehen, für die eigenen Sünden um Vergebung bitten; auch heute eine lange Liste.

Wie gewöhnlich trug sie einen schwarzen Talar, der, zumindest hatte man ihr das einmal gesagt, einen schönen Kontrast zu ihrem hellen, kurzen Haar bildete. Am Morgen hatte sie erste graue Strähnen dazwischen entdeckt und das mit fünfunddreißig.

Eitelkeit, dachte sie, *die habe ich als Erstes zu beichten, aber Vater im Himmel,* fuhr sie in Gedanken das Zwiegespräch fort, *ich will doch nicht ewig alleine bleiben und die Männer bevorzugen nun einmal hübsche Frauen. Keiner sah jemals etwas Besonderes in mir, bis auf einen ...* Voller Scham dachte sie an Kuno Seiler. Sie hatte ihn verehrt, mehr als das. Ein großer Mann war er gewesen, ein Erleuchteter. Hedwig hatte davon geträumt, in seinen Armen zu liegen, ein Kind mit ihm zu zeugen. An manchen Tagen war ihr

Hass auf Anke und Philippa deshalb unbändig gewesen. Die beiden hatten ihr im Weg gestanden. Noch heute entschuldigte sie sich in jeder Beichte für ihre Gefühle.

»Hedwig?« Die Stimme von Philippa riss sie aus ihrer Meditation. »Oh, ich störe«, sagte die Siebzehnjährige bedauernd, als sie die Gemeindepfarrerin kniend vor einem Heiligenbild entdeckte. Es war eine Darstellung von Maria Magdalena, der Schutzpatronin der reuigen Sünderinnen.

»Nein, ganz im Gegenteil«, log Hedwig. »Ich freue mich, dich zu sehen.« Für einen kurzen Augenblick flatterte ihr Blick um Verzeihung bittend zu der Heiligen an der Wand. »Was gibt es denn?«, fragte sie daraufhin und wies einladend mit der Hand auf eine der Sitzbänke.

Philippa ließ sich langsam nieder und senkte den Kopf. »Im Fernsehen heißt es, dass Holger Wahl ein Ehebrecher gewesen ist und auf Schmerz stand.«

Hedwig Ächter errötete ein wenig. Sie war nicht geeignet, solche Gespräche zu führen. Wie auch? Ihre Erfahrungen in diesem Bereich waren sehr begrenzt. Die Erinnerung an Philippas Vater und die Vorstellung, er hätte sie unterweisen können, beschleunigten jedoch ihren Herzschlag und sie versagte sich augenblicklich alle weiteren Gedanken dieser Art. Freundlich sagte sie: »Du kannst jederzeit zu mir kommen, aber wäre das nicht ein Gespräch zwischen dir und deiner Mutter?«

Philippa lachte auf. »Aber Hedwig, ich bin doch nicht hier, weil ich aufgeklärt werden möchte. Keine Sorge, ich weiß bereits alles.«

Die Pfarrerin zuckte aufgrund der Wortwahl zusammen, glaubte für einen Moment, man hätte sie durchschaut, besann sich dann aber, als sie die unschuldige Miene ihres Gegenübers bemerkte.

»Sicher«, stammelte sie daher unbeholfen. »Du bist ja auch alt genug. Wie kann ich dir also helfen?«

»Ich möchte es begreifen«, antwortete ihr die junge Frau ernst. »Was passiert mit Menschen, die diese Dinge tun?« Sie wurde deutlicher: »Sündigen.«

Hedwig Ächter nickte als Zeichen, dass sie verstanden hatte.

»Ist es denn nun eine Sünde, wenn sie ermordet werden, oder eine Bestrafung durch Gott?«, fragte Philippa.

Erleichtert lächelte die Geistliche, dieses Gespräch würde sie nicht in Verlegenheit bringen. Diskussionen dieser Art waren für Hedwig normalerweise sicheres Terrain. »Es gibt viele Zeugnisse davon, dass Gott Menschen auserwählt hat, sein Werk zu tun. Aber man muss auch vorsichtig sein. Sich einfach auf den Herrn zu berufen, reicht nicht. Die zehn Gebote gelten für jeden.«

»Aber offensichtlich wird man nicht zwangsläufig bestraft, wenn man sie bricht.« Philippas Blick wurde finster.

»Doch, aber das Wie bestimmt der Allmächtige.«

»So wie bei Holger Wahl, den hat er mit dem Tod bestraft.«

»Sagen wir eher so: Gott hat es zugelassen.«

»Wie bei meinem Vater«, murmelte das Mädchen und senkte den Kopf.

Hedwig verlor von ihrer Selbstsicherheit und hatte plötzlich das Gefühl, die falsche Botschaft zu senden. Schnell sagte sie deshalb: »Manchmal holt der Herr Menschen, die er besonders liebt, zu sich. Andere sterben, damit sie in der Hölle landen.«

Philippa dachte über die Worte der Pfarrerin eine Weile nach, bevor sie das Schweigen brach und fragte:

»Hast du manchmal Angst, dass deine Sünden zu groß sind, um im Himmel zu enden?«

Perplex starrte Hedwig die Siebzehnjährige an und begann sich unwohl zu fühlen. »Wir befürchten alle, dass wir ihm ...« Ihr Blick ging andächtig Richtung Decke. »... nicht gerecht werden. Lass uns einfach darauf vertrauen, dass er in unsere Herzen sehen kann und erkennt, wer wir sind. Du solltest nicht solche trüben Gedanken haben.«

»Ich weiß nicht, wer ich bin«, flüsterte Philippa, »aber ich bin oft traurig, dann wütend, und seit Riccarda Meiner wieder hier ist, wird es schlimmer.« Abrupt blickte sie auf. »Ist es unrecht, sich zu wünschen, dass ein anderer Mensch ...« Sie zögerte, unterließ es, vom Sterben zu sprechen, sondern sagte stattdessen: »... dass ein anderer Mensch ins Gefängnis zurückmuss?« Ihre Augen füllten sich mit Tränen. »Mama verbietet mir solche Gedanken, aber ich kann nicht immer dagegen an.«

Hedwig wusste genau, wie sich Philippa fühlte. Gelegentlich wurde sie selbst vom Hass aufgefressen. Hass gegen die Welt, Riccarda Meiner und Anke, die doch letzten Endes die Schuld an allem trug. Sie hatte zwischen Kuno und Hedwigs Glück gestanden. Warum war nicht Anke vor sieben Jahren gestorben? Stattdessen spielte Anke jetzt die Herrin der Gemeinde, während wenige Meter entfernt Riccarda Meiner, diese falsche Schlange, im Luxus schwelgte. Sie sollten beide in der Hölle schmoren.

»Hedwig?«, holte sie Philippas Stimme zurück.

»Tut mir leid«, knüpfte die an das Gespräch wieder an. »Ich bin mir sicher, dass Gott über dich wacht. Vertraue einfach auf ihn, er wird dich führen.«

Philippa wollte gerade etwas darauf erwidern, als Anke Seiler auftauchte. »Kind, was tust du denn hier? Ich habe dich schon überall gesucht.«

»Geht es dir nicht gut?«, fragte die Siebzehnjährige besorgt.

Anke seufzte innerlich. Das Mädchen kannte sie besser als jeder andere, das war immer schon so gewesen. Philippa hatte ein feines Gespür für die Gefühle ihrer Mutter.

»Alles in Ordnung«, log Anke, »ich habe mich lediglich gefragt, wo du steckst.« Sie trat näher und setzte sich neben ihre Tochter. Ein dankbarer Blick streifte Hedwig. »Schön, wenn du hier Trost findest, es tut mir so leid wegen deiner Reitlehrerin.«

»Deswegen bin ich nicht hier«, antwortete das Mädchen barsch. »Ich brauche keinen Trost, ich brauche Antworten.« Sie entzog der Mutter die Hand. »Richtige Antworten«, schnauzte sie in Hedwigs Richtung. Damit sprang sie auf und rief: »Ich muss noch Schularbeiten machen«, bevor sie davoneilte.

Anke ließ traurig den Kopf hängen. »In letzter Zeit komme ich kaum noch an sie heran, ich mache mir Sorgen.«

»Sie braucht Zeit«, entgegnete Hedwig bemüht, verständnisvoll zu wirken. In Wahrheit waren ihr die Launen der Pubertierenden, wie sie es im Stillen nannte, völlig egal. Und Anke war am Ende nichts weiter als ihre Arbeitgeberin, für die sie keinerlei freundliche Gefühle hegte.

»Du hast recht«, sagte diese jedoch dankbar. »Er prüft uns gerade besonders.«

»Ja«, redete ihr die Pfarrerin gut zu. »Und wir werden das gemeinsam überstehen«, erwiderte sie mit gespielter

Zuversicht, während ihr Blick erneut zum Bild der Schutzpatronin wanderte und sie dachte: *Oh ja, ich bin eine Sünderin, steh mir bei.*

* * *

Am späten Abend

Nichts deutete auf die Unsicherheit hin, die die Frau hinter der Maske empfand. Auch die sexy Dessous, die ihren Körper auf geheimnisvolle Weise verhüllten und doch die weiblichen Reize erahnen ließen, trug sie selbstbewusst. Sie war nicht das erste Mal in diesem Klub. Ein Ort, an dem Erwachsene ihre geheimen Wünsche und Begierden befriedigen konnten. Keine Namen, keine Gesichter, nur lustvolle Körper, erregte Glieder, feuchte Schenkel, harte Brustwarzen. Sie genoss es nicht, zumindest nicht heute. Als sie hier zufällig auf Holger getroffen war, hatte ein prickelndes Spiel zwischen ihnen begonnen. Sie waren auf eine besondere Weise füreinander bestimmt gewesen.

Er liebte ihre Dominanz, sie seine Unterwürfigkeit. Die Peitsche war ihre Kupplerin.

»Herrin?«, sprach sie jemand vorsichtig an.

Sie blickte zu ihm, ihre Augen ruhten auf dem kleinen Kerl, der sofort den Kopf senkte. Sein schwitziger, untrainierter Körper gierte nach Schmerz und sie sehnte sich nach dem Geräusch von Leder, das auf Haut klatschte.

»Los, komm mit«, knurrte sie und ging voran.

Kein einziges Mal drehte sie sich um. Er würde ihr folgen, sie folgten immer, wenn sie nach Strafe lechzten.

Holger war ihr ebenfalls gefolgt und sie hatte es genossen.

»Ich war unartig«, murmelte der Mann hinter ihr.

Sie trug die hohen schwarzen Stiefel mit den spitzen Absätzen. Was das anging, machte sie keine Experimente. Schwarz und Rot, die Farben der dunklen Leidenschaft. Enges Korsett, Brüste, die herauszuquellen drohten, der Ansatz einer Brustwarze. Handschuhe, die schlanke Finger formten, und die Perücke mit dem feuerroten Haar.

Niemand interessierte sich für ihren Namen oder ihr Alter. Hier war sie eine Herrin.

Als wäre sie die Eigentümerin des Hauses, marschierte sie von Tür zu Tür, bis sie ein freies Zimmer fand.

»Los, rein da, du Wicht«, blaffte sie und der kleine Mann gehorchte mit erigiertem Glied in der eng anliegenden Unterhose.

Sie mochte ihn nicht, das würde helfen. Bei Holger war es manchmal nicht einfach gewesen, das richtige Maß zu finden. Vertrautheit konnte bei dieser Art von Sex auch ein Fluch sein. Offen über die Wünsche des anderen zu sprechen, machte es selbstverständlich leichter. Safewords verhinderten, dass man zu weit ging, aber wenn plötzlich auch Gefühle eine Rolle spielten, war das Quälen nicht immer ein Genuss.

»Los, an die Wand«, schnauzte sie ihren Sklaven an, der sich gehorsam an den Pranger stellte und fesseln ließ.

»Apfeltasche«, stotterte er unterwürfig.

»Was?«, reagierte sie genervt.

»Mein Safeword, es lautet *Apfeltasche*.«

Sie lachte heiser auf. »Denkst du, dass dir das heute Nacht nützen wird?«

Seine Augen weiteten sich, seine Erregung stieg.

Sie würde sich keine raffinierten Spielchen ausdenken, so wie bei Holger. Mit diesem abstoßenden Typen würde das nämlich die Erinnerung zerstören und sonst war ihr ja nichts geblieben.

Der Gedanke, einsam zu sein, machte sie wütend. Die Peitsche sauste durch die Luft und knallte auf den Körper des Mannes. Der schrie auf, vermutlich auch, weil er nicht mit einem so harten Schlag gerechnet hatte.

Holgers Gesicht tauchte vor ihrem geistigen Auge auf. Sie erinnerte sich daran, wie er, wenn sie in Gesellschaft waren, gelegentlich etwas in ihr Ohr geflüstert, sie sanft berührt oder einfach nur betrachtet hatte. Ja, es war mehr als Sex gewesen. Erneut schnalzte die Peitsche durch die Luft. Wieder ein zischender Laut, als die weiche Haut gestreift wurde.

»Nicht so fest, Herrin«, versuchte der Gefesselte, sie zu bremsen.

Aber sie hörte ihn nicht, sondern holte erneut aus. Ihre Muskeln spannten sich an. Das Werkzeug ihrer Wut fest umschlossen, malträtierte sie den Mann an der Wand.

Noch spielte er mit, tat zumindest so, als würde er die Folter genießen.

Selbst als das erste Blut über seinen Rücken floss, brach er nicht ab.

»Du elender Wicht«, rief sie plötzlich außer sich und schlug wieder und wieder zu. »Du Betrüger, du Lügner!«

Sie dachte an Holger. »Du elender Scheißkerl«, stieß sie hervor und ein unbändiger Zorn entlud sich über dem Fremden an der Wand.

Erst zögerlich, dann immer lauter brüllte der nun: »Apfeltasche.« Sie ignorierte ihn, schlug weiter zu.

Genoss es zu sehen, wie seine speckig glänzende Haut aufplatzte.

»Aufhören, du Irre«, schrie er jetzt lauter und alle Demut war verschwunden. Ihm gelang es, die Fesseln selbst zu lösen, und er trat wütend auf sie zu.

Endlich hatte sie die Peitsche sinken lassen, begann am ganzen Leib zu zittern und konnte nur mühsam die Tränen zurückhalten.

Ihr Sklave hatte nichts mehr Unterwürfiges an sich. Der tumbe Gesichtsausdruck war verschwunden und mit drohendem Zeigefinger fuhr er sie an: »Spinnst du, du blöde Kuh? Aus welcher Anstalt haben sie dich denn entkommen lassen?« Seine Augen verengten sich. »Ich sollte dich verklagen!«

Die Tür schlug hinter ihm ins Schloss und plötzlich wollte sie nur noch weg. Sie stürmte die Treppe nach unten, warf sich in der Umkleide ihren Mantel über und schlüpfte schnell aus der Tür.

Im Augenwinkel nahm sie dabei noch wahr, wie sich der kleine Mann über sie beschwerte. Immer noch maskiert eilte sie in der Dunkelheit zu ihrem Wagen. Sicherheitshalber parkte sie immer ein ganzes Stück abseits vom Klub. Erst als sie den Motor gestartet hatte und auf der Hauptstraße war, streifte sie sich die Perücke und die Maske vom Gesicht. Jetzt war sie wieder sie selbst, einsam und unglaublich wütend.

* * *

Etwa zur gleichen Zeit in der Dienststelle der Kriminalpolizei München

Sie hatten einen langen Tag hinter sich. Alibis waren überprüft, Vernehmungen geführt worden. Nun saßen die Kollegen zusammen und tauschten sich aus.

»Benita Meiner ist eine eiskalte Hexe«, erklärte Jasmin gerade dem Münchner Hauptkommissar. »Erst hat sie uns frech ins Gesicht gelogen, bestritten, ein Verhältnis mit Holger Wahl gehabt zu haben. Mein Boss hat ihr dann wenig subtil zu verstehen gegeben, dass es besser wäre, uns die Wahrheit zu sagen, bevor die Presse Wind von ihrer Beziehung bekommt. Die Vorstellung, dann womöglich als die peitschenschwingende Geliebte eines Mordopfers zu gelten, brachte sie schließlich zur Einsicht. Allerdings behauptet sie, dass es nur gelegentliche Treffen gegeben habe und es seit über einem Jahr ganz vorbei sei.«

»Nannte sie einen Grund?«, fragte Hürtgen nach.

»Angeblich gefielen ihr die Dinge nicht, die Holger Wahl von ihr verlangte. Sie bestätigt seine Vorliebe für härteren Sex. Als er ihr dann vorwarf, sie sei genauso langweilig wie seine Frau Trisha, gab es Streit und die Sache endete.«

»Das würde erklären, warum er sich eine andere gesucht hat«, folgerte der Hauptkommissar. »Wie sieht es mit Alibis aus?«

»Die Dame war empört, als wir danach gefragt haben«, übernahm Stutter, »aber tatsächlich hat sie für keinen der Morde eines.«

Hauptkommissar Hürtgen reichte dem Kollegen die Protokolle der anderen Befragungen. »Das sind die Überprüfungen, die mein Team durchgeführt hat. Einzig Xaver Meiner und den Cousin Leander können wir streichen, deren Alibis sind zumindest für einige Morde wasserdicht. Trisha Wahl bleibt meiner Meinung nach immer noch verdächtig. Deren Alibi könnte inszeniert gewesen sein, egal was die Verkehrskameras und deren Anwältin sagt. Und was den Mord an der Reitlehrerin angeht, da war sie angeblich zu Hause ohne Zeugen. Wie auch Riccarda Meiner und Anke Seiler«, kam Hürtgen auf ein anderes Thema zu sprechen.

»Frau Seiler hat übrigens, ohne zu zögern, bestätigt, dass Benita ihr den Vorschlag gemacht hat, ein Auge auf Riccarda zu haben. ›Gegenüber wohnt die Mörderin meines Mannes, natürlich ist es in meinem Interesse, zu wissen, was diese Frau treibt‹«, gab Hürtgen die Aussage von Anke Seiler wieder.

»Also sind die beiden Frauen Verbündete«, warf Jasmin ein.

»Mehr oder weniger, die kennen sich vom Internat. Irgendeine Eliteschule für höhere Töchter, sehr streng, sehr religiös. Angeblich waren sie nie besonders eng befreundet. Benita und Trisha allerdings schon.«

»Die beiden sind alte Schulfreundinnen und trotzdem schläft die eine mit dem Mann der anderen?«, entfuhr es Jasmin. Gleich darauf winkte sie ab und besann sich. Nach all den Fällen, die sie mittlerweile bearbeitet hatte, wusste sie, dass sich vor allem Menschen, die sich nahestanden, die schlimmsten Dinge antaten.

»Und noch etwas«, fuhr Hürtgen fort. »Der alte Seiler war ein Geschäftspartner von Benitas Vater.«

»Der, der pleiteging«, erinnerte sich Stutter an die Ausführungen der Reitlehrerin.

»Ja«, bestätigte Hürtgen, »wir haben das überprüft. Es wird gemunkelt, dass Seiler sehr geschickt darin war, andere aus dem Geschäft zu drängen und dann deren Firmen zu übernehmen.«

»Wenn das stimmt, hätte Benita ein Motiv, sich an Anke Seiler zu rächen«, warf Jasmin ein. »Warum dann dieses Bündnis gegen Riccarda?«

»Der Feind meines Feindes ist mein Freund«, zitierte Stutter und die beiden anderen nickten.

»Wir stellen also fest«, fuhr er fort, »dass hinter der Fassade aus Freundschaft und Höflichkeit einige Animositäten stecken. So entstehen Mordmotive«, fügte er nachdenklich an.

»Und welches Motiv hätte Anke Seiler, die Reitlehrerin ihrer Tochter, Holger Wahl oder Riccardas Haushälterin umzubringen?«

»Womöglich befürchtete sie, die Haushälterin könnte nach all den Jahren ihre Aussage ändern und ein schlechtes Licht auf den toten Kuno Seiler werfen. Vergessen wir nicht, dass Riccarda ihn als zudringlich beschrieben hat. Holger Wahl wusste womöglich etwas und wurde zur Gefahr, genauso wie die Reitlehrerin.«

»Oder sie hatte genug davon, wie die mit Philippa umgesprungen ist«, warf Jasmin resigniert ein. »Die scheinen sich ja alle zu hassen und zu misstrauen. Gut, dass Xaver Meiner ein Alibi hat, der wäre als eifersüchtiger Ehemann ein ausgezeichneter Kandidat, was den Mord an Holger Wahl angeht.«

Hauptkommissar Stutter seufzte. »Ja, aber eigentlich können wir ihn gar nicht ausschließen, denn er hätte für jeden Mord jemanden engagieren können. Das gilt auch für den freundlichen Cousin Leander Meiner, der damit vielleicht Riccarda unterstützen wollte. Eventuell sind die beiden Komplizen. Außerdem kennen wir immer noch nicht Holger Wahls unbekannte Freundin.«

»Und damit drehen wir uns weiter im Kreis«, stieß Hauptkommissar Hürtgen müde hervor.

* * *

Im Haus von Riccarda Meiner

Riccarda stand vor dem Kühlschrank und starrte unschlüssig hinein. »Achten Sie darauf, regelmäßig zu essen«, war einer der Ratschläge gewesen, den ihr der Gefängnispfarrer mit auf den Weg gegeben hatte. »Geist und Körper brauchen beide gesunde Nahrung.«

Sie seufzte, als sie die gähnende Leere im Inneren betrachtete. Gleich morgen würde sie ihre Assistentin damit beauftragen, einen Lebensmittelhändler ausfindig zu machen, der auch nach Hause lieferte.

»Wir könnten zum Italiener«, schlug Leander vor, der an der Theke hinter ihr saß und seine Handynachrichten checkte.

»Ich möchte nicht ausgehen«, erwiderte sie müde.

»Dann lass uns etwas trinken, das vertreibt den Hunger.« Er blickte auf, weil sie ihm keine Antwort gab. »Was ist?«, fragte er irritiert.

»Ich hatte mir vorgenommen, selbst zu kochen, bio, gesund, verstehst du?«

Er grinste. »Nehmen wir uns das nicht alle vor? Am Ende scheitern wir an den Verlockungen der ungesunden, schnellen Alternativen, kein Grund, deprimiert zu sein.«

Riccarda blieb ernst. »Es beunruhigt mich, das nicht hinzukriegen.«

Ihr Cousin stieß einen tiefen, gequälten Seufzer aus. »Muss man denn immer alles hinkriegen? Sei einfach locker und nimm dir nicht zu viel vor. Wie viele Unternehmensbosse kennst du, die sich abends hinstellen und ihr eigenes Essen kochen?«

Sie verzog amüsiert den Mund, während sie sich ihre Geschäftspartner mit einer Küchenschürze vorstellte.

»Engagiere endlich jemanden, der sich um diese Dinge kümmert, dann ist auch wieder etwas im Kühlschrank. Apropos.« Er sah sie fragend an. »Hast du Wein da?«

Sie schüttelte den Kopf.

»Deine Abstinenz nervt langsam«, gab er gut gelaunt zurück, entdeckte dann aber eine kunstvolle Glasflasche auf der Anrichte und fragte: »Und was ist das?«

»Ein Werbegeschenk, bediene dich, irgendeine Cocktailüberraschung mit Schuss, zumindest steht das auf dem Etikett. Eiswürfel?«

Kurz darauf saß Leander vor seinem Glas und erzählte Riccarda von dem Kommissar, der ihn heute wegen des Todes der Reitlehrerin Alexandra Turner befragt hatte. Sie vergaßen die Zeit und redeten über Vergangenes. Leander schwelgte in Erinnerungen an die Kindheit, seine Urlaube in München. »Ich war gerne mit euch im Reitstall, allerdings auch froh, dass ich nicht auf so einen riesigen Gaul steigen musste.«

»So schlimm war das eigentlich nicht, obwohl ich viel lieber in den Schützenverein gegangen wäre«, antwortete Riccarda.

Leander schenkte sich noch von dem dunkelroten Cocktail nach und bemerkte: »Das Zeug ist ganz schön stark, ich werde wohl heute auf deiner Couch nächtigen.«

Sie sah ihn an und lächelte.

»Lachst du mich etwa aus?« Er grinste zurück.

»Nein, in Wahrheit beneide ich dich«, erwiderte sie mit einem traurigen Blick. Seine verblüffte Miene ließ sie weitersprechen. »Du tust einfach, was du willst, wann du es willst. Stört es dich denn nicht, keinen Plan zu haben?«

»Ich habe einen Plan«, gab er mit gespielter Empörung zurück. »Mein Plan ist es, keinen zu haben, gar nicht so einfach.« Er prostete ihr zu und sie lachten beide.

Es war schon nach Mitternacht, Riccarda blickte auf die Uhr. »Dann richte ich dir mal das Gästezimmer, ich muss morgen fit sein, wir haben ein paar wichtige Meetings.«

»Denkst du wirklich, dass du das Richtige tust?«, hielt er sie zurück. »Ich meine diesen Kampf gegen die Welt?«

Sie sah ihn einen Augenblick nachdenklich an. »Ich muss die Dinge zu Ende bringen«, antwortete sie ihm bestimmt und verschwand.

Leander blickte auf die halb leere Flasche und murmelte: »Ob ich das heute noch schaffe, wage ich allerdings zu bezweifeln.«

Er hörte, wie sie die Treppe wieder nach unten kam. Sie griff das Thema noch einmal auf und rief: »Außerdem möchte ich künftig nicht, dass jedes Mal, wenn in München und Umgebung jemand stirbt, die Polizei bei mir auftaucht.« Er hörte ihr Auflachen. »Na ja, meine Anwälte freuen sich natürlich. Denen saniere ich mit den Honoraren ihre Kanzlei.« Sie betrat die Küche und stockte, als sie seinen eigenartigen Gesichtsausdruck sah. »Leander?«, stieß Riccarda unsicher hervor.

Im nächsten Augenblick rutschte er stöhnend von seinem Stuhl. Sie eilte zu ihm. Er saß am Boden, zitterte, röchelte. »Mir geht es nicht gut«, stammelte er. »Ich habe Schmerzen, mein Bauch, schlecht …«

Sie schrie seinen Namen, aber er konnte sie nicht mehr hören.

* * *

In einer Münchner Klinik

Die Nachricht von Leander Meiners Einweisung erreichte Jasmin inmitten eines angenehmen Traumes. Auch Hauptkommissar Stutter war nach dem anstrengenden Tag noch im Tiefschlaf gewesen, als sein Handy geklingelt hatte. Entsprechend müde betraten die beiden das Krankenhaus und trafen dort auf einen verknittert aussehenden Hauptkommissar Hürtgen.

»Er lebt noch, aber es war knapp«, sagte der anstatt einer Begrüßung und plötzlich spürte Jasmin, wie ihr Tränen der Erleichterung in die Augen schossen. Bis jetzt hatte sie sich zusammengerissen, versucht, persönliche Gefühle außen vor zu lassen, aber die Vorstellung, der junge Mann hätte sterben können, zerriss ihr plötzlich das Herz. Sie wandte sich ab und blickte aus dem Fenster. Langsam graute der Morgen.

Hinter ihr sagte Hürtgen: »Wir können ihn frühestens morgen befragen, die Ärzte sind unnachgiebig, aber die Meiner hockt vor seiner Tür. Ich denke, mit der sollten wir sofort sprechen. Und der Chefarzt wartet bereits auf uns.«

* * *

»Bedanken Sie sich bei unserem Oberarzt, der ist sozusagen eine Koryphäe, wenn es um Vergiftungen geht«, sagte der Chefarzt, ein groß gewachsener Mann mit norddeutschem Zungenschlag und reserviertem Wesen. Das Lob galt einem gut aussehenden Vierzigjährigen, der direkt dem Cover eines Arztromans hätte entsprungen sein können. Bescheiden senkte er den Kopf und wartete, dass ihm der Vorgesetzte das Wort erteilte.

»Bitte, Herr Kollege, erklären Sie den Herrschaften von der Polizei die Situation.« Der Arzt unterbrach sich und sagte dann bedacht auf die richtige Wortwahl: »Oder vielleicht sollten Sie es den Damen und Herren gleich zeigen, Sie werden ohnehin alles mitnehmen wollen.«

Der Oberarzt verzog keine Miene, nickte nur und bat die Beamten, ihm zu folgen.

»Was ist denn nun passiert?«, fragte Stutter im Gehen, der es hasste, mit verklausulierten Andeutungen abgespeist zu werden.

»Vergiftung durch Colchicin«, antwortete ihm der Mediziner knapp.

Stutter blieb stehen. »Würden Sie das bitte für uns Normalsterbliche erläutern?« Der Hauptkommissar war übermüdet und ungeduldig. Beinahe hätte es einen weiteren Todesfall gegeben und derjenige, der ihm Antworten liefern konnte, tat so, als ginge es lediglich darum, ein interessantes Forschungsprojekt in Augenschein zu nehmen.

Der Oberarzt bemerkte den gereizten Tonfall und blieb ebenfalls stehen. »Ich dachte, man hätte Sie bereits informiert«, sagte er entschuldigend und begann sofort damit, den Beamten einen Überblick zu verschaffen. »Der Patient war bei seiner Einlieferung ohne Bewusstsein. Zuvor klagte er über Schmerzen im Unterbauch. Seine Cousine, die den Notarzt verständigt hat, übergab uns eine Flasche, in der sich noch Reste eines Getränks befanden. Ein alkoholischer Fruchtcocktail. Wir konnten den Patienten stabilisieren. Die Laboruntersuchungen des Mannes ergaben eine Colchicin-Intoxikation. In dem Getränk entdeckten wir kleine Körner, genauer gesagt Samenkörner, und die stammten von der Herbstzeitlosen. Eine tückische Pflanze.«

»Giftig?«, fragte Hürtgen.

»Oh ja«, bestätigte der Arzt. »Alles an diesem Gewächs hat eine toxische Wirkung auf den menschlichen Organismus.«

»Und kommen solche Vergiftungen öfter vor?«

Der Mediziner hob und senkte die Schultern. »Sagen wir, immer wieder. Die Blätter der Pflanze werden gelegentlich mit denen des Bärlauchs verwechselt, Kinder nehmen die Blüten in den Mund, aber es gibt auch Fälle von Selbsttötung.«

»Und was war es bei Herrn Meiner?«, stellte nun das erste Mal Jasmin eine Frage.

Der Arzt beäugte sie interessiert, richtete das Wort dann aber wieder an Stutter: »Das werden Sie herausfinden müssen. Wir haben den Inhalt dieses Cocktails untersucht. Definitiv hat man dem Getränk Colchicin zugefügt.«

»Einen Unfall schließen Sie also aus?«, hakte Stutter nach.

»Zufällig ist das Zeug nicht in die Flasche gelangt«, wurde der Mediziner deutlicher.

Sie hatten sich wieder in Bewegung gesetzt und standen nun vor einem Labor. Der Oberarzt machte eine einladende Geste und bat sie, einzutreten.

Der scharfe Geruch von Chemikalien, das brummende künstliche Licht und die fehlenden Fenster in dem Raum schlugen Jasmin aufs Gemüt. Sie hatte plötzlich das Gefühl, in einem Kühlschrank eingeschlossen zu sein.

»Hier«, riss sie der Arzt aus ihrer aufkommenden Panikattacke.

Er deutete auf einen Laborbehälter mit roter Flüssigkeit und auf eine kunstvoll bedruckte leere Glasflasche daneben, die die Form einer Karaffe hatte. »Das ist die Flasche und das der Inhalt. Herr Meiner hatte nicht ganz die Hälfte davon getrunken. Für unsere Untersuchungen haben wir die Karaffe geleert und dabei stießen wir darauf.« Sein Zeigefinger richtete sich auf einen durchsichtigen Becher, der mit einer klaren Flüssigkeit gefüllt war, in der ein dicker roter Wurm schwamm.

»Igitt«, entfuhr es der Oberkommissarin.

»Der war in der Flasche?«, fasste Stutter nach. »Das ist ja ekelhaft.«

»Ja, aber auch ungefährlich«, erwiderte der Arzt leichthin. Sein Finger wanderte nun zu einer Schale, in der sich kleine Körner befanden. »Hier lauert die Gefahr. Das sind Samenkörner der Herbstzeitlosen.«

»Hätte er nicht merken müssen, dass die in dem Getränk herumschwimmen?«, gab sich Jasmin verwirrt.

»Vermutlich ist ihm das nicht aufgefallen«, warf der Arzt ein, »da es auch noch Trauben- und Drachenfruchtkerne gibt, die in den Cocktail gehören. Und leider hat er auch den Wurm nicht entdeckt.«

Stutter fluchte leise. »Woher stammt diese Flasche?« Er besah sich die Karaffe mit den aufgedruckten Obstmotiven und las das Etikett.

»Die Cousine des Mannes hat uns erklärt, dass sie die als Werbegeschenk erhalten hat. Das Geschäft ist bekannt, ein renommierter Spirituosenhändler. Weil wir von einem Anschlag ausgehen mussten, haben wir versucht, keine Spuren zu verwischen«, fügte der Arzt nun zerknirscht an, »aber im Eifer des Gefechts wurde darauf natürlich nicht geachtet. Da galt es erst einmal, das Leben des Patienten zu retten.«

»Wird er denn wieder ganz gesund?«, fragte Jasmin, der immer mehr bewusst wurde, welche Angst sie um Leander hatte.

»Mit solchen Vergiftungen ist nicht zu spaßen und Langzeitfolgen kann man nie ausschließen, aber die Prognose ist gut. Die Symptome haben sich früh gezeigt und wir konnten ihn schnell behandeln.«

Sie traten wieder auf den Flur und trafen dort auf Riccarda Meiner. »Wir sollten uns unterhalten«, sagte sie direkt zu Stutter, ohne die anderen auch nur eines Blickes zu würdigen.

Der Hauptkommissar nickte. »Ja, das sollten wir unbedingt.«

KAPITEL ELF

Hinter dem Klinikgebäude gab es einen Park für Patienten und deren Besucher. Die Grünfläche war sogar mit Laternen ausgestattet, die jetzt dem Grau der Morgendämmerung trotzten. Es versprach kein schöner Tag zu werden und ein kräftiger Wind zerrte an ihren Kleidern, als Hauptkommissar Stutter zusammen mit Riccarda Meiner die wenigen Steintreppen zu einem Fußweg erklomm. Sie hatte die Hände tief in die Taschen geschoben und ein blauer seidener Schal flatterte um ihren Kopf, bemüht, das schwarze, lange Haar vor den Böen zu schützen.

Stutter schwieg, ließ ihr Zeit. Sie hatte das Gespräch gesucht und er würde nichts unternehmen, sie ihre Entscheidung gleich wieder bereuen zu lassen.

Eine Baumreihe bot ihnen Schutz vor dem Wind, und Riccarda ordnete ihr Tuch. »Das war ein Geschenk«, erklärte sie ungefragt. »Von einem jungen Designer, der gehörte damals zu meiner Clique.« Ein bitteres Lächeln huschte über ihren Mund, die vollen Lippen verzogen sich verächtlich. »Heute würde er mich sicher nicht einmal mehr grüßen. Der Mann ist mittlerweile berühmt. Das hat er mir zu verdanken, aber Dankbarkeit ist keine gängige Währung.« Ein Auflachen entglitt ihrer Kehle. »Ein Zitat meines Vaters.«

»Kluger Mann«, warf Stutter vorsichtig ein.

»Vermutlich war er das.« Sie schlenderten gemächlich weiter. »Klug und nicht besonders nett.«

Riccarda wandte ihm kurz ihr Gesicht zu. Das Zwielicht konnte nicht darüber hinwegtäuschen, dass sie älter geworden war, dass das Gefängnis sie, wenn auch nicht zerstört, dann jedoch zumindest beschädigt hatte. Ähnlich einer kostbaren Porzellanfigur, bei der man nur durch sehr genaues Hinsehen die abgeschlagene Ecke fand. Trotzdem war sie immer noch eine schöne Frau. Eine schöne Frau, die womöglich gerade versuchte, einen Beamten des BKA hinters Licht zu führen.

Stutter war zwar ein erfahrener Polizist, nichtsdestotrotz wusste er, dass er gegen solche Reize keine Immunität besaß. Auch in ihm schlummerte der weiße Ritter, der nur zu gerne die Jungfrau in Not aus den Klauen des Drachen befreien wollte. Allerdings war ihm klar, dass sich ein Drache auch hinter einem hübschen Gesicht verbergen konnte.

Unvermittelt sagte Riccarda: »Ich habe über Sie gelesen. Sie sind so etwas wie ein Star bei der Polizei.«

Er verzog das Gesicht zu einem müden Lächeln. »Das bezweifle ich.«

»Und bescheiden, das gefällt mir.« Sie ging zügig weiter, er folgte ohne Kommentar.

»Außerdem bin ich davon überzeugt, dass Sie mir glauben«, fügte sie an.

»Was glauben?«, fragte Stutter, der auf ihr Spiel einging und erst einmal abwarten wollte, wohin ihn das führen würde.

»Dass ich nichts mit der Vergiftung meines Cousins zu tun hatte.«

»Dazu müssten Sie mir erst einmal erzählen, was gestern Nacht passiert ist.«

Sie blieb abrupt stehen, wieder trafen sich ihre Blicke und dieses Mal konnte er so etwas wie Angst in ihren Augen sehen.

»Diese verfluchte Flasche«, brach es aus ihr heraus. Sofort riss sie sich jedoch wieder zusammen und gab mit gepresster Stimme die Ereignisse wieder. »Ich habe eine Firma beauftragt, sich um das Haus zu kümmern, wenn ich tagsüber nicht da bin. Die mähen den Rasen, putzen die Fenster, tragen den Müll raus und bringen die Post rein. Als ich gestern Abend nach Hause kam, stand die Flasche neben einem Stapel Briefe auf der Anrichte, so wie es vereinbart war.«

»Verpackt? In einem Karton? Gab es einen Absender?«

»Ohne Verpackung und es hing eine Karte daran. Ganz offensichtlich ein Werbegeschenk.«

»Wo ist diese Karte jetzt?«

»Zu Hause in meinem Mülleimer«, antwortete ihm Riccarda, ohne zu überlegen. »Es war eine dieser Werbungen: ›Kommen Sie in unser Geschäft und zeigen Sie diese Karte, dann erhalten Sie 5 % Rabatt.‹« Sie wedelte mit der Hand. »So etwas in der Art«, fügte sie noch an.

»War die Flasche denn noch im Originalzustand? Wie war sie verschlossen?«, hakte Stutter nach.

Sie holte tief Luft. »Es steckte ein Korken drin, darüber rotes Wachs, als hätte man sie auf altmodische Weise versiegelt. Ich habe ehrlich gesagt nicht weiter darüber nachgedacht. Die Flasche war kunstvoll, ich ging davon aus, dass das alles so sein müsste.«

»Wer hat sie geöffnet?«

»Leander«, antwortete sie sofort. »Er wollte etwas trinken, etwas Alkoholisches«, erklärte sie bereitwillig. »Das war das Einzige, was ich noch im Haus hatte.«

»Aber Sie haben nicht davon getrunken«, formulierte Stutter eine naheliegende Frage als Feststellung.

»Ich trinke nicht mehr«, gab sie ihm mit Nachdruck Antwort.

»Verstehe«, entgegnete er und seine Stimme klang mitfühlend.

Sie schien das zu ärgern. »Ich glaube nicht, dass Sie das tun.«

»Dann weihen Sie mich ein«, blieb er unbeeindruckt.

»Sieben Jahre Gefängnis, weil ich zu betrunken war, um mich an einen entscheidenden Moment in meinem Leben zu erinnern. Ist das Erklärung genug?«

»Eine selbst auferlegte Strafe für den Mord an Kuno Seiler?«, wurde Stutter nun deutlicher.

Unerwarteterweise verzog sich ihr Mund zu einem spöttischen Grinsen. »Sie wollen mich aus der Reserve locken, Herr Hauptkommissar, aber das wird Ihnen nicht gelingen. Der Punkt ist nämlich, dass ich Kuno Seiler nicht ermordet habe.«

»Weil es ein Unfall war?«, ließ Stutter nicht locker.

»Es war nichts dergleichen«, sagte sie kalt. »Ich werde niemals behaupten, keine Mörderin zu sein. Ein Mensch ist durch meine Hand gestorben. Ich nehme an, Sie wissen mittlerweile über den Vorfall im Gefängnis Bescheid?« Sie wartete nicht auf seine Antwort, sondern sprach weiter. »Die Frau, die ich im Gefängnis getötet habe, verfolgt mich jede Nacht in meinen Träumen und die war kein netter Mensch. Also«, fuhr sie ihn provozierend an, »wie wäre es dann erst, wenn ich einen so unschuldigen Mann wie Kuno Seiler getötet hätte?«

»Unser Gedächtnis kann uns Streiche spielen«, erwiderte der Hauptkommissar. »Menschen verdrängen Dinge, die sie getan haben, um besser damit klarzukommen.«

Sie trat einen Schritt näher, er nahm ihren Duft wahr und wünschte sich für eine Sekunde, sie wären privat an diesem Ort.

»Ich verdränge nichts«, schnauzte sie. »Die erste Zeit, da glaubte ich wirklich, ich hätte diesen Mann im Rausch getötet. Nicht absichtlich, sondern im Eifer des Gefechts. Aber nach dem Angriff dieser Frau ...« Sie hob ihre Hand zur Wange und strich sich unbewusst über die Narbe. »Ich weiß es einfach, ich kann das nicht gewesen sein.«

»Das Gericht sah das anders«, warf Stutter ein, auch um ihr auf diese Weise noch mehr zu entlocken.

»Das Gericht hat sich geirrt, alle haben sich geirrt, selbst ich.«

»Allerdings steht fest, dass Kuno Seiler mit dem Aschenbecher verletzt wurde, daraufhin in den Pool stürzte und ertrank. Was denken Sie, was damals passiert ist?«

»Das werde ich herausfinden und ich bin überzeugt, auf einem guten Weg zu sein. Leander ist dafür der beste Beweis.« Sie stapfte davon und Stutter eilte hinterher.

»Wie darf ich das verstehen?« Er hatte sie eingeholt und versperrte ihr den Weg. Der Schal hatte sich gelöst und schwarze Strähnen tanzten um ihr Gesicht.

»Warum wohl bin ich zurückgekommen? Warum führe ich schon wieder diesen sinnlosen Kampf mit meinem Bruder, verbringe Zeit in einer feindseligen

Nachbarschaft, setze mich den verächtlichen Blicken meiner Mitarbeiter aus?«

»Erklären Sie es mir«, beharrte Stutter.

Sie atmete genervt aus. »Ich klopfe auf den Busch, was denn sonst? So fängt man Schlangen. Man haut mit Stöcken auf ihren Unterschlupf, damit sie hervorkriechen und man ihnen die Köpfe abschlagen kann. Irgendwer hat mir die letzten sieben Jahre meines Lebens gestohlen und das kann ich nicht einfach ignorieren. Ich finde heraus, wer das war, und ich denke, ich bin nahe dran. Denn eines ist ja wohl klar, dieses Gift war nicht für Leander bestimmt.«

Stutter sah sie besorgt an, etwas, das Riccarda sagen ließ: »Sie halten mich für verrückt.«

Der Hauptkommissar beschloss, ehrlich zu sein, und antwortete: »Ich halte Sie entweder für sehr leichtsinnig oder aber für unglaublich raffiniert. Beides beunruhigt mich.«

»Raffiniert?«, fragte sie, obwohl sie vermutlich genau wusste, wie er das meinte.

»Womöglich lügen Sie mich an und all die Morde der letzten Wochen gehen auf Ihr Konto. Warum? Rache, weil man Sie nach der Verhaftung hat fallen lassen, vielleicht auch pure Mordlust. Alibi hin oder her, Holger Wahl ist tot und Ihr Cousin wäre heute fast gestorben. Man könnte auch annehmen, dass Sie einen Komplizen haben beseitigen wollen. Jeder, der Ihnen übel mitgespielt hat, bekommt jetzt seine Strafe, ist das nicht so? Vergessen wir außerdem nicht, dass Sie Kuno Seiler nicht gemocht haben. Ihre Haushälterin hat ausgesagt, dass er nicht empfänglich für Ihren Charme gewesen sei und Sie das ärgerte.«

»Oh doch, er war empfänglich«, blaffte sie.

»Sie haben Ihre Aussage zurückgezogen.«

»Weil ich keine andere Wahl hatte. Meine Anwälte lassen sich ihre Ratschläge gut bezahlen und sie sind ihr Geld wert. Jede weitere Kritik an Kuno Seiler hätte mir eine längere Haftstrafe eingebracht. Es gab keine Zeugen, alle haben ihn geliebt und geschätzt.« Sie war laut geworden, verlor die Beherrschung und für einen Augenblick konnte er ihre Verzweiflung erkennen. »Niemand hat mir geglaubt, sie alle haben auf mich eingeschlagen, die Gunst der Stunde genutzt, um mich rauszudrängen, um sich kleinlich an mir zu rächen, für meine Stellung, mein Aussehen. Und ja, es stimmt, ich mochte Kuno Seiler nicht. Ich hatte Zeit zum Nachdenken. Möglich, dass ich eine seiner freundlichen Gesten falsch interpretiert habe, dennoch sagt mir mein Gefühl noch immer, dass man ihm nicht hat trauen können. Jedenfalls«, begehrte sie auf, »habe ich ihn nicht umgebracht. Und noch etwas.« Sie schob sich hektisch die Haare aus dem Gesicht. »Ich würde Leander niemals schaden. Derjenige, der das getan hat, wird dafür büßen.« Sie wollte davoneilen, aber er hielt sie am Arm fest.

»Stopp«, sagte Stutter energisch. »Wir sind noch nicht fertig, denn jetzt werde ich Ihnen etwas sagen.« Sie hörte auf, sich gegen seinen Griff zu stemmen, und er ließ sie los. »Nehmen wir einmal an, es verhält sich so, wie Sie sagen, dann wird Ihnen doch klar sein, wie gefährlich das ist, was Sie gerade tun. Drei Menschen sind bereits gestorben, Ihr Cousin kämpfte letzte Nacht gegen den Tod und noch immer ist jemand da draußen, der Sie umbringen will. Ist es das, was Sie möchten? Sterben?«

Riccarda schüttelte den Kopf, wich seinem durchdringenden Blick jedoch nicht aus. »Nein«, flüsterte sie, »ich will nur leben, endlich wieder leben.«

Eine Sekunde zu lange starrte er sie an. *Himmel*, schoss es ihm durch den Kopf, *reiß dich zusammen*. Stutter trat zurück und fuhr in geschäftsmäßigem Tonfall fort: »Wer kommt infrage, wer hätte Ihnen den Mord an Kuno Seiler anhängen können und vor allem warum?«

Sie lachte auf. »Die Liste wird lang, haben Sie denn auch genug Zeit?«

* * *

Etwas später

Das Leben begann mit Schmerz und so endete es auch. Selbst die Zeit zwischen Geburt und Tod war davon geprägt. Manchmal musste man den Schmerz erdulden, manchmal fügte man ihn anderen zu. Dennoch sollte man stets wissen, wie er sich anfühlte.

Deshalb schloss sie die Augen und ließ den kleinen Teelöffel gerade so viel zur Seite kippen, dass sich ein einzelner Tropfen löste. Sie gab einen zischenden Laut von sich, als der ihre Haut berührte. Sämtliche Muskeln zogen sich zusammen. Die Stelle, an der er sie getroffen hatte, rötete sich sofort und der herbeigesehnte Schmerz schoss tief in ihr Fleisch wie eine spitze, lange Nadel, die das Gewebe mit aller Kraft durchbohren wollte.

Tränen stiegen ihr in die Augen. Das würde wahrhaftig kein schönes Ende sein. Aber Läuterung bedeutete eben auch Qual.

Sollte sie es erneut versuchen? Vielleicht wäre es beim zweiten Mal weniger schlimm, jetzt, da der Schmerz nicht mehr so unerwartet kam. Der zweite Tropfen berührte die Haut des Oberschenkels und erneut schrie sie leise auf. Die Verbrennungen würden in ein paar Tagen verblassen, bei so kleinen Wunden sollte das kein Problem sein, der Test war jedenfalls gelungen. Man konnte natürlich nicht alles an sich selbst ausprobieren, aber manchmal musste die Neugier befriedigt werden. Jedenfalls wäre es eine interessante Art zu töten, die Frage war nur, wann und wo. Dieses Mal konnte sie es nicht mehr dem Zufall überlassen. Die Polizei schnüffelte herum, begann vom Weg abzukommen, daher war es an der Zeit nachzuhelfen.

* * *

Im Dienstgebäude der Kriminalpolizei

Riccardas Liste war umfangreich. Von der eifersüchtigen ehemals besten Freundin Trisha über Bruder und Schwägerin, die die Herrschaft über Meiner-Pharmazeutika anstrebten, bis zu der rachsüchtigen Angestellten Meike Sommer, die einen Rüffel zu viel von ihrer Arbeitgeberin erhalten hatte, waren alle vertreten.

Außerdem gab es noch zahlreiche unzufriedene Angestellte sowie Geschäftspartner oder Konkurrenten, die ebenfalls von Riccarda Meiners Inhaftierung profitiert hatten. »Jeder hätte in dieser Nacht mein Grundstück betreten können. Vielleicht war das alles nicht geplant und hat sich zufällig ergeben. Kuno Seiler war zur falschen Zeit am falschen Ort«, hatte Riccarda dem Hauptkommissar erklärt. »Auch Anke Seiler und der heilige Klüngel von gegenüber wünschen mir den Tod. Wer kann schon ahnen, wie die ticken?«, war sie fortgefahren. »Womöglich sind das religiöse Fanatiker, die

Kuno Seiler geopfert haben, um mich vor sieben Jahren loszuwerden.«

Dennoch konnte sich das Team um Hauptkommissar Stutter wenig dafür erwärmen, Riccarda Meiner als Opfer zu sehen. Niemand wollte an einen Justizirrtum im Fall Kuno Seiler glauben, und auch ihre Unschuld bei den jüngsten Morden war für die meisten Beamten nicht überzeugend.

Hauptkommissar Hürtgen brachte es auf den Punkt: »Man kann ihr nicht trauen. Sie könnte das alles eingefädelt haben. Selbst das Attentat auf ihren angeblichen Lieblingscousin kann inszeniert gewesen sein. Jeder glaubt nun, sie wäre gerade so dem Tod entkommen. Besser kann man ja kaum von seiner Schuld ablenken.«

»Ihre Aussage stimmt jedoch«, warf Stutter ein. »Die Kriminaltechnik hat die Karte im Mülleimer gefunden. Und der Korken mit der Wachsversiegelung war dem Original nachempfunden.«

»Der Spirituosenhändler hat die Karten vor einer Woche als Zeitungsbeilage verteilt. Davon sind sicher Tausende im Umlauf. Riccarda Meiner hätte sie sich leicht beschaffen können, auch wenn sie keine Zeitung abonniert hat. Was die Flasche angeht, die kann man nicht nur im Ladengeschäft erwerben, sondern auch in zahlreichen Supermärkten«, hielt Hürtgen dagegen.

»Was ist mit dem Gift?«, fragte einer der anwesenden Kollegen.

Hürtgen gab ihm die Antwort: »Die Zwiebeln und Samen der Pflanze kann man überall kaufen. Wer sich auskennt, erntet die Herbstzeitlose samt Blättern auf den heimischen Wiesen.« Er schnaufte ungeduldig. »In

Riccarda Meiners Villa fanden wir keine Spuren, aber vergessen wir nicht, dass die Dame einen Pharmabetrieb leitet. Sie verfügt über Wissen und sicher auch genug Möglichkeiten, einen Giftcocktail zu mischen. Ich bleibe dabei, ihr Cousin könnte ein notwendiger Kollateralschaden gewesen sein, um die eigene Unschuld zu untermauern.«

»Was sollte dann der Regenwurm?«, warf Stutter ein.

»Dient vielleicht nur der Verwirrung«, schlug Hürtgen vor. »Wir konzentrieren uns auf die Inszenierung und übersehen das Wesentliche.«

»Das da wäre?« Stutter wusste, was der Kollege sagen würde, bat ihn jedoch dennoch um Antwort.

»Die Frau ist sauer und nimmt Rache, ganz einfach. Wir konnten ihr bisher nur noch nichts nachweisen. Wäre nicht die Erste, die mit einem Dachschaden aus dem Knast kommt. All das Gerede von wegen, sie trinke nichts mehr, wolle ein besserer Mensch werden, suche nach der Wahrheit. Geläutert durch den Gefängnispfarrer, nach einem traumatischen Erlebnis. Plötzlich erleuchtet und überzeugt von der Idee, unschuldig zu sein«, stieß er genervt hervor. »Wie oft haben wir das schon von ehemaligen Inhaftierten gehört und am Ende sind sie doch alle wieder in der Zelle gelandet.«

Nach der Besprechung nahm der Münchner Hauptkommissar Jasmin Nau zur Seite und fragte leise: »Denken Sie, die Meiner hat Stutter weichgekocht?«

Die Oberkommissarin widersprach vehement, auch wenn sie selbst nicht ganz so überzeugt von ihren Worten war. Aber sie vertraute Stutter. Er hatte einen guten Instinkt und er war mit Leib und Seele Polizist. Deshalb fügte sie noch an: »Er ist einfach nur offen für verschiedene Optionen, das macht ihn am Ende so erfolgreich.«

Hürtgen war besänftigt, murmelte etwas von: »Gut, gut, wir brauchen ihn nämlich bei klarem Verstand«, und ließ Jasmin stehen.

Als sie später neben Stutter im Wagen saß, druckste sie herum, bis er schließlich sagte: »Du glaubst doch nicht, dass ich meine Objektivität verloren und mich unsterblich in Riccarda Meiner verliebt habe?«

»So was kommt vor«, erwiderte sie vorsichtig.

»Ja, und ich bestreite auch nicht, dass ich sie äußerst attraktiv finde. Das geht vermutlich den meisten Männern so.« Mit einem Seitenblick auf seine Kollegin fuhr er fort: »Ist wahrscheinlich so ähnlich wie bei dir und Leander.«

»Was?« Sie brauste auf und er grinste amüsiert.

»Schon gut«, beschwichtigte er sie. »Ich will dich nur ein bisschen ärgern. Natürlich treffen wir bei Ermittlungen auch auf Menschen, die uns sympathisch sind. Manche mögen wir mehr als andere. Aber deshalb verlieren wir nicht gleich den Verstand und werden zu Komplizen bei Mordverschwörungen. Abgesehen davon schließen wir Fälle für gewöhnlich ab. Was danach passiert, ist dann wieder unsere Privatangelegenheit.«

»Galt dieser Vortrag über angemessenes Verhalten nun dir oder mir?«, fragte sie spöttisch.

»Vermutlich musste ich es einfach wieder einmal aussprechen, um es nicht zu vergessen«, gestand er ein und lachte.

Sie fuhren zum Anwesen von Anke Seiler. Die Nachbarn von Riccarda Meiner sollten wegen der Flasche befragt werden. Man hatte mit dem Dienstleister gesprochen, den Riccarda engagiert hatte. Seine Mitarbeiter bestätigten, dass die Flasche vor der Tür, direkt unter dem Briefkasten, deponiert gewesen war, als die Angestellten gegen zehn Uhr die Villa betreten hatten. Ihnen standen Schlüssel zur Verfügung. Riccarda hatte ausgesagt, dass sie gegen acht Uhr das Haus verlassen und zu diesem Zeitpunkt keine Flasche gesehen habe.

Eigentlich wäre ein anderer Kollege mit der Befragung von Anke Seiler beauftragt worden, aber Stutter bestand darauf, das selbst zu erledigen. Ihm lag daran, einen besseren Eindruck von der Familie und auch der Gemeinde zu bekommen.

* * *

Anke Seiler hatte Benita Meiner hereingebeten. Beide wussten, dass das kein Freundschaftsbesuch war. Die Frauen verband einzig und allein ihre Abneigung gegen Riccarda.

»Sie lebt immer noch«, schnauzte Benita. »Diese verfluchte Schlange.« Unaufgefordert ließ sie sich aufs Sofa fallen und schlug die schlanken Beine übereinander. »Erinnerst du dich noch an unsere komische Klosterschwester im Internat? Die, die immer von Dämonen gequatscht hat?«

»Schwester Benedikta«, erwiderte Anke.

»Wie auch immer«, reagierte ihr Gegenüber ungeduldig, »jedenfalls hat die uns doch dauernd vom Tier mit den vielen Köpfen erzählt, das nicht totzukriegen ist. Mittlerweile denke ich, sie sprach von Riccarda. Langsam glaube ich wirklich, dass dieses Miststück mit dem Teufel einen Pakt geschlossen hat. Hast du sie schon gesehen?«

Ihre Stimme wurde schrill. »Sieht immer noch fantastisch aus, selbst mit dieser fiesen Narbe. Zum Kotzen. Man sollte doch meinen, dass Strafanstalten keine Erholungsheime wären. Kommt zurück …« Sie sprang auf, ihre Wut machte es ihr unmöglich, ruhig zu bleiben. »… kaum ein Jahr gealtert, nimmt sich alles, was ihr gefällt, ohne Rücksicht.« Sie sah zu Anke, das Gesicht hassverzerrt wie ein schreiender Totenschädel. »So jemand muss doch mit dem Teufel im Bunde sein.«

Anke Seiler sah zu Boden und sagte leise: »Eines Tages wird sie zu weit gehen, so wie damals.«

Benita besann sich und rief gekünstelt: »Oh, meine Liebe, ich wollte nicht taktlos sein.« In Wirklichkeit waren ihr die Befindlichkeiten der anderen gleichgültig, dennoch sprach sie jetzt mit verständnisvollem Tonfall weiter. »Wäre es nicht auch für dich das Beste, wenn diese schreckliche Person endlich verschwinden würde?«

»Natürlich, es wäre für uns alle das Beste, auch für Philippa. Das Mädchen steht die Belastung nicht länger durch. Deshalb befürchte ich, dass wir umziehen müssen.«

»Wirklich?«, stieß Benita hervor. »Aber vielleicht wäre das gar nicht notwendig.«

»Wie meinst du das?«, fragte Anke interessiert.

»Na ja, du bist Riccardas Nachbarin. Was, wenn du etwas gesehen hast, etwas, das die Polizei gerne erfahren würde?«

»Und was sollte das sein?« Ankes Tonfall änderte sich. Sie war auf der Hut, aber auch neugierig.

Ihre ehemalige Klassenkameradin zuckte beiläufig mit ihren knochigen Schultern. »Keine Ahnung, vielleicht ihre Silhouette in der Nacht, in der der arme Holger starb. Womöglich hast du sie auch dabei beobachtet, wie sie eine Flasche vor ihre Tür gestellt hat.« Benita sprach nun so, als würde sie eine harmlose Geschichte erzählen. »Du hast dir die Beine vertreten, dabei ist dir Riccarda aufgefallen. Natürlich dachtest du dir nichts dabei, aber jetzt, wo es auf allen Sendern läuft.«

Tatsächlich hatte es sich Riccarda Meiner auch dieses Mal nicht nehmen lassen, in die Offensive zu gehen. Als sie beim Verlassen der Klinik von der Presse befragt wurde, hatte sie der Öffentlichkeit in allen Einzelheiten erzählt, was sich am Vorabend ereignet hatte; die Flasche vor der Tür, die Karte, der arme Leander und die Gewissheit, dass das Gift für sie bestimmt gewesen war.

»Du schlägst mir vor, die Polizei zu belügen?«, rief Anke empört aus.

Benita rollte mit den Augen. »Du lieber Himmel, wer spricht denn davon? Du hilfst denen nur auf die Sprünge. Wir wissen doch genau, dass Riccarda dahintersteckt. Da kann sie lange beteuern, der arme Leander wäre ihr bester Freund. Der ist lediglich ein Mittel zum Zweck, so war Riccarda schon immer. Aber wenn die Polizei sie verdächtigt, dann landet sie bald wieder im Knast.«

»Die werden sie doch nicht einfach so verhaften. Die brauchen ein Motiv, Beweise.«

»Deine Aussage ist doch Beweis genug und was das Motiv angeht.« Sie wedelte mit den Fingern, als wollte sie ein lästiges Insekt verscheuchen. »Riccarda ist eine Irre, rachsüchtig und besessen davon, im Mittelpunkt zu stehen, das reicht doch.«

Benita trat nun dicht an Anke heran. »Herrgott, sie hat deinen Mann ermordet. Wir sind uns doch einig, dass sie zurück ins Gefängnis gehört.« Dann schien ihr ein Gedanke zu kommen und sie zeigte ein breites Grinsen. Gemächlich schlenderte sie zurück zum Sofa und nahm wieder ihre vorherige Sitzposition ein. Lässig sagte sie: »Mir ist es übrigens gleichgültig, von wem diese Flasche stammte. Eine Nachbarin, die ihren toten Mann rächen will, könnte ich nur zu gut verstehen.« Sie führte ihre Hand zum Mund und machte mit Daumen und Zeigefinger eine Drehbewegung mit einem imaginären Schlüssel, die andeuten sollte, dass ihre Lippen versiegelt waren.

»Benita!«, entfuhr es Anke. »Wie kannst du ...«

»Lass gut sein, meine Liebe, und denke über meinen Vorschlag nach.« Sie stand auf. »Ich muss los, Joggingrunde.«

Damit verschwand sie und wäre vor der Tür beinahe mit Hauptkommissar Stutter und Oberkommissarin Nau zusammengestoßen.

* * *

»Wir haben Benita Meiner am Tor getroffen«, sagte Stutter kurz darauf zu Anke Seiler, als sie die Beamten ins Wohnzimmer führte.

»Wie Sie wissen, sind wir alte Bekannte, das gleiche Internat.«

»Und sie ist die Schwägerin von Riccarda Meiner«, fügte Jasmin provozierend an.

»Dafür kann sie nichts«, reagierte Kuno Seilers Witwe barsch. »Ich verurteile niemanden, nur weil er mit Riccarda verwandt ist. Benita hat sich nie auf deren Seite geschlagen, ganz im Gegenteil.«

»Wie dürfen wir das verstehen?«, fasste Stutter sofort nach.

Anke wurde ungeduldig. »Sie hat mir ihr Beileid ausgesprochen und sich stets anständig verhalten. Sie mag Riccarda genauso wenig wie ich. Daraus hat sie nie ein Geheimnis gemacht. Wer die Familie kennt, weiß, dass die Geschwister seit Ewigkeiten verfeindet sind.«

»Sie kennen die Familie Meiner also von früher?«, fragte der Hauptkommissar unschuldig.

»Die Meiner-Kinder waren auf einer anderen Schule, aber in den Ferien und im Erwachsenenalter ist man sich natürlich über den Weg gelaufen. Allerdings nicht sehr oft. Ich habe mich für ein Leben entschieden, in dem es keinen Platz für wilde Partys gibt. Das heißt aber nicht, dass ich hinterm Mond lebe. Am Ende ist die Welt eben doch ein Dorf.«

Sie räusperte sich, das Thema war ihr sichtlich unangenehm. Dann fragte sie höflich, aber mit einem vielsagenden Blick auf die Uhr: »Nun, warum sind Sie hier?«

Der Hauptkommissar betrachtete die Frau ihm gegenüber genau. Sie schien sich sehr unwohl in der Gegenwart der Polizisten zu fühlen, fast so, als hätte sie ein schlechtes Gewissen. »Wir befragen die Nachbarn, versuchen herauszufinden, was sich gestern Morgen ereignet hat. Sie wissen von der Flasche mit dem Gift?«

»Wie könnte ich das nicht wissen? Riccarda Meiner hat es ja nicht erwarten können, das publik zu machen. Es lief auf allen Sendern, die rührende Ansprache über den Lieblingscousin.« Sie lachte heiser auf. »Die tödliche Heilige ist zurück«, fügte sie zynisch an.

»Haben Sie etwas gesehen?«, überging Stutter ihren Kommentar.

»Würden Sie es mir glauben, wenn ich sage, dass ich Riccarda beobachtet habe, wie sie die Flasche vor der eigenen Haustür deponiert hat?«

»War es denn so?«, antwortete er mit einer Gegenfrage und spürte Ankes Unschlüssigkeit.

Schließlich veränderte sich ihre ganze Haltung, die Muskulatur entspannte, die Gesichtszüge wurden weicher wie bei jemandem, der beim Seilziehen das Ende losließ und aufgab. »Nein, ich habe sie nicht gesehen«, gab sie müde zu. »Aber ich würde es ihr dennoch zutrauen. War es das?«

»Eigentlich hätten wir noch ein paar Fragen zu Ihrem Mann«, erklärte der Beamte unvermittelt.

Augenscheinlich hatte er Anke Seiler überrumpelt, denn das erste Mal reagierte sie unfreundlich. »Wieso?«, blaffte sie.

»Ihr Mann war Opfer eines Verbrechens. Mir liegen die Opfer am Herzen, ich möchte sie besser kennen, verstehen, das hilft mir beim Lösen der Fälle. Und da Riccarda Meiner aktuell eine Verdächtige ist ...« Er brach ab, als er bemerkte, dass sie das Wort »Verdächtige« besänftigte.

»Ach so«, lenkte sie fahrig ein. »Dann sollten Sie am besten mit Hedwig sprechen. Hedwig Ächter, unsere Pfarrerin. Sie hat mit meinem Mann zusammengearbeitet. Sie kann Ihnen da sicher weiterhelfen.«

Im nächsten Augenblick griff sie zum Hörer, wählte und sagte höflich, aber bestimmt: »Hedwig, ich schicke dir zwei Beamte von der Polizei rüber. Sie möchten mit dir über Kuno sprechen.« Ohne auf eine Antwort zu warten, legte sie wieder auf.

»Hedwig ist drüben im Gemeindehaus, kommen Sie, ich zeige Ihnen den Weg.«

Die Steinplatten wurden links und rechts von Sträuchern und Bäumen flankiert. Außerdem gab es immer wieder große Tontöpfe, die man mit bunten Blumen bepflanzt hatte.

»Die Pflege dieser Anlage muss ein Vermögen kosten«, bemerkte Stutter, als die Beamten alleine Richtung Gemeindehaus gingen.

»Mich interessiert eigentlich mehr, seit wann wir Riccarda Meiner offiziell als Verdächtige bezeichnen«, erwiderte Jasmin.

»Es war ein Versöhnungsangebot an Anke Seiler. Allerdings solltest du dich eher dafür interessieren, warum uns die Witwe zu einer Mitarbeiterin schickt, anstatt selbst von ihrem toten Mann zu erzählen.«

»Vielleicht fällt es ihr schwer, über ihn zu sprechen.«

»Sicher, Trauer lässt Menschen anfangs schweigen, aber sieben Jahre später? Wäre es nicht normal, dass sie Fotoalben herauskramt, uns Geschichten über seine Großmut und seine liebevolle Art auftischt? So was eben.«

Jasmin verzog das Gesicht. »Du bist echt ein Romantiker. Womöglich hat Anke Seiler in den letzten Jahren genug über ihren ach so fantastischen Mann erzählt und gehört und will einfach endlich abschließen. Und wer weiß, vielleicht war er auch gar nicht so wundervoll.«

»Eben«, gab Stutter zufrieden zurück.

Seine Kollegin konnte ihm nicht mehr antworten, denn Hedwig Ächter kam ihnen bereits winkend entgegen.

Die grauste Maus der Welt, dachte Jasmin augenblicklich und fragte sich, ob sie selbst in einem schwarzen Talar auch so unvorteilhaft ausgesehen hätte.

»Anke hat Sie mir schon angekündigt«, begrüßte sie die Beamten überschwänglich.

KAPITEL ZWÖLF

Trisha Wahl hatte sich nicht die Zeit für Make-up oder die perfekte Kleiderauswahl genommen. Sie war einfach losgestürmt. Der Anruf hatte sie aus der Bahn geworfen. An die Fahrt zu Benita und Xaver Meiners Villa konnte sie sich, als sie nun hupend vor dem Tor stand, nicht mehr erinnern. Das eiserne Ungetüm zog sich viel zu langsam zurück. Ihre Fingerspitzen hämmerten auf das Lenkrad, ihr Herz raste und noch immer gelang es ihr nicht, einen vernünftigen Gedanken zu fassen. Ungeduldig, wie sie war, quetschte sie ihren Wagen durch die Einfahrt, sobald die Lücke groß genug erschien. Der Kies unter den Reifen knirschte und als sie direkt vor dem Wohnhaus abbremste, spritzte er zur Seite wie das Wasser einer durchfahrenen Pfütze.

Sie riss die Autotür auf, nahm sich nicht einmal mehr die Zeit, sie wieder zu schließen, und rannte zum Eingang.

Benita kam ihr entgegen, frisch geduscht, ihr Haar hing ihr feucht über die Schulter, trotzdem hatte sie sich bereits geschminkt und wirkte in ihrem eng anliegenden Freizeitoutfit so, als wäre sie gerade mitten in einem Fotoshooting für ein Sportmagazin.

»Trisha«, rief sie überrascht aus, »die Haushälterin sagte, du wolltest mich …«

Sie konnte den Satz nicht mehr beenden, denn im nächsten Moment schlug ihr Trisha mit der flachen Hand mitten ins Gesicht. Das Klatschen der Ohrfeige durchbrach die Stille, die sonst hinter den unüberwindbaren Mauern des Anwesens herrschte, wie der Einschlag eines Geschosses.

»Spinnst du?«, entfuhr es Benita, die völlig perplex ihre Hand zur eigenen Wange führte.

»Du hinterhältige Schlampe«, brach es aus Trisha heraus, die sich nun rasend vor Zorn Benita näherte.

Diese schrie auf, als sie ein Faustschlag im Magen traf.

»Du Miststück, du Hure«, schrie ihre Gegnerin außer sich. »Meine Freundin willst du sein und vögelst jahrelang meinen Ehemann!« Ihre Stimme war schrill und laut genug, um die Angestellten neugierig zu machen.

»Was redest du denn da?«, keuchte Benita, die verzweifelt versuchte, die Situation unter Kontrolle zu bekommen.

»Jetzt streitest du auch noch alles ab«, brüllte Trisha und holte zum nächsten Schlag aus, aber dieses Mal kam ihr Benita zuvor. Sie warf sich auf die andere Frau und beide stürzten zu Boden.

Die Haushälterin, mit der Situation überfordert, wählte den Notruf, während Trisha ihrer Widersacherin ein Büschel Haare herausriss.

»Wie konntest du das tun? Das wirst du mir büßen«, zischte sie, bereit weiterzukämpfen.

Benita versuchte nicht mehr, die andere mit Worten zur Vernunft zu bringen. Sie besann sich ihrer körperlichen Fitness und setzte zur Gegenwehr an. Am Ende saß sie auf Trisha, hatte ihr die Hände um den Hals gelegt und drückte mit aller Kraft zu.

Sie verspürte kein schlechtes Gewissen. Trisha war doch selbst schuld. Holger war nie ein Mann für nur eine Frau gewesen, so einen heiratete man nicht. Sie fühlte den Kehlkopf der anderen unter ihren Daumen und das Gefühl, Macht über Leben und Tod zu haben.

Trisha ruderte mit den Armen, hob und senkte den Oberkörper wie ein störrisches Pferd. Benita jedoch saß auf ihr und presste mit der Kraft einer Würgeschlange die Beine gegen die Seiten ihrer Gegnerin, so als wollte sie ihr vor dem Verschlingen erst alle Knochen brechen.

Auch das Flackern von Trishas Lidern, das eine drohende Ohnmacht ankündigte, ließ sie nicht aufhören. Sie wollte es tun, es hier und jetzt zu Ende bringen; die andere mit bloßen Händen töten. Der Gärtner und sein Gehilfe waren notwendig, sie von Trisha zu lösen. Die Männer mussten sich dafür wüste Beschimpfungen anhören.

Glücklicherweise traf kurz darauf ein Streifenwagen ein, der ganz in der Nähe gewesen war. Den Beamten gelang es, die Situation unter Kontrolle zu bekommen. Einer der Polizisten brachte Benita ins Haus, der andere kümmerte sich um Trisha und rief den Notarzt. Danach gab er an die Zentrale durch, was gerade geschehen war. »Erzählt es dem Hürtgen von der Mordkommission«, fügte er noch an. »Den könnte das interessieren.«

Kaum hatte er das Gespräch beendet, fuhr eine schwarze Limousine auf das Grundstück. Der Beamte, bedacht darauf, dass kein Unbefugter, insbesondere jemand von der Presse, das Gelände betrat, stellte sich dem Fahrzeug in den Weg.

Die Scheibe glitt nach unten und das gerötete Gesicht

von Xaver Meiner erschien. »Was ist hier los?«, rief er aufgeregt. »Ich bin der Hausherr, ich will sofort wissen, was hier vor sich geht.«

* * *

Hedwig Ächter machte auf Jasmin Nau keinen besonders sympathischen Eindruck. Die Oberkommissarin erinnerte sich an Stutters Worte über Menschen, die man mochte oder eben nicht, und versuchte zu ergründen, warum sie im Fall der Pfarrerin so empfand, konnte es sich jedoch nicht erklären.

»Bitte treten Sie ein, ich führe Sie herum«, forderte Hedwig die Beamten freundlich auf, sich das Gemeindehaus anzusehen. »Wir haben gerade erst die Renovierungsarbeiten abgeschlossen.«

In der Tat glaubte Jasmin, den Geruch von Farbe wahrzunehmen.

»Da gab es sicher viel zu tun«, begann Stutter ein unverfängliches Gespräch.

»Oh ja«, erwiderte die Frau, offenbar erfreut, dass sich jemand für ihre Belange interessierte. »Wir mussten in den Konferenzraum ausweichen, um unsere Gottesdienste abzuhalten, der Gebetsraum stand den Gläubigen in dieser Zeit nur begrenzt zur Verfügung.«

Stutters Blick streifte die leeren Bankreihen, die Pfarrerin bemerkte das und erklärte eifrig: »Unsere Gemeindemitglieder sind alle viel beschäftigt, während der Abendstunden ist mehr los.«

Der Hauptkommissar nickte verständnisvoll, bezweifelte das aber stark. »Wo geht es dort hin?«, fragte er mit der Neugier eines unschuldigen Kindes und deutete auf eine versteckte Tür.

Hedwig Ächter antwortete ohne Argwohn. »Dahinter liegen die Büroräume der Stiftung, möchten Sie sie sehen?«

»Gerne«, gab er unumwunden zu.

Eigentlich hatte er ein kleines, verstaubtes Büro mit maximal einem vorsintflutlichen Computer erwartet, wurde jedoch schnell eines Besseren belehrt. Hinter der schlichten Außenfassade des Gemeindehauses verbargen sich hochmoderne Arbeitsplätze, an denen gerade mehr als zwanzig Angestellte in einem Großraumbüro Dienst taten. Sie saßen mit unbeweglichen Mienen vor ihren Bildschirmen, Headsets am Ohr und die Finger auf der Tastatur. Das Klackern, das dabei entstand, erinnerte an eine Gruppe Stepptänzer, die eine Choreografie auf poliertem Boden vorführte.

Hedwig Ächter schritt voran und die Beamten folgten ihr, ohne dass einer der Angestellten von ihnen Notiz nahm. Jasmin fand das unheimlich, so als würde sie durch einen Raum mit künstlichen Wesen geführt. Am anderen Ende befand sich der Konferenzraum. Offensichtlich nahm Hedwig an, ihre Begleiter wollten den sehen. Auch er hatte gewaltige Ausmaße. Danach lotste sie Hedwig an einer Reihe Bürotüren vorbei. Dezente Schilder deuteten an, was dahinter geschah. Jasmin schnappte Begriffe auf wie »Finanzen«, »Steuern«, »Ausland«, »Controlling«, »Personal«.

Über eine breite Treppe gelangten sie in den Eingangsbereich des Bürogebäudes. »Eigentlich hätten wir hier mit der Führung beginnen müssen«, meinte die Geistliche lachend. »Unsere Mitglieder betreten das Gebetshaus natürlich nicht durch den Privatgarten der Seilers, sondern über diesen Zugang.«

Ihr Finger wanderte in die Höhe. »Oben sind die

Büros und dort hinten geht es auf direktem Weg zurück zu unserem Gebetsraum.«

»Aber Sie nennen den ganzen Komplex Gemeindehaus«, hakte Jasmin nach, während sie Hedwig über einen breiten Gang folgten.

»Ja, weil letzten Endes alles, was wir hier tun, unserer Gemeinde dient.«

»Und was tun Sie hier genau?«, fragte Stutter freundlich.

Wie durch Zauberhand erschien plötzlich ein Hochglanzprospekt vor seiner Nase.

»Bitte«, erwiderte Hedwig stolz, »das sind die guten Taten unserer Stiftung. Projekte und Spendenaktionen, um die Welt ein kleines bisschen besser zu machen. Wir tragen viel Verantwortung, das fordert Personal und natürlich auch eine entsprechende Einrichtung.«

Stutter blätterte die Seiten durch. Nichtssagende Plattitüden über den Segen, ein Wohltäter zu sein.

»Das hört sich wunderbar an, wie könnte ich der Gemeinde beitreten?«, gab er sich jedoch begeistert.

Sie waren bereits wieder im Gebetsraum angelangt und das Licht brach sich in einem großen Mosaikfenster, das eine biblische Szene darstellte. Jasmin erkannte, dass es sich um die Vertreibung aus dem Paradies handelte.

Hedwig Ächter zögerte mit der Antwort. »Nun ja, wir sind ein überschaubarer Kreis. Ein Beitritt bringt Verpflichtungen mit sich, sollte deshalb wohlüberlegt sein. Wir sehen uns ganz im Dienste der Armen und Hilflosen, sind für unsere Arbeit natürlich auf Spenden angewiesen.« Sie stockte, wurde dann noch deutlicher: »Großzügige Spenden.«

»Die das Gehalt eines einfachen Hauptkommissars nicht hergibt«, wurde Stutter ebenfalls direkt.

Hedwig errötete. »Uns ist jeder willkommen, ich kann Ihren Antrag gerne weiterleiten.«

»An wen?«, ließ Stutter nicht locker und jetzt wurde die Geistliche richtig verlegen.

Trotzdem antwortete sie: »Frau Seiler und ihre Berater. Es obliegt der Familie Seiler, das zu entscheiden«, sagte sie schließlich mit fester Stimme.

»Und zuvor war das Kuno Seilers Aufgabe«, kam der Hauptkommissar nun auf den Grund seines Hierseins zu sprechen. »Wie war der Mann so? Sie kannten ihn vermutlich ziemlich gut.«

»Oh ja«, sagte sie voller Ehrfurcht. »Ich hatte gerade mein Jurastudium beendet, da sprach mich Herr Seiler an. Er fragte, ob ich ihm nicht bei den Gottesdiensten zur Hand gehen wolle, um vielleicht später in seine Fußstapfen zu treten. Meine Familie ist schon seit vielen Jahren Mitglied in der Gemeinde. Mein Vater hat mehrere Baufirmen, die werden heute von meinen Brüdern geleitet. Jedenfalls war ich ein wenig verloren und da wies mir Gott den Weg. Herr Seiler hat mich ausgebildet.« Tränen stiegen ihr in die Augen. »Natürlich sollte ich erst in ein paar Jahren sein Amt übernehmen, wenn er sich zur Ruhe setzen würde.« Tatsächlich schluchzte sie leise, griff zu einem Taschentuch und tupfte sich das Gesicht ab. »Er war der beste Mensch, den ich je gekannt habe, und diese teuflische Person hat ihn mir …« Sie verbesserte sich schnell: »… hat ihn uns genommen.«

Sie deutete zu einem der Wandgemälde. Darauf war ein kopfloser Mann abgebildet, dessen Schädel neben ihm auf dem Boden lag.

Hedwig erklärte: »Das ist der heilige Dionysius. Ein Märtyrer, der wegen seines Glaubens starb, so wie Kuno

Seiler. Herr Seiler hat immer an das Gute im Menschen geglaubt und das hat ihn letzten Endes das Leben gekostet.«

* * *

Die Beamten hatten sich von Hedwig Ächter verabschiedet und waren gerade in ihren Wagen gestiegen, als sie die Nachricht vom Streit zwischen Benita Meiner und Trisha Wahl erreichte.

Hürtgen befand sich bereits vor Ort und sprach mit Benita. Hauptkommissar Stutter und Oberkommissarin Nau übernahmen es, in die Klinik zu fahren, um Trisha zu befragen.

Man hatte die Witwe von Holger Wahl in einem Einzelzimmer untergebracht. Die Jalousien waren halb geschlossen, eine Krankenschwester teilte ihnen mit, dass man der Frau ein leichtes Beruhigungsmittel gegeben hatte.

Trisha lag bleich auf den Kissen und starrte die Decke an. Sie sah kaum auf, als die Beamten ihr Zimmer betraten, murmelte jedoch: »Ich bin so dumm, so schrecklich dumm.«

Stutter zog sich einen Stuhl heran und schwieg.

Trisha liefen nun Tränen über die Wangen. »Ich habe Holger wirklich geliebt, vom ersten Augenblick an. Aber ich hätte gewarnt sein müssen. Männer, die sich mit Riccarda einlassen, sind kaputt.« Sie angelte, ohne hinzusehen, nach einem Päckchen Taschentücher auf ihrem Nachttisch, erst dann richtete sie sich auf. »Das galt auch für Holger, ich habe es nur nicht wahrhaben wollen.«

Das erste Mal blickte sie Stutter an. »Ich habe Ihnen nicht die Wahrheit gesagt. Sie hatten recht, er neigte zu komischen Vorlieben im Bett.« Sie kämpfte um Fassung. »Ich habe das immer ignoriert, mir war es unangenehm. Vielleicht lag das an meiner Erziehung und diesem furchtbaren Internat, in dem sie uns nur von Schmutz und Sünde erzählt haben. Wir sollten alle zu Heiligen erzogen werden. Jedenfalls ...« Sie schnäuzte sich geräuschvoll. »... konnte ich mit seinen Wünschen nichts anfangen. Vermutlich hat er sich deshalb nach anderen Frauen umgesehen. Irgendwie ahnte ich es, aber Benita, ausgerechnet meine Freundin ...«

Jasmin hätte an dieser Stelle gerne darauf hingewiesen, dass Trisha wiederum diejenige gewesen war, die sozusagen Riccarda den Freund ausgespannt hatte, aber natürlich schwieg sie.

»Wie haben Sie von der Affäre erfahren?«, fragte Stutter interessiert, auch wenn er glaubte, die Antwort zu kennen.

»Riccarda.« Sie schluchzte. »Sie hat mich angerufen. Angeblich, um Frieden mit mir zu schließen. Hielt es deshalb für nötig, zu gestehen, dass Holger in jener Nacht, in der er bei ihr war, mit ihr geschlafen hat. Noch bevor ich drauf reagieren konnte, sagte sie: ›Aber ihr habt ja sowieso eine offene Ehe geführt. Sonst hättest du sein Verhältnis mit Benita doch niemals toleriert, noch dazu über eine so lange Zeit.‹« Sie äffte nun Riccardas Stimme nach: »›Du wusstest doch davon, oder? Die gemeinsamen Ausritte, die Stelldicheins auf dem Heuboden.‹«

»Sie haben ihr einfach so geglaubt?«, stellte Jasmin überrascht eine Zwischenfrage.

Trisha blickte die Oberkommissarin verzweifelt an. »Ich habe die ganze Zeit gespürt, dass etwas nicht stimmt, nicht zusammenpasst. Es war, als hätte Riccarda mir eine Augenbinde vom Kopf gerissen. Alles ergab plötzlich einen Sinn. Ich wusste einfach, dass sie die Wahrheit sagt, und dann bin ich ausgerastet.«

»Und wieso kennt Riccarda Meiner die Wahrheit?«

»Weil Holger sie ihr in besagter Nacht erzählt hat.« Trisha tupfte sich übers Gesicht. »Ich sehe schrecklich aus, nicht wahr?«

Die beiden Beamten verneinten pflichtschuldig, obwohl die Frau im Bett einen jämmerlichen Eindruck machte.

»Was wird denn jetzt?«, fragte sie besorgt.

»Sieht so aus, als würde Benita Meiner keine Anzeige erstatten. Sie sollten sich mit Ihrer Anwältin beraten«, antwortete ihr Stutter, während er sich fragte, wie weit Trisha heute gegangen wäre, wenn sich Benita Meiner nicht hätte zur Wehr setzen können.

* * *

Benita Meiner hatte wutentbrannt die Angestellten nach Hause geschickt. Jetzt kühlte sie mit einer Kältekompresse ihre Wange und gönnte sich gegen jede Gewohnheit vor dem Abend ein Glas Weißwein. Die zusätzlichen Kalorien würde sie am nächsten Tag beim Joggen abtrainieren.

Die Polizei war endlich gegangen und das Haus ruhig. Xaver hatte sich in sein Arbeitszimmer verzogen, nachdem ihm die Beamten einen kurzen Überblick über die Situation gegeben hatten. Unsicher hatte er sie angesehen und war dann ohne ein Wort verschwunden.

Als er nun plötzlich hinter ihr in der Küche auftauchte, dachte sie noch über die richtige Strategie nach. Vermutlich würde sie bis zum Äußersten gehen müssen, was Sex mit ihrem Mann bedeutete.

Sie spürte, dass er hinter ihr stand, drehte sich aber nicht um, sondern sagte nur: »Du glaubst doch diesen Schwachsinn nicht, oder?«

Xaver schwieg, betrachtete ihre aufrechte Haltung, den festen Hintern, die fein definierten Oberarme, an denen Trisha rote Abdrücke hinterlassen hatte.

»Warum sollte ich das nicht glauben?«, fragte er in ungewöhnlich beherrschtem Tonfall, was sie alarmierte. Benita drehte sich um und er sagte: »Weil ich schwachsinnig bin, ein dicker, dummer Mann, eine Witzfigur?«

»Was redest du denn da?« Sie eilte auf ihn zu, spielte die liebevolle Gattin.

Er hatte immer schon gewusst, dass ihre Zuneigung gespielt war, aber heute schmerzte es ihn besonders.

Ihre Hände fühlten sich kalt an und er wich vor ihr zurück.

»Du kennst doch Trisha, die fantasiert sich irgendetwas zusammen, vermutlich trinkt sie und ist einfach durchgedreht.«

Aber Xaver lenkte nicht ein, stattdessen fragte er: »Wie lange ging das zwischen dir und Holger?«

»Rede keinen Unsinn«, winkte sie ab.

»Wie lange?«, brüllte er plötzlich und kam bedrohlich auf sie zu. »Und hör auf mich zu belügen. Ich weiß, dass es stimmt.«

»Ach und woher willst du das wissen?«

»Riccarda hat es mir gesagt«, schleuderte er ihr entgegen.

Benita stockte und begann dann herzhaft zu lachen. Dabei warf sie den Kopf in den Nacken und er sah, wie sich die Sehnen am Hals anspannten. »Riccarda sagt es, na dann muss es ja die Wahrheit sein. Bist du wirklich so ein Narr?«

»Offensichtlich«, entgegnete Xaver kalt, »doch das ist jetzt vorbei. Riccarda ist die Pest und wäre sie gestern Nacht gestorben, dann hätte ich auf ihrem Grab getanzt, doch sie ist auch meine Schwester. Ich erkenne vielleicht nicht immer, wenn sie mich anlügt, aber heute habe ich ihr angesehen, dass sie alle Trümpfe in der Hand hält. Sagen wir einfach, sie ist besonders fies, wenn sie die Wahrheit sagt. Und bei Gott«, fuhr er wütend fort, »wäre mir Trisha nicht zuvorgekommen, hätte ich dir eigenhändig den Hals umgedreht.«

Plötzlich verlor Benita ihre Überheblichkeit. Xavers Haltung beunruhigte sie. Er meinte es offenbar ernst und Leugnen würde ihn nur noch wütender machen.

»Es hat mir nichts bedeutet«, gab sie deshalb kleinlaut zu, sah schuldbewusst zu Boden und hörte ihn keuchen. »Es ist einfach passiert, ich war so einsam, du hattest so viel zu tun, ich wusste nicht ...«

Noch bevor sie den Satz zu Ende sprechen konnte, flog dicht an ihrem Kopf die Weinflasche vorbei und zerschlug an der Wand.

»Du wagst es, mir die Schuld zu geben?«, rief er außer sich. »Noch ein Wort aus deinem verlogenen Mund und ich schwöre, ich bringe dich um.« Er holte Luft. »Geh, packe deinen Kram und verschwinde. Ich will die Scheidung.«

Sie lachte auf. »Und was dann?« Ihre Angst wurde von der Wut vertrieben. »Was dann?«, wiederholte sie gehässig. »Du zahlst mich aus und versuchst alleine mit Riccarda fertigzuwerden? Viel Glück, mein Lieber. Sie wird dich vernichten, denn du bist ihr nicht gewachsen. Deshalb hast du mich geheiratet, du brauchst mich.« Sie streckte ihren langen Zeigefinger aus und stach ihm damit auf die Brust. »Du wirst das ohne mich nicht hinbekommen. Das Konto in Panama, deine Panikattacken vor großen Entscheidungen, wie soll das künftig laufen? Und eines kann ich dir versprechen: Sind wir erst einmal geschieden, interessieren mich deine Bedürfnisse nicht mehr. Dann habe ich kein Problem damit, die Seiten zu wechseln, und glaube mir ...« Sie warf ihm einen boshaften Blick zu. »... mich willst du nicht als Gegnerin haben.«

Sie sah an seinem Gesichtsausdruck, dass sie den richtigen Weg eingeschlagen hatte. Xaver war dabei einzuknicken.

»Ja, gut, ich hatte diese bescheuerte Affäre. Ich bereue es und es hat mir nichts bedeutet. Es war nur Sex, schlechter Sex, und egal, was du glaubst, ich fühlte mich einsam.« Jetzt gelang es ihr sogar, Tränen fließen zu lassen. »Du denkst, dass ich stark bin, aber ich habe auch Bedürfnisse und sehne mich nach Zuneigung. Holger hat das ausgenutzt. Er wusste, wie sehr du in der Firma eingespannt warst. Holger war ein Schwein, er hat mich in einem schwachen Moment verführt und mir dann keine andere Wahl gelassen. Ich schwöre dir, ich wollte dich niemals verletzen. Aber ich wusste nicht, wie ich es beenden konnte, er drohte mir, dir alles zu sagen.«

»Und wie hast du es schließlich geschafft?«, reagierte ihr Mann skeptisch, dennoch merkte man ihm an, dass er bereit war ihr zu glauben.

»Ich habe ihm gedroht, es dir selbst zu erzählen und die Konsequenzen in Kauf zu nehmen. Was für ihn die Kündigung bedeutet hätte. So konnte ich es beenden. Trotzdem habe ich mich schlecht gefühlt.« Theatralisch riss sie die Arme hoch und rief: »Eigentlich bin ich ganz froh, dass es nun ausgesprochen ist. Ich hasse es, dich belügen zu müssen.« Dann seufzte sie leise, schlich wie ein geprügelter Hund zur Tür und flüsterte: »Ich werde meine Koffer packen.«

Als sie die Treppe erreichte, hielt Xaver sie auf. »Benita, warte.«

Ihr breites, zufriedenes Grinsen konnte er nicht sehen. Sie hatte es noch einmal geschafft, aber Trisha und Riccarda würden dafür büßen.

* * *

Am nächsten Morgen

Hauptkommissar Stutter hatte sich mit Riccarda Meiner in Verbindung gesetzt. Dazu befragt, woher sie von der Affäre zwischen Holger Wahl und Benita Meiner wusste, antwortete sie lapidar: »Er hat es mir erzählt, er hat mir noch nie etwas vormachen können.«

»Gab es noch weitere Geheimnisse, die Sie ihm entlocken konnten?«, tastete sich der Beamte weiter vor. »Vielleicht eine andere Geliebte nach Benita Meiner?«

Die Beamten fahndeten immer noch nach der Unbekannten, mit der Holger Wahl seinen sexuellen Vorlieben nachgegangen war.

Riccarda Meiner zeigte sich jedoch unkooperativ. »Möglich«, antwortete sie gelassen.

»Sie sollten der Polizei keine Informationen vorenthalten«, warnte sie Stutter.

Aber Riccarda lachte nur. »Was wollen Sie tun, mich in Beugehaft nehmen?«

»Ihr Vorgehen ist gefährlich. Überlassen Sie es der

Polizei, die Wahrheit herauszufinden«, versuchte es der Hauptkommissar auf einem anderen Weg.

»Das hat für mich in der Vergangenheit nicht so gut funktioniert«, war ihre abweisende Antwort gewesen.

»Was will sie denn damit erreichen?«, fragte Jasmin ihren Kollegen nach dem Gespräch.

Stutter runzelte die Stirn. »Zwei Möglichkeiten«, sagte er schließlich. »Entweder sie veranstaltet absichtlich ein heilloses Durcheinander, damit wir abgelenkt werden, oder aber sie sagt tatsächlich die Wahrheit, ist unschuldig und verfolgt eine sehr alte Strategie.«

»Die da wäre?«, bohrte Jasmin weiter.

»Sie hetzt ihre Feinde gegeneinander auf«, antwortete der Hauptkommissar mit einem Seufzer. »Gleichzeitig macht sie sie nervös, in der Hoffnung, dass einer einen Fehler begeht, sich dadurch verrät oder auspackt.« Er grinste. »Wir arbeiten schon seit Jahren so«, fügte er an.

»Und was denkst du wirklich?«, überging Jasmin seinen Scherz. »Ist sie schuldig oder unschuldig?«

Er gab ihr nicht sofort Antwort, überlegte und erwiderte unzufrieden: »Ich weiß es nicht.«

Im Laufe des Tages konzentrierte sich das Team um Hauptkommissar Hürtgen weiter darauf, die Nachbarschaft von Riccarda Meiner zu befragen, leider ohne Erfolg. Außerdem wurde die Stiftung der Seilers genauer durchleuchtet, soweit das überhaupt möglich war.

Ein Kollege vom Dezernat für Wirtschaftskriminalität hielt ihnen einen kleinen Vortrag über Schachtelfirmen, legale Möglichkeiten, Gelder ins Ausland zu transferieren, Anonymität durch bestimmte Firmenkonstrukte und Schwarzgeldkonten.

Nachdem der Mann gegangen war, fasste Hauptkommissar Hürtgen das eben Gehörte zusammen: »Mit was haben wir es nun zu tun? Einem christlichen Verein von großzügigen Wohltätern, die sich in einem Netzwerk organisiert haben, oder mit einer Gruppe von Steuerhinterziehern und Geldwäschern, die ihre Kirche nur als Fassade benutzen?«

»Für Letzteres gibt es keinerlei Beweise«, warf Jasmin Nau ein. »Diese Gemeinde existiert schon mehrere Jahrzehnte. Illegale Aktivitäten wären doch irgendwann jemandem aufgefallen.«

»Nicht unbedingt«, erwiderte Hürtgen. »Wenn die immer schön unter dem Radar bleiben. Ohne den Mord an Kuno Seiler wüssten wir doch gar nichts von denen.«

»Eine kriminelle Organisation«, überlegte Stutter laut. »Kuno Seiler wäre dann so etwas wie der Anführer gewesen. Somit gäbe es sicher eine Reihe von potenziellen Verdächtigen, die ein Motiv hätten, den Mann zu ermorden.«

»Wäre es aber nicht ziemlich kompliziert gewesen, es dann Riccarda Meiner in die Schuhe zu schieben?«, zweifelte der Münchner Kollege. »Niemand hätte vorhersehen können, dass die Dame genau an diesem Abend ein Blackout hat und sich als Sündenbock eignet.«

»Außer, es hätte jemand nachgeholfen«, schlug Stutter vor.

»Du denkst, da steckt noch jemand mit drin?«, folgerte Jasmin.

»Anders würde es nicht funktionieren«, antwortete der Hauptkommissar nachdenklich und begann zu spekulieren. »Wir haben einen ehrgeizigen Verlobten, einen eifersüchtigen Bruder und dessen Frau. Sie kennen Riccardas Gewohnheiten. Vielleicht hat ihr einer der drei eine entsprechend hohe Menge Alkohol in ihren Cocktail gemischt. Vielleicht war das auch gar nicht nötig, weil sie sich freiwillig abgeschossen hat. Dann hätte man nur abwarten müssen. Nach dem Ende der Party wird alles nett arrangiert und Riccarda verhaftet.«

»Zwei Fliegen mit einer Klappe«, ergänzte Hürtgen, dem sichtlich unwohl war bei dem Gedanken, das damals eventuell übersehen zu haben. »Würde erklären, warum jetzt einige sterben müssen. Die Haushälterin und Holger Wahl könnten mögliche Zeugen oder Mitverschwörer gewesen sein, aber wieso die Reitlehrerin?«

»Vielleicht nahm man an, sie hätte etwas aufgeschnappt. Außerdem tauchen wir auf und stellen Nachforschungen an. Also gerät irgendwer in Panik. Es ist sicher allgemein bekannt, dass die alte Frau dort alleine gelebt hat und leichtsinnig war, was ihre eigene Sicherheit betraf.«

»Wenn es sich so verhält, dann stellt sich aber die Frage, wer Kuno Seiler umgebracht hat.«

»Seine Frau, die einfachste Lösung«, antwortete Stutter sofort. »Sie hat nach dem Tod des Ehemannes die Leitung der Stiftung übernommen.«

Hürtgen schüttelte den Kopf. »Die hatte immer schon das Sagen.« Er kramte in seinen Unterlagen, suchte dann in den Dateien auf seinem Computer. »Hier haben wir es. Der Vater von Anke Seiler hat zu Lebzeiten festgelegt, dass die Tochter abgesichert ist. Kuno Seiler hätte zum Beispiel bei einer Scheidung nichts bekommen. Wenn überhaupt, dann hätte Kuno seine Frau umbringen müssen. Er war immer nur pro forma der Leiter der Gemeinde, Anke Seiler jedoch der Boss und damit fehlt ihr das Motiv. Und berücksichtigt man dann noch, dass die beiden laut Zeugenaussagen eine glückliche Ehe geführt haben, fällt sie als Verdächtige aus.«

Jasmin prustete laut. »Niemand weiß, wie glücklich eine Ehe wirklich ist. Das kann ich aus eigener Erfahrung bezeugen.«

»Vielleicht hatte ein anderes Mitglied der Gemeinde ein Motiv«, ließ Stutter nicht locker. »Wir sollten das jedenfalls nicht ausschließen. Was ist zum Beispiel mit der Nachfolgerin von Kuno Seiler?«

»Hedwig Ächter«, brummte Hürtgen und durchforstete erneut die Fallakten. »Geld spielt bei der jedenfalls keine Rolle. Reiche Erbin, ich glaube nicht, dass die auf den Posten scharf gewesen ist«, sagte er überzeugt.

»Gut möglich, dass sie auf etwas anderes scharf gewesen ist«, erwiderte Jasmin schmunzelnd. »Sie schien ihren Vorgänger sehr gemocht zu haben. Vielleicht ein Streit unter Liebenden oder eine Reaktion auf Zurückweisung. Sie verbündet sich mit einer Gleichgesinnten, zum Beispiel Trisha Wahl.« Ihre Augen begannen zu funkeln. »Hedwig Ächter beseitigt den Mann, der sie verschmäht. Nach dem Motto: Wenn ich ihn nicht kriege, dann keine. Und Trisha Wahl entledigt sich gleichzeitig der ungeliebten Riccarda, um an Holger heranzukommen.« Ihre Euphorie verschwand. »Aber irgendwie klingt das unglaubhaft.«

»Ja«, gab ihr Stutter recht, »doch das heißt nicht, dass es unmöglich wäre. Und wenn ich an die ganzen Inszenierungen denke: die Äste bei Holger Wahl, der Holunderzweig bei Alex Turner und der Regenwurm in dem Giftcocktail, dann habe ich immer mehr das Gefühl, dass uns da jemand an der Nase herumführen will.«

* * *

Trisha Wahl beobachtete sich selbst. Es war, als hätte ihr Geist den Körper verlassen und würde nun aus sicherer Entfernung auf einer Zuschauertribüne sitzen. Sie sah, wie sie einen winzigen Revolver aus der Tasche zog, damit auf Holger zielte und dann abdrückte. Wieder und wieder. Jedoch entstand dabei nicht der erwartete Knall, sondern ein angenehmer Brummton. Trisha kannte dieses Geräusch und plötzlich verließ sie den dunklen Ort, blinzelte und öffnete die Augen. Sie lag auf der Couch und erwachte gerade aus einem Albtraum. Holger war fort und auch der Revolver, aber der Brummton dauerte an. Langsam wurde ihr bewusst, dass jemand den Klingelknopf drückte. Vorsichtig richtete sie sich auf. Ihr Kopf schmerzte. In der Klinik hatte man ihr geraten, wegen der verabreichten Beruhigungsmittel keinen Alkohol zu trinken, etwas, das sie geflissentlich ignoriert und für das sie jetzt den Preis zu zahlen hatte.

»Ich komme schon«, rief sie verärgert und griff zum Hörer der Gegensprechanlage.

»Ja?«, blaffte Trisha.

»Es geht um Holger, es ist wichtig, mach auf«, hörte sie eine Stimme am anderen Ende der Leitung.

Trisha, benebelt von Rauschmitteln, der Trauer und dem Schock, erkannte nur, dass eine Frau mit ihr sprach, eine, die ihr nicht fremd schien. Etwas, das durch die vertrauliche Anrede noch bestätigt wurde. Automatisch rechnete sie mit Riccarda oder Benita. Sofort stieg Wut in ihr auf und sie war bereit für einen erneuten Kampf, welcher Art auch immer der sein würde. Ohne weitere Fragen zu stellen, berührten ihre Finger den Türöffner.

Sie würde sich nichts mehr gefallen lassen, diese Zeiten waren endgültig vorbei.

Mit in die Hüften gestemmten Fäusten wartete sie auf ihren späten Gast. Sie hatte eine Ahnung gehabt, allerdings keine Befürchtung, was sich als Fehler herausstellen sollte.

Trishas Augen weiteten sich, als sie den Hass im Blick ihres Gegenübers erkannte. Sie wollte etwas sagen, aber dafür blieb ihr keine Zeit. Eine heiße Flüssigkeit ergoss sich über ihr Gesicht.

Markerschütternde Schreie erfüllten den Hausgang. Eilig pressten sich Hände gegen Trishas Brust und stießen sie rückwärts in die Wohnung. Die Tür schloss sich und Trisha war ihrer Mörderin hilflos ausgeliefert. Sie kippte nach hinten, stürzte zu Boden, der Schmerz war unerträglich. Heißes Fett fraß sich in Trishas Haut, verbrannte die Augäpfel, ließ die Lippen aufplatzen. Blind und fast besinnungslos vor Schmerz versuchte sie, sich wieder aufzurappeln. Der Gedanke an kühlendes Wasser verlieh ihr Kraft, aber sie kam trotzdem nicht auf die Füße. Neben sich hörte sie ein eigenartiges Geräusch, eine Art Schaben, gleichmäßig und unheilverkündend. Sie erkannte zu spät, dass gerade der Deckel einer Thermoskanne aufgeschraubt wurde, denn im nächsten Augenblick ergoss sich ein weiterer Schwall heißen Öles über ihren Hals und Oberkörper. Trisha blieb die Luft weg, das Gefühl, ein eiserner Ring würde um ihre Brust liegen und sich zusammenziehen, verstärkte sich. Ihr Herz nahm den Kampf gegen den Tod auf, hämmerte wie wild und verschaffte ihr dadurch weitere qualvolle Minuten Lebenszeit. Trishas Schreie durchdrangen die Wände. Es lag keine Wut mehr darin, sondern nur das Flehen, die Qualen zu beenden. Als das Messer kurz darauf ihre Halsschlagader durchtrennte, hatte die Frau bereits so sehr gelitten, dass der Tod einer Erlösung gleichkam. Ihr lebloser Körper lag verkrampft auf dem Boden. Die heiße Masse hatte ganze Arbeit geleistet und ihre einst hübschen Züge fast bis zur Unkenntlichkeit entstellt.

»So hättest du gewiss nicht weiterleben wollen«, flüsterte ihre Mörderin und betrachtete zufrieden das schmerzverzerrte, verbrannte Gesicht ihres Opfers. Blut floss aus der Wunde am Hals und bildete einen roten See auf dem weißen Untergrund. *Ein schöner Kontrast*. Trishas Mörderin umrundete vorsichtig die Leiche, achtete darauf, nicht in das Blut zu treten, und erinnerte sich noch einmal an die Schreie der Frau. Es wurde Zeit zu verschwinden. Womöglich hatte einer der Hausbewohner etwas gehört und verständigte genau in dieser Sekunde die Polizei. Mit großen Schritten bewegte sie sich zum Ausgang. Handschuhe sorgten dafür, dass man am Türgriff keine Fingerabdrücke finden würde. Doch sie hatte etwas anderes zurückgelassen. Etwas, das sich verräterisch an die Tote schmiegte und sich bereits mit deren Blut vollgesaugt hatte.

KAPITEL DREIZEHN

Am nächsten Morgen

Leander Meiner sah schlecht aus, dennoch lächelte er, als Oberkommissarin Nau sein Krankenzimmer betrat.
»Da muss ich erst sterben, damit ich ein Date mit Ihnen bekomme«, scherzte er und bot ihr einladend Platz an.

Sie setzte sich auf den Besucherstuhl und er krächzte: »Rücken Sie näher, ich bin zu geschwächt für eine Unterhaltung auf Abstand.«

Tatsächlich schob Jasmin ihren Stuhl ein Stück weiter in seine Richtung und brachte ein schiefes Lächeln zustande.

»Sie zu bitten, meine Hand zu halten, damit ich etwas Beistand habe, ist vermutlich zu viel verlangt?«, fragte er spitzbübisch und die Beamtin konnte sich das Lachen nicht länger verkneifen.

»Sie scheinen einen ausgeprägten Sinn für Humor zu haben«, antwortete sie freundlich und er konterte: »Der würde für uns beide reichen.«

»Denken Sie etwa, dass ich keinen Humor besitze?«, reagierte Jasmin und war gegen ihren Willen versucht, ihn vom Gegenteil zu überzeugen.

»Vermutlich hatten Sie einfach in letzter Zeit nicht viel zu lachen«, reagierte Leander freundlich, verzog dann jedoch das Gesicht. Ein Zeichen, dass er Schmerzen hatte.

»Da sind wir ja dann schon zu zweit«, warf Jasmin ein und erhielt von ihm einen amüsierten Blick.

Sie wurde ernst und fragte: »Wie geht es Ihnen denn nun wirklich?«

Auch sein Gesichtsausdruck veränderte sich, wirkte fast wie der eines verängstigten Jungen, und Jasmin ertappte sich dabei, das starke Bedürfnis zu verspüren, nun doch seine Hand zu halten.

»Die Angst vor dem Tod ist gegenwärtiger, als man denkt«, sagte er zuerst ausweichend, sog dann jedoch scharf die Luft ein und antwortete: »Man sollte ja meinen, dass einen so ein Erlebnis in Euphorie versetzt, nach dem Motto: Hurra, ich bin dem Tod entkommen. Aber ehrlich gesagt ist bei mir genau das Gegenteil der Fall. Ich war mir noch nie meiner eigenen Sterblichkeit so sehr bewusst wie jetzt und habe plötzlich eine Scheißangst, dass es irgendwann vorbei sein wird.« Er rang um Fassung.

»Ging mir so, als ich das erste Mal im Dienst verletzt wurde«, sagte Jasmin leise.

»Und, wurde es besser?«, fragte er hoffnungsvoll.

»Nein«, entgegnete sie direkt.

Er starrte sie für einen Augenblick mit aufgerissenem Mund an, bevor er erwiderte: »Sie sollten an Ihrem Einfühlungsvermögen arbeiten.« Voller Zuneigung fügte er jedoch noch an: »Muss schwierig sein, diesen Beruf auszuüben. Jeden Tag die schlimmsten Seiten der Menschheit zu erleben.«

Jasmin versuchte ihre Verlegenheit zu überspielen, indem sie das Thema wechselte und erklärte: »Ich bin hier, um Sie zu den Ereignissen zu befragen. Können Sie sich denn noch an den Abend im Haus Ihrer Cousine erinnern?«

»Ja, natürlich«, antwortete er sofort. »Wir haben uns unterhalten, ich wollte einen Drink, aber Riccarda hatte nichts mehr da außer dieses Cocktailzeugs.« Er verzog angewidert das Gesicht. »Ich werde wohl nie wieder etwas Rotes trinken können. Momentan traue ich nicht einmal dem Tee hier im Krankenhaus.«

Sie lächelte verständnisvoll, besann sich dann aber und sagte in neutralem Tonfall: »Hat Ihnen Frau Meiner den Cocktail angeboten?«

Leander riss die Augen auf. »Moment«, erwiderte er ungeduldig, »hängen Sie das jetzt etwa Riccarda an?«

Jasmin hob beschwichtigend die Hand. »Wir hängen das niemandem an, wir recherchieren lediglich.«

»Dann recherchieren Sie woanders. Riccarda hat damit nichts zu tun. Sie hat mir das Zeug nicht aufgezwungen, ganz im Gegenteil.«

»Erzählen Sie mir, wie genau das abgelaufen ist?«, überging Jasmin seine Einwände.

Er seufzte, fügte sich aber. »Erst schlug ich vor, essen zu gehen, aber Riccarda hatte keine Lust. Verständlicherweise. Wenn sie unter Leute geht und erkannt wird, ist das meist unangenehm. Ich wollte etwas trinken, aber Riccarda hat sich entschlossen, abstinent zu leben. Da entdeckte ich dieses vergiftete Gesöff und den Rest wissen Sie.«

»Hat Ihnen Frau Meiner nachgeschenkt oder Sie aufgefordert, sich öfter daran zu bedienen?«

»Nein«, brummte er ungehalten. »Ich bin selbst schuld. Abgesehen davon bedient mich Riccarda nicht, wenn ich bei ihr bin. Wir sind Familie, ich bin dort quasi genauso zu Hause wie in meiner eigenen

Wohnung. Wenn ich Hunger habe, gehe ich zum Kühlschrank, will ich etwas trinken, weiß ich, wo der Barschrank steht.«

»Aber dieser Barschrank war leer.«

»Ja, wie ich schon sagte, Riccarda lebt abstinent.«

»Hat Sie das überrascht?«, fragte Jasmin interessiert.

»Eigentlich nicht«, antwortete er bedächtig. »Nach dem, was sie durchgemacht hat, gibt sie vermutlich und das nicht ganz zu Unrecht dem Alkohol die Schuld. Ehrlich gesagt überlege ich gerade selbst, ob ich überhaupt je wieder einen Tropfen anrühren sollte.«

»Hat Ihnen Frau Meiner von der Zeit im Gefängnis erzählt? Wie wir feststellen konnten, hat sie Ihre Besuche abgelehnt und auch sonst keinen Kontakt gehalten.«

Er richtete sich ein Stück in seinem Bett auf. »Riccarda ist so. Besser gesagt, wurde sie so erzogen. Immer stark sein, bloß keine Schwäche zeigen.« Er schien in die Vergangenheit einzutauchen und schüttelte traurig den Kopf. »Sie sind beide so.«

»Sie sprechen von Xaver und Riccarda?«, hakte Jasmin nach.

»Die zwei hatten eine traurige Kindheit. Sie hätten den alten Meiner nicht gemocht«, sagte er geradeheraus. »Er war schrecklich, ein Mensch ohne jedes Mitgefühl. Meine Mutter würde jetzt Einspruch erheben und sagen, er wurde nur so, weil wiederum sein Vater ihn dazu gemacht hat, aber ich denke, man hat immer eine Wahl. Jeder kann eigene Wege gehen.«

Jasmin fragte: »So wie Ihre Mutter und Sie?«

Bei dieser Erinnerung lächelte der Mann im Bett. »Meine Mutter war wirklich ein Freigeist, das war mir sogar manchmal zu viel. Aber sie war dennoch fantastisch, ich hatte eine unglaublich glückliche Kindheit.

Und wenn ich mich heute so umhöre, dann scheint das ein seltenes Geschenk zu sein.«

»Aber Sie hatten trotzdem Kontakt zu Riccarda und Xaver?«

»Ja, meine Mutter hielt es für wichtig, dass wir uns regelmäßig in den Ferien sahen. Meinem Onkel war es gleichgültig, mich hat er immer in Ruhe gelassen. Aber seine eigenen Kinder, die hat er behandelt wie Kampfhunde. Ständig fand zwischen den beiden ein Wettbewerb statt. Wer ist Papas Liebling? Er hat die zwei noch angefeuert. Regelrecht gegeneinander aufgehetzt.« Leander wurde wütend. »Er hat sie beide ins Unglück gestürzt«, schnaufte er verächtlich. »Xaver frisst sich vor Frust noch zu Tode und Riccarda ...« Er verstummte, befürchtete, bereits zu viel preisgegeben zu haben.

»Was ist mit Riccarda?«, fasste Jasmin nach.

Er wollte eigentlich sagen, Riccarda schaufele sich noch ihr eigenes Grab, aber stattdessen antwortete er lahm: »Die arbeitet zu viel.«

»Verstehe«, entgegnete Jasmin, die natürlich bemerkt hatte, dass er sicher noch mehr über seine Cousine zu sagen hätte. Deshalb versuchte sie einen anderen Weg: »Hatten Sie eigentlich jemals Zweifel an Riccardas Schuld im Fall von Kuno Seiler?«

Leander zuckte mit den Schultern. »Ich weiß es nicht«, antwortete er ehrlich. »Aber ich bin mir sicher, dass, wenn überhaupt, der Alkohol daran schuld war.« Er sah sie eindringlich an. »Riccarda ist keine Heilige, aber gewiss ist sie nicht tödlich. Sie ist manipulativ und knallhart, wenn es ums Geschäft geht. Mit Sicherheit ist sie die beste Geschäftsführerin, die Meiner-Pharmazeutika jemals hatte und haben wird. Aber sie ist keine Mörderin, dafür würde ich beide Hände ins Feuer legen.«

Jasmin wollte antworten, dass man sich die schnell verbrennen konnte, schwieg jedoch. Leander schien überzeugt, dass seine Cousine mit den jüngsten Morden und seiner Vergiftung nichts zu tun hatte. War er blind aufgrund seiner Zuneigung oder schätzte er Riccarda Meiner als Einziger richtig ein?

Jasmin nickte ihm zu, das Gespräch war beendet. Sie stand auf, verabschiedete sich und wünschte gute Besserung.

Er hielt sie zurück, indem er fragte: »Wäre es möglich, sich das nächste Mal in einem schönen gemütlichen Restaurant zu treffen? Ich würde gerne mehr über Ihre humorige Seite herausfinden.«

Jasmin musste zugeben, dass sie seinem Charme nur schwer widerstehen konnte, trotzdem erwiderte sie: »Ich kann nicht mit Zeugen ausgehen.«

»Aber Sie würden, wenn ich kein Zeuge wäre?«, ließ er nicht locker.

Jasmin errötete, doch noch bevor sie antworten konnte, sagte er fröhlich: »Super, dann erledigen Sie mal fix Ihre Arbeit und dann haben wir beide ein Date, einverstanden?«

Sie schüttelte lächelnd den Kopf und ließ ihn mit den Worten: »Wir werden sehen«, zurück.

* * *

Zur gleichen Zeit sprach Hauptkommissar Stutter mit einem Mann namens Jo. Einer der Münchner Kollegen hatte das Treffen arrangiert und den Hauptkommissar zum Englischen Garten begleitet. In dem Park herrschte zwar bereits Betrieb, aber die weitläufige Anlage machte es einfach, ein ungestörtes Plätzchen zu finden.

»Erzähle dem Hauptkommissar, was du mir erzählt hast«, forderte der Münchner Beamte ihren Zeugen auf.

Stutter beobachtete den glatzköpfigen Jo, der keinerlei Nervosität zeigte, sondern gelassen eine Zigarette aus einem zerdrückten Päckchen angelte und sie sich ohne Hast ansteckte. Er mochte um die sechzig sein. Der kahle Schädel wies an der linken Seite eine kleine Delle auf, vielleicht die Folge eines Unfalls oder einer Operation. Trotzdem wirkte er wie ein massiver Klotz und äußerst fit.

»Ich bin Sicherheitsmann«, begann er nun zu sprechen. Sein tiefer Bass verlieh ihm Autorität.

Stutter, der natürlich bereits darüber informiert worden war, dass Jo als Türsteher in einem SM-Klub arbeitete und der Polizei gelegentlich Informationen zukommen ließ, fand die Wortwahl des Mannes nicht überraschend. Vermutlich bestand Jos Aufgabe aus weit mehr als nur freundlichem Nicken und Türaufhalten.

Der Hauptkommissar verhielt sich deshalb verständnisvoll und ließ dem anderen Zeit.

»Hab natürlich mitbekommen, dass Ihre Männer sich umgehört haben. Als dann diese Durchgeknallte bei uns aufgetaucht ist, da sagte ich mir: Jo, das könnte wichtig sein.«

»Es war richtig, uns anzurufen«, stimmte ihm Stutter freundlich zu. »Erzählen Sie uns von der Frau.«

Jo grinste und zeigte dabei ein überraschend intaktes Gebiss in fast schon übertriebenem Weiß, was auf Zahnersatz schließen ließ.

»Die hat den armen Kerl richtig verdroschen«, fuhr er gut gelaunt fort. »Ich meine, darum geht es in unserem Klub natürlich, aber ...« Er hob mahnend den Zeigefinger. »... immer schön nach den Regeln.«

»Und diese Frau hat die Regeln nicht befolgt?«, fragte Stutter.

»Nein.« Wieder ein Grinsen. »Hat das Safeword ignoriert und dem anderen sozusagen ihr Zeichen eingebrannt.« Er gluckste wie ein altes Weib.

»Wer war die Frau?«, drängte Stutter, der nun doch befürchtete, hier gerade seine Zeit zu verschwenden.

Jo zuckte mit den Schultern. »Keine Ahnung«, gab er ungeduldig Antwort, »ich kenne keine Namen. Unsere Kunden stehen auf Anonymität, die meisten tragen Masken und parken ihre Autos irgendwo versteckt.«

Er sah die Enttäuschung auf Stutters Gesicht und ergänzte schnell: »Aber ich weiß, dass sie schon mit dem bei uns war, der neulich ermordet wurde. Dieses hohe Tier aus der Pharmaindustrie«

»Holger Wahl«, warf der Hauptkommissar ein.

»Genau der«, bestätigte Jo. »Allerdings liegt das eine Weile zurück.«

»Wie lange?«, ließ Stutter nicht locker.

»Ein Jahr oder so«, gab der Türsteher Antwort. »Und dann taucht die Tante plötzlich alleine wieder auf und vermöbelt einen der Gäste.«

»Können wir mit dem Opfer sprechen?«, hakte der Beamte nach.

»Wohl kaum, der wird sicher nicht so schnell wieder auftauchen und wie gesagt, ich kenne keine Namen.«

Ohne es zu wollen, fluchte Stutter und fragte genervt: »Ist Ihnen denn irgendetwas an der Frau aufgefallen? Etwas, das uns helfen würde, sie zu identifizieren.«

Zur Überraschung des Polizisten rief Jo voller Inbrunst: »Natürlich.« Er tippte sich mit dem Finger an den Kopf. »Ist alles hier drin. Die glauben, sie sind hinter ihren Masken und Kostümen unsichtbar. Aber ich habe schon so viele halb nackte Körper gesehen, dass ich genau weiß, ob die Arschbacken einer Zwanzig- oder Vierzigjährigen aus dem Lederbody hängen.«

»Und wie alt war diese Frau nun?«

»Mindestens vierzig, eher noch ein paar Jährchen mehr. Gut gehalten, schlank, keine schwabbeligen Unterarme, wenn Sie verstehen, was ich meine. Normalerweise sagen die Hände viel aus, aber die Dame trug lange Handschuhe, allerdings ist der Hals genauso verräterisch.« Er wiegte seinen gewaltigen Schädel hin und her und sagte schließlich: »Ja, ich denke, sie war Mitte vierzig. Rote, lange Haare, aber das war garantiert eine Perücke. Sie hatte auch nicht die helle Haut einer Rothaarigen.«

»Noch was?«, fragte Stutter bemüht, nicht zu enttäuscht zu klingen, da er sich mehr erhofft hatte.

»Ja«, verkündete Jo stolz, »sie ist Absätze gewohnt, hatte einen Gang wie eine Königin.«

Dem Hauptkommissar blieb nichts, außer sich freundlich bei dem Mann zu bedanken. Nachdem man sich verabschiedet hatte, trottete Stutter neben dem Münchner Kollegen her und war tief in Gedanken versunken. Sein Nebenmann erläuterte ihm einige Details über den Englischen Garten. Der Hauptkommissar hörte Worte wie: Monopteros, Rumfordschlössl oder Schwabinger Bach, konnte sich aber nicht wirklich auf das Gespräch konzentrieren. Sie waren schon fast am Parkplatz, als sein Handy klingelte.

»Ein neuer Mord«, hörte er Hauptkommissar Hürtgen am anderen Ende der Leitung sagen. »Man hat die Leiche von Trisha Wahl gefunden.«

* * *

Der Anblick eines derart misshandelten Menschen erschreckte den Hauptkommissar trotz seiner langen Berufserfahrung jedes Mal. Auch die Leiche von Trisha Wahl machte da keine Ausnahme. Ihre verbrannte Haut ließ ihn zuerst einen Säureangriff vermuten, aber der Gerichtsmediziner belehrte ihn eines Besseren.

»Öl, ganz normales Speiseöl, das man erhitzt hat, danach wurde ihr der Hals aufgeschlitzt.«

Der Hauptkommissar sah sich um. »Wo hat man das Öl erhitzt?«, fragte er in die Runde.

Verdutzte Gesichter blickten ihm entgegen. Er wartete auf keine Antwort, sondern eilte in die Küche, stellte den Kriminaltechnikern vor Ort die gleiche Frage und erhielt die unbefriedigende Antwort, dass es keine Hinweise auf erhitztes Öl gebe.

»Der Täter muss es also mitgebracht haben«, folgerte er aus der Information.

Hauptkommissar Hürtgen, der dazu bislang noch keine Überlegungen angestellt hatte, erwiderte: »Das würde ja bedeuten, jemand plant einen Mord und füllt sich dafür vorher heißes Fett in die Thermoskanne. Das ist doch verrückt.«

»So wie dieser ganze Fall«, murmelte Stutter und ging langsam zurück zur Leiche. In diesem Augenblick trat ein junger Kollege zu ihnen. »Die Nachbarin von unten glaubt, gegen Mitternacht etwas gehört zu haben. Womöglich Schreie, aber sie hielt es einfach für einen zu laut gestellten Fernseher.«

»Todeszeit?«, wandte sich Stutter daraufhin an den Arzt.

»Kommt hin, zwischen dreiundzwanzig Uhr und ein Uhr morgens.«

Der Hauptkommissar wirkte wie ein unruhiges Raubtier, während er sich alles genau ansah. Sein Blick glitt über die Wohnungstür. »Keine Einbruchspuren«, sagte er laut. »Trisha Wahl muss ihrem Mörder geöffnet haben.«

»Sie hat ihn also gekannt«, nahm Hürtgen den Faden auf.

»Ja, ihn oder sie«, spekulierte Stutter laut.

»Eine Frau«, brummte Hürtgen, der sich mit dem Gedanken anfreundete und sagte: »Vielleicht Benita, die sich nach der handfesten Auseinandersetzung rächen wollte. Oder Riccarda, die ihre Eifersucht eben doch nicht im Zaum halten konnte. Wir müssen erneut mit beiden sprechen.«

Stutter nickte und beobachtete, wie das Team der Gerichtsmedizin die Leiche zur Seite drehte.

»Wir brauchen eine Beweismitteltüte«, rief der Arzt und sofort reichte man ihm das entsprechende Utensil. Mit einer langen Pinzette hob der Mann etwas an.

Stutter trat näher und erkannte ein Stück Stoff, blauen Stoff.

»Vielleicht ist das eine Spur«, wandte sich der Mediziner an die Beamten.

»Gehört vermutlich dem Opfer«, warf Hürtgen resigniert ein.

Aber sein Kollege vom BKA schüttelte langsam den Kopf und ließ sich den Plastikbeutel reichen. Die Hälfte des Stoffes hatte durch das Blut eine dunkle Verfärbung, aber genug des feinen Tuchs war unversehrt geblieben. Er erkannte das intensive Blau sofort wieder, glaubte sogar, ihren Duft wahrzunehmen. Das Bild von Riccarda Meiner tauchte vor Stutters geistigem Auge auf:

Sie standen in der Morgendämmerung im Park der Klinik, ein kühler Wind zerrte an ihren Kleidern, sie hatte ein blaues Tuch um den Kopf gewickelt, das die schwarzen Haare bändigen sollte. »Das war ein Geschenk von einem jungen Designer«, hatte sie ihm erklärt.

»Wir müssen mit Riccarda Meiner sprechen, ich will sie auf dem Revier haben, und zwar sofort«, schnauzte Stutter ungehalten.

»Ohne richterlichen Beschluss?«, hielt Hürtgen dagegen und zuckte zusammen, als Stutter die Stimme erhob und antwortete: »Schaffen Sie mir dieses Weib ins Verhörzimmer, von mir aus soll sie ihre Armee von Anwälten mitbringen. Richten Sie ihr aus, wenn Sie mich von ihrer Unschuld überzeugen will, dann wäre jetzt die richtige Gelegenheit dazu.«

* * *

Kurze Zeit später im Haus von Anke Seiler

»Sie haben sie mitgenommen, endlich«, seufzte Philippa erleichtert, während Anke Seiler das Gefühl hatte, eine große Last wäre ihr genommen worden.

Hedwig Ächter, die ebenfalls im Wohnzimmer der Familie Seiler anwesend war, verspürte den starken Drang, aufzulachen, verkniff sich aber jede Gefühlsregung und sagte: »Seht ihr, er sorgt für Gerechtigkeit.«

»Ja«, hauchte Philippa und fast schien es, als würden ihr Tränen in die Augen steigen. Sie stürzte zu ihrer Mutter und warf sich der in die Arme. »Endlich ist es vorbei, bald ist es wieder wie früher.«

Anke umschlang die Tochter und sagte sanft: »Alles wird gut werden, wie ich es dir versprochen habe.«

Hedwig beäugte missgünstig das Bild, das sich ihr bot.

Maria mit Kind, schoss es ihr durch den Kopf. Ein Gedanke, der sie nur noch wütender machte. Anke hatte zumindest das Mädchen, aber ihr war nach Kunos Tod nichts geblieben. Im Gegenteil, sie hatte nicht nur ihn verloren, sondern auch ihre Position. Mit Kuno Seiler gemeinsam Gottes Werk zu tun, war ein Privileg gewesen, aber von Ankes Wohlwollen abhängig zu sein, nahm ihr jedes Selbstwertgefühl.

»Hedwig«, riss sie Ankes Stimme aus den Grübeleien. »Du kannst gehen, wir führen unsere Besprechung später fort.«

Die Pfarrerin nickte und kam sich wieder einmal wie eine Dienstmagd vor.

Eines Tages, dachte sie, *da holt er auch euch.*

* * *

Riccarda Meiner verließ mit erhobenem Haupt ihre Villa und leistete Hauptkommissar Hürtgens Aufforderung, ihn aufs Revier zu begleiten, Folge. Sie ignorierte die Pressemeute vor dem Haus und nahm wie jemand, den man verhaftet hatte, auf dem Rücksitz Platz. Der Münchner Beamte fühlte sich bei dem Affenzirkus, wie er es im Stillen nannte, nicht wohl. Stutter hatte leicht reden, der würde wieder zum BKA zurückkehren, während er sich gegen die Beschwerden von Riccardas Anwälten zur Wehr setzen musste. Vermutlich ging es der Meiner nur darum, einen Riesenwirbel zu veranstalten, warum sonst hätte sie auf die Fahrt im Polizeiwagen bestanden? Er hatte es ihr schließlich freigestellt, das eigene Auto zu benutzen.

»Ist wie ein Déjà-vu«, sagte Riccarda zu sich selbst, als sie im Wagen saß. Den Rest der Fahrt schwieg sie.

In der Dienststelle warteten bereits ihre Anwälte, sie hatte sie noch von zu Hause aus informiert.

»Wir halten das nicht für ratsam«, begrüßte sie der Älteste von ihnen. »Eine Befragung unter diesen Umständen ist eine Frechheit«, fügte er an und strafte Hürtgen mit einem vernichtenden Blick. »Das wird Karrieren kosten.«

Aber Riccarda reagierte lässig. »Ich habe eingewilligt, das Treffen kommt mir sehr entgegen.« Den letzten Satz hatte sie an Hauptkommissar Hürtgen gerichtet und der hatte plötzlich das Gefühl, in der Falle zu sitzen.

Hauptkommissar Stutter ließ sich von dem Tross, der das Verhörzimmer betrat, nicht beeindrucken. Er bat alle, Platz zu nehmen, rückte sich selbst den Stuhl zurecht und setzte sich zusammen mit Hürtgen Riccarda gegenüber.

Wie zu erwarten ergriff einer der Anwälte das Wort, aber Riccarda Meiner hob gebieterisch ihre Hand, was ihn sofort zum Schweigen brachte.

»Ich bin Ihrer dramatischen Einladung gefolgt«, sagte sie mit funkelnden Augen. »Nun sind Sie dran, Herr Hauptkommissar, also? Warum bin ich hier?«

»Wo waren Sie gestern Nacht zwischen dreiundzwanzig Uhr und ein Uhr morgens?«, ignorierte er ihre Worte und stellte eine Gegenfrage.

Ihre Haltung änderte sich, sie war auf der Hut. Erneut schalteten sich die Anwälte ein und beteten den Sermon von Unzulässigkeit und Schikane herunter. Stutter tat jedoch so, als säße er nur mit Riccarda in dem muffigen grauen Zimmer.

»Ich war zu Hause, und zwar allein«, sagte sie trotz der Warnungen ihrer Berater. »Warum?«

»Trisha Wahl wurde gestern Nacht ermordet.« Er sprach den Satz emotionslos aus, beobachtete sein Gegenüber jedoch genau. Wieder folgte das empörte Argumentieren der Anwälte, ihre Stimmen glichen dem lästigen Summen einer Schmeißfliege, die man einfach nicht verjagen konnte.

Riccardas blaue Augen weiteten sich einen Moment, sie wirkte überrascht, schien angestrengt über das eben Gehörte nachzudenken, bevor sich ihre Züge entspannten und sie sagte: »Das kommt unerwartet.«

»Wie bitte?«, blaffte der Hauptkommissar, und Hürtgen rückte unruhig auf seinem Stuhl hin und her.

Jasmin Nau, die das Verhör vom Nebenraum durch die verspiegelte Scheibe beobachtete, schnalzte mit der Zunge. »Sie ist verdammt gut«, murmelte die Oberkommissarin. Zu einem der Kollegen sagte sie: »Sehen Sie, wie ruhig sie bleibt? Kein Wippen mit den Füßen, kein Zittern der Hände. Niemand ist in so einer Situation so beherrscht. Selbst die Unschuldigen beginnen auf dem Stuhl zu schwitzen.«

Riccarda richtete sich ein wenig auf und verschränkte die schlanken Finger ineinander. »Das soll heißen, dass ich nicht damit gerechnet habe, dass irgendwer die arme Trisha umbringt«, erklärte sie geduldig.

Stutter übernahm ihren Tonfall und konterte: »Oh, das war nicht irgendwer, wir haben eine ziemlich klare Vorstellung, wer das Frau Wahl angetan hat. Der Mörder – oder sollte ich besser sagen: die Mörderin? – hat etwas zurückgelassen.«

Ohne Eile kramte Stutter in einem Karton neben sich, tat so, als wäre es schwierig, die Archivierungstüte mit dem blutverschmierten blauen Schal zu finden, und hoffte, Riccarda Meiner auf diese Weise nervös zu machen. Nervöse Menschen begingen Fehler, Fehler, die er sich zunutze machen konnte.

Mit einer lässigen Bewegung warf er den Plastikbeutel auf den Tisch. Er bemerkte an ihrem Blick, dass sie ihr Eigentum sofort erkannte. Für einen winzigen Moment verlor sie die Fassung und ihre Züge spiegelten panische Angst wider.

»Sie können bestätigen, dass das Ihr Schal ist?«, fragte der Hauptkommissar süffisant.

»Nicht antworten«, zischten die Anwälte gleichzeitig und fast sah es so aus, als wollte Riccarda den Rat befolgen, dann sagte sie jedoch mit belegter Stimme: »Es ist wie damals, man will mir etwas in die Schuhe schieben, was ich nicht getan habe.«

»Oder Sie haben es getan und spielen jetzt die Unschuldige.«

»Schluss damit«, entgegnete sie ungehalten. »Glauben Sie, ich wäre so dumm, einen solchen Beweis zurückzulassen?«

»Nein, es sei denn«, gab er mühsam beherrscht Antwort, »Sie wollen uns weismachen, dass es da draußen jemanden gibt, der Ihnen etwas anhängen will. Dann wäre das zwar ein äußerst riskanter, aber gleichzeitig auch ein überaus effektiver Schachzug.«

Sie starrte ihn an, kalt und vorwurfsvoll. »Ich bin unschuldig. Den Schal habe ich schon überall gesucht.«

»Gibt es dafür Zeugen?«

Sie zuckte mit den Schultern. »Ich habe sein Verschwinden nicht der Polizei gemeldet, wenn Sie das meinen.« Sie hatte sich wieder gesammelt und gab die gewohnt schnippischen Antworten.

»Das hätten Sie besser tun sollen«, erwiderte er ruhig, »denn jetzt wird ein Haftrichter entscheiden, ob wir Sie wegen Mordes festnehmen.«

Der Protest der Anwälte vermischte sich mit Riccardas wütendem »Nein«. »Sie wissen genau, dass ich das nicht getan habe.«

Er erwiderte nichts.

»Geben Sie zumindest zu, dass Sie Zweifel haben, sonst wäre Ihr netter Kollege doch gleich mit einem Haftbefehl bei mir aufgetaucht. Ich habe Ihnen gesagt, dass ich auf den Busch klopfen werde, wie es aussieht ...« Sie atmete tief durch. »... schlagen sich die Schlangen nun gegenseitig die Köpfe ab.«

»Womöglich ist Ihr Kopf auch dabei«, schleuderte er ihr entgegen.

»Ich bin das nicht gewesen«, versicherte sie ihm erneut und dieses Mal ohne verführerischen Unterton, Augenaufschlag oder Sarkasmus. »Ich bin das nicht gewesen«, wiederholte sie leise.

»Wer hätte sich den Schal beschaffen können?«, fragte Stutter zur Überraschung aller Anwesenden.

Nicht einmal die Anwälte hatten damit gerechnet, dass der Hauptkommissar Riccardas Behauptung ernst nehmen würde.

Hürtgen räusperte sich, wollte damit zum Ausdruck

bringen, dass er mit dem Verlauf, den das Verhör nahm, nicht einverstanden war.

»Keine Ahnung«, antwortete Riccarda. »Jemand im Büro, ein Angestellter der Hausmeisterfirma, ein Einbrecher. Ich weiß nicht, wo ich dieses blöde Ding verloren oder liegen gelassen habe. Vielleicht war der Schal im Auto, als die Scheibe unten war. Beim Tanken ...« Sie schüttelte unschlüssig den Kopf. »Allerdings versichere ich Ihnen, dass ich ihn nicht bei Trishas Leiche verloren habe. Und warum hätte ich Trisha überhaupt töten sollen?«

»Weil sie Ihnen den Mann weggeschnappt hat«, mischte sich jetzt das erste Mal Hauptkommissar Hürtgen ein, der es Stutter übel nahm, dass der nicht mehr Druck machte. »Sie hat Ihren Verlobten geheiratet, während Sie im Gefängnis saßen.«

»Sie hat den Mann geheiratet, mit dem ich zu diesem Zeitpunkt gerade verlobt gewesen war, na und?«, schnappte Riccarda. »Holger Wahl war ein Ehebrecher, offensichtlich lag das in seiner Natur, damit war die gute Trisha doch bereits genug bestraft.«

»Sie wussten von seiner Affäre mit Benita«, übernahm Stutter.

»Ja, weil er es mir erzählt hat«, antwortete sie wahrheitsgemäß.

»Dann hat er Ihnen auch von seiner anderen Freundin erzählt, die, mit der er seine Vorlieben ausleben konnte.«

Riccarda schwieg.

»In Ihrer Situation wäre es ratsam zu kooperieren. Wenn Sie Informationen haben, die den Mord an Holger Wahl betreffen, dann sollten Sie uns die jetzt geben.«

Der Hauptkommissar bemerkte, dass sie mit sich

rang, und sagte: »Sie möchten Ihre Unschuld beweisen? Dann helfen Sie mir, meine Arbeit zu tun.«

Ihr Blick wanderte zu Hürtgen und ließ keinen Zweifel daran, dass sie ihm nicht zutraute, Licht in die Angelegenheit zu bringen. Dann jedoch sah sie Stutter an und beschloss zu antworten: »Sprechen Sie mit Doris Kleiber, der Sekretärin meines Bruders.«

* * *

Benita Meiner saß auf ihrem Heimtrainer und strampelte Kilometer um Kilometer, ihre Methode, die Wut und den Ekel loszuwerden, die sie nach der Nacht mit ihrem Ehemann empfand. Am Morgen hatte man Trishas Leiche gefunden, natürlich war sie dazu befragt worden. Es war eine perfekte Vorstellung gewesen. »Oh mein Gott, die arme Trisha, trotz allem ist sie eine gute Freundin gewesen, so ein Verlust.«

Die Polizei war dennoch hartnäckig geblieben, hatte nach ihrem Alibi gefragt und schien Xavers Aussage, sie sei die ganze Nacht mit ihm zusammen gewesen, nicht zu glauben.

Hinter sich hörte sie ein Geräusch.

»Benita.« Xaver stand unter der Tür und starrte erregt auf ihren strammen Hintern, der sich in dem eng anliegenden Sportdress abbildete.

»Ich trainiere«, gab sie zickig Antwort, entschied sich dann jedoch, freundlich zu sein, um die gerade erst geglätteten Wogen nicht wieder in Unruhe zu bringen.

»Was ist denn, Schatz?«, reagierte sie zuckersüß und verlangsamte das Tempo.

Er kam näher, stellte sich vor das Fahrrad und blickte

sie unsicher an, während er fragte: »Hast du irgendetwas mit dem, was gerade passiert, zu tun?«

Abrupt stellte Benita das Treten ein. Sie sah ihn lange an, hob dann die Augenbrauen und antwortete knapp: »Nein, das habe ich nicht«, bevor sie erneut und noch energischer als zuvor in die Pedale stieß.

Xaver schnappte nach Luft, offenbar hatte er sich die folgenden Worte zurechtgelegt, denn sie klangen, als würde er sie ablesen. »Wie es aussieht, hat man Riccarda verhaftet, und nur das zählt. Ich will, dass sie für immer verschwindet, und es ist mir gleichgültig, ob sie schuldig oder unschuldig im Gefängnis verrottet.«

Er wartete auf eine Antwort.

»Ganz meine Meinung«, gab sie ihm recht und legte noch einen Zahn zu.

KAPITEL VIERZEHN

»Doris Kleiber?«, hatte Stutter ungehalten gefragt, nachdem Riccarda Meiner das Dienstgebäude verlassen hatte. »Wer ist Doris Kleiber?«

Als er nun das Foto der Frau betrachtete, stellte er sich erneut diese Frage. Wer war sie? Bestenfalls hätte er sie als unauffällig beschrieben, »unscheinbar« wäre das bessere, wenn auch unhöflichere Wort gewesen.

Er sah sich in ihrem Wohnzimmer um. Alles war aufgeräumt, geschickt arrangiert, aber auch ungemütlich. Keine Kuscheldecke auf dem Sofa, keine aufgeschlagene Zeitschrift, angebrochene Chipspackungen oder Keksschachteln. Eher wirkte der Raum wie die Ausstellungsfläche eines Möbelhauses, so wie auch der Rest der Wohnung. Nur die Kiste, in der die Beamten die rote Perücke, die lederne Peitsche und diverse andere »Folterinstrumente« fanden, zeugte davon, dass hier eine Frau mit Sehnsüchten und geheimen Wünschen lebte, dass die Fassade langweiliger Normalität dazu diente, die eigenen Leidenschaften zu verbergen.

»An der Peitsche sind Blutspuren«, klärte ihn Jasmin Nau auf, die gerade mit den Kriminaltechnikern gesprochen hatte. Eigentlich wollte sich Stutter lediglich mit

Doris Kleiber unterhalten. Schnell stellte sich jedoch heraus, dass die Sekretärin von Xaver Meiner spurlos verschwunden war. Offenbar hatte sie sich kurz nach Riccardas Verhaftung im Büro mit Unwohlsein entschuldigt. Zu Hause war sie nie angekommen und auch ihr Wagen tauchte nirgendwo auf. Weder nahm sie Anrufe auf ihrem Handy entgegen noch reagierte sie auf die hinterlassenen Nachrichten. Es lag nahe, dass Doris Kleiber die Frau war, die in Jos SM-Klub einen der Gäste misshandelt hatte, und offensichtlich wollte sie momentan nicht mit den Beamten sprechen, was sie natürlich verdächtig machte. Eine Fahndung nach der Frau lief bereits.

»Denkst du wirklich, dass sie hinter all den Morden steckt?«, fragte Jasmin, die ihrem Vorgesetzten über die Schulter blickte. »Welches Motiv sollte sie denn überhaupt haben?«

* * *

Doris Kleiber saß auf einer Bank und beobachtete das Gebäude gegenüber. Wie gewöhnlich herrschte in der Straße reger Betrieb. Studenten auf Fahrrädern sausten an ihr vorbei, Familien eilten in die Geschäfte und Männer in Anzügen verließen ihre Büros oder die Hochschulen.

Sie nahm keinen von ihnen wahr, sondern stellte sich vor, wie sie das geschichtsträchtige Gebäude auf der anderen Straßenseite betreten, die Treppe nach oben steigen und dann vor der Tür im dritten Stock anhalten würde. So wie vor neun Jahren. In ihrem Kopf waren all diese Ideen von einem Neuanfang herumgeschwirrt. Ihre Wangen hatten vor Aufregung geglüht. Sie hatte bereits

Kontakt mit einer Firma im badischen Raum aufgenommen, die dringend eine erfahrene Sekretärin suchte. Alles würde gut werden. In ihrer Einkaufstasche befand sich eine Flasche Champagner, der überteuerte mit dem schönen Etikett, aber das war es ihr wert gewesen. Heute wollte sie feiern. Sie fühlte sich wie neugeboren, schloss mit zitternden Fingern die Tür auf und rief seinen Namen. Er antwortete nicht, dennoch hatte sie losgeplappert, von dem möglichen Jobangebot, den günstigen Mietpreisen, den Ausflugszielen erzählt, während sie den Champagner ins Eisfach gelegt hatte, damit er möglichst schnell kalt werden konnte.

»Ob jemand die Flasche herausgeholt hat?«, sagte sie unvermittelt und erregte damit die Aufmerksamkeit einer Passantin.

»Wie bitte?«, fragte diese höflich und betrachtete die Frau auf der Bank neugierig.

Doris Kleiber blickte die Fremde irritiert an, murmelte: »Selbstgespräch, Entschuldigung«, wandte sich ab und gab der anderen damit nicht die Möglichkeit, eine Unterhaltung zu beginnen. Die Frau verschwand und Doris roch plötzlich Lavendel. Tränen stiegen ihr in die Augen. Sie hatte den Duft von Lavendel früher geliebt, aber seit jenem Abend löste er bei ihr eine furchtbare Panik aus.

Warum war sie hierhergekommen? Sie hatte die letzten Jahre die Maxvorstadt gemieden, warum tat sie sich das also heute an? Vermutlich weil sie es mittlerweile wussten, das von ihr und Holger Wahl. Riccarda Meiner war verhaftet worden. Es war nur eine Frage der Zeit, bis sie über Holgers Verhältnis mit der älteren Sekretärin sprechen würde. Holger hatte es ihr mit Sicherheit gebeichtet, so wie seine Affäre mit Benita. Riccardas

Andeutungen hatten daran keinen Zweifel gelassen. Die Frau auf der Bank schüttelte leicht den Kopf, so als würde sie ihn zu einer eingängigen Melodie bewegen. Sie hatte keine Lust gehabt, darüber zu sprechen, peinliche Fragen zu beantworten, also war sie geflohen, dorthin, wo sie einst glücklich gewesen war. Doris seufzte und murmelte: »Holger, du warst immer schon Wachs in ihren Händen, und jetzt bist du tot.«

Die Erinnerung kam zurück, die Wohnung im gegenüberliegenden Gebäude, der Lavendelduft, der von der zerbrochenen Flasche Badeöl verströmt wurde, der metallene Geruch des Blutes, der Wasserdampf, der den Spiegel blind gemacht hatte, und die Leiche des Mannes, den sie geliebt hatte und mit dem sie eine Zukunft hatte aufbauen wollen. Riccarda Meiner hatte mehr als nur ein Leben zerstört. Sieben Jahre Gefängnis waren daher als Strafe längst nicht genug.

Es fing an zu dämmern, als sich ein Mann der Bank näherte. Sie blickte ihn nicht an, auch nicht, als er sich neben sie setzte.

»Frau Kleiber«, sagte er freundlich, »wir suchen Sie überall.«

»Jetzt haben Sie mich gefunden«, antwortete sie tonlos.

Er stellte sich vor, sie erinnerte sich an den Namen, Xaver Meiner hatte ihr von Hauptkommissar Jens Stutter erzählt.

»Es gibt einige Fragen, die Sie uns beantworten müssten«, fuhr Stutter geduldig fort.

»Was wollen Sie wissen?«, schnauzte sie mit grimmiger Miene. »Wieso ein Mann wie Holger Wahl eine so abartige Beziehung mit einer alten, unbedeutenden Sekretärin eingeht?«

»Mich interessiert viel mehr, warum Sie uns das die ganze Zeit verschwiegen haben«, reagierte er gelassen.

Sie antwortete nicht und Stutter erhob sich. »Wir sollten gehen«, sagte er höflich und Doris Kleiber stand ebenfalls auf.

* * *

In der Villa von Riccarda Meiner

Riccarda Meiner befand sich wieder in ihrer Villa. Sie hatte das Revier durch eine Hintertür verlassen. Somit glaubte die Presse, sie wäre immer noch in Polizeigewahrsam, und belagerte nicht ihr Haus. Einer ihrer Anwälte hatte sie gefahren und sie war wie ein Teenager, der zu spät nach Hause kam, durch das Gartentor geschlichen.

Da niemand von ihrer Rückkehr wusste, konnte sie davon ausgehen, dass ihre Feinde heute Nacht selig schlafen würden, beflügelt von der irrigen Annahme, Riccarda Meiner wäre erneut auf dem Weg ins Gefängnis. Ein zufriedenes Lächeln umspielte den Mund der Vierzigjährigen. Langsam, aber sicher kam Bewegung in die verlogene Meute und das gefiel ihr. Mit gemischten Gefühlen dachte sie an die Polizei. Hauptkommissar Stutter hatte sie trotz des Schals nicht verhaftet, ihre Anwälte waren eben gut. Sie grinste. Hatte Stutter wirklich geglaubt, sie einschüchtern zu können? Trotzdem gefiel ihr der Mann irgendwie.

Mittlerweile stand Riccarda in ihrem Ankleidezimmer und betrachtete eines ihrer Pool-Outfits. Ihre

Finger berührten den fließenden Stoff. Für eine Sekunde blitzte eine Erinnerung vor ihrem geistigen Auge auf. Sie kniff die Lider zusammen, wieder einmal vergebens bemüht, den Blick in die Vergangenheit festzuhalten. Schnell schlüpfte sie aus ihren Kleidern und warf sich das bunte Gewand über. Ein neuer Versuch konnte nicht schaden, auch wenn ihr die Wahrheit, die sie dann vielleicht finden würde, immer noch Angst machte.

Kurz darauf stand sie wie eine Statue neben dem Pool. Heute könnte es gelingen, die Nacht war warm, so wie damals, die Lichter spiegelten sich im Wasser, es roch nach Sommer. Sie hatte die Liegen und Stühle kreuz und quer um das Schwimmbecken herum verteilt, sogar wahllos ein paar Handtücher auf die Erde geworfen, um das Chaos nach einer Party zu simulieren. Sogar das Gartentor stand offen, nachdem sie sich davon überzeugt hatte, dass keine Schaulustigen vor dem Grundstück herumlungerten. Aus einem kleinen Radio dröhnte Musik, das musste für die Zeitreise genügen. Jetzt hielt sie die Augen fest geschlossen und ließ ihren Gedanken freien Lauf. Sie sah die Gesichter der Toten, verzerrte Fratzen, die nach ihr riefen, anklagend auf sie blickten und Beschimpfungen ausstießen. Der Abend vor sieben Jahren kehrte zurück, die laute Musik, das Stimmengewirr, die Benommenheit. Sie erkannte ihr eigenes schrilles Lachen, sah eine bunte, sich bewegende Menge, hörte Gläser klirren, bis der laute Mix seinen Höhepunkt erreichte und schließlich abebbte. Jemand rief ihren Namen. Ja, ganz deutlich hörte sie eine Stimme. »Frau Meiner?« Es war eine ihr bekannte Stimme, aber keine, die ihr sonderlich vertraut war. Sie war zu müde, um zu antworten, und verärgert, dass man sie störte. Aber das Rufen hörte nicht auf und plötzlich erkannte sie, dass eine weitere Person anwesend sein musste. Natürlich, da war noch jemand. Riccarda versuchte ruhig zu atmen, so klar hatte sie die Vergangenheit noch nie gesehen.

Jetzt nur nicht ungeduldig werden, redete sie sich gut zu, bemüht, konzentriert zu bleiben. Es hatte also eine Unterhaltung gegeben, oder war es ein Streit gewesen? Ein Knall hatte sie damals aufgeschreckt, etwas war kaputt gegangen. Sie hatte sich von ihrer Liege aufgerappelt, war in Richtung des Geräuschs getaumelt und dann hatte sie ihn sehen können.

Riccarda Meiner erinnerte sich an alles. Sie entdeckte Kuno Seiler, der schwankte, bevor er in den Pool stürzte. Eine Sekunde später war sie in die Scherbe getreten. Sie wollte die Augen öffnen. Nach sieben Jahren wusste sie endlich wieder, was geschehen war. Aber noch bevor sie etwas unternehmen konnte, wurde um sie herum plötzlich alles schwarz und sie sank zu Boden.

* * *

Im Vernehmungszimmer der Kriminalpolizei München

»Eines vorab«, begann Doris Kleiber ihre Aussage, »Riccarda Meiner ist eine Mörderin, daran besteht für mich nicht der geringste Zweifel.«

Stutter ließ sie sprechen, stellte vorerst keine Fragen. Er sah ihr an, dass sie sich einiges von der Seele reden wollte.

»Sie wissen, warum ich in Maxvorstadt vor diesem Haus saß?«, fragte sie den Beamten, wartete aber nicht auf eine Antwort, sondern erklärte traurig: »Ich habe ihn geliebt, Dirk war mein Leben.«

Wieder nickte der Hauptkommissar, dieses Mal lag Verständnis in seinen Zügen. Er kannte mittlerweile die Geschichte von Dirk Euler, dem Produktionsleiter von Meiner-Pharmazeutika, der vor neun Jahren entlassen worden war, weil man ihm die Schuld an verunreinigten Vitaminpräparaten gab. Glücklicherweise war der Schaden noch vor der Auslieferung durch die interne Qualitätsprüfung entdeckt worden. Allerdings unterstellte man Dirk Euler grobe Fahrlässigkeit und Pflichtverletzung und kündigte ihm. Zwei Wochen später hatte er sich in der Badewanne die Pulsadern aufgeschnitten.

»Sie hat ihn fallen lassen, nur weil er einen Fehler begangen hat. Menschen machen Fehler, übersehen Dinge. Er hat sich jahrelang für die Firma aufgeopfert und dann behandelt man ihn wie einen Kriminellen.« Doris Kleiber lachte auf. »Er konnte es nicht ertragen.«

Jasmin Nau hatte die Geschichte ausgegraben. In seinem Abschiedsbrief hatte Dirk Euler seine Freundin Doris Kleiber um Verzeihung gebeten, weil er nicht in der Lage gewesen war, mit der Schande zu leben.

»Sie hat ihn zerstört«, fuhr die Sekretärin fort. »Ich hatte Pläne für uns, wollte wegziehen, aber er konnte sich nicht frei machen von dem Gefühl, versagt zu haben.« Die Frau verschränkte die Arme vor der Brust, »Riccarda Meiner hat Dirk umgebracht. Sie hat ihn in den Selbstmord getrieben.«

»Und dafür musste sie bestraft werden?«, hakte Stutter vorsichtig nach.

»Natürlich, dafür hätte sie den Tod verdient.« Sie richtete sich auf. »Ich bin keine gläubige Frau, auch wenn ich katholisch erzogen wurde. Dennoch habe ich zwei Jahre jede Nacht dafür gebetet, dass diese Frau endlich ihre gerechte Strafe bekommt, und dann plötzlich ...« Wieder das heisere Auflachen. »... landet sie im Gefängnis. Das war ein guter Anfang. Wieso entlässt man sie vorzeitig, als wäre nichts geschehen, als hätte sie lediglich einen Schokoriegel im Supermarkt mitgehen lassen? Deshalb habe ich erneut gebetet und heute Morgen hieß es, sie wäre verhaftet worden. Ich dachte, damit ist meinem Dirk endlich Gerechtigkeit widerfahren. Deshalb habe ich mich krankgemeldet und bin zu seiner ehemaligen Wohnung gefahren.« Ihre Gesichtszüge wurden hart. »Außerdem nahm ich an, dass Ihnen Riccarda von mir und Holger erzählt. Ich wollte die Peinlichkeit, nach meinen sexuellen Vorlieben befragt zu werden, noch etwas hinauszögern«, fügte sie spitz an.

»Wieso hat Herr Wahl Frau Meiner überhaupt von Ihrer Beziehung erzählt?«, fragte Stutter nach.

»Er war Riccarda verfallen, wie die meisten Männer. Ich rate Ihnen, einen kühlen Kopf zu bewahren, sonst wird sie auch Ihnen das Hirn vernebeln. Holger war offenbar ein hoffnungsloser Fall. Er hat alles ausgeplaudert wie ein dummes Schulmädchen, seine Affäre mit Benita und die Sache mit mir.«

»Erzählen Sie mir von dieser Sache«, bat Stutter, dem es schwerfiel, sich Doris Kleiber in engem Leder und mit Peitsche vorzustellen.

Sie richtete sich ein wenig auf und antwortete gereizt: »Sie wollen etwas über meine kleinen, schmutzigen Geheimnisse erfahren? Bitte sehr: Ja, ich und Herr Wahl hatten ein Verhältnis. Alles, was geschah, geschah im gegenseitigen Einvernehmen, keine Verpflichtungen, keine Gefühle, nur das Teilen sexueller Vorlieben.«

»Seit wann lief das?«

»Ungefähr seit einem Jahr, wir trafen uns zufällig in einem entsprechenden Klub für Menschen mit unseren Interessen.«

»Es war ihm nicht peinlich, dort einer Angestellten zu begegnen?«, fragte Stutter interessiert.

Doris Kleibers Gesichtszüge veränderten sich, die Härte verschwand und leise antwortete sie: »Nein, das war es nicht, im Gegenteil.« Sie lächelte. »Er sagte, mir zu begegnen, sei, als wäre eine wilde Fantasie zur Realität geworden. Er nannte mich immer die gestrenge Vorzimmerdame. Das war unser Spiel ...« Sie blickte zur Seite und konnte nicht verbergen, dass sich ihre Augen mit Tränen füllten.

Jasmin sah ihren Vorgesetzten an. Sie dachten beide das Gleiche. Hier war es nicht nur um sexuelle Vorlieben gegangen. Doris Kleiber hatte Gefühle für den Mann entwickelt.

»Und dann wurde Riccarda Meiner entlassen und er stürzte sich sofort in deren Arme«, warf Jasmin scheinbar beiläufig ein. »Wollte er Ihre Beziehung beenden?«

»Nein«, antwortete Doris Kleiber perplex. »Nichts dergleichen.«

»Waren Sie wütend, weil Sie bereits ahnten, dass er die Nacht bei Riccarda verbracht hat? Sie haben ihn deshalb zur Rede gestellt, es gab Streit. Womöglich sind Sie ihm später gefolgt, haben ihn ausgerechnet vor dem Haus Ihrer Widersacherin erwischt, da ist Ihnen der Kragen geplatzt und ...«

»Halt«, schrie Doris Kleiber auf, »was soll das werden? Ich habe nichts mit Holgers Tod zu tun.« Auf ihren Wangen bildeten sich hektische rote Flecken. »Sie hat Sie also auch schon verhext. Sie glauben ihr das ganze Unschuldsgequatsche und jetzt wollen Sie mir die Morde in die Schuhe schieben, ohne mich!« Doris sprang auf. »Ich werde jetzt gehen, denn Sie haben keinerlei Beweise, ich kenne meine Rechte. Was auch immer zwischen mir und Holger lief, das …«

»Vielleicht hatten Sie es aber auch satt, darauf zu warten, dass Ihre Gebete erhört wurden. Womöglich haben Sie vor sieben Jahren nachgeholfen, um Riccarda Meiner aus dem Verkehr zu ziehen.«

Doris Kleiber stand immer noch, ihre Hände ballten sich zu Fäusten, beinahe sah es so aus, als wollte sie Stutter schlagen, stattdessen brüllte sie jedoch: »Ich hätte alles getan, um dieses Weib am Boden zu sehen. Wenn Sie sie in jener Nacht erlebt hätten. Herumstolziert ist sie wie eine Monarchin, jeden hat sie beleidigt, vor versammelter Mannschaft blamiert. Fragen Sie doch einmal Benita Meiner, wie es sich angefühlt hat, zusehen zu müssen, wie der eigene Mann gedemütigt wird.«

Stutter machte eine ausladende Handbewegung, mit der er sie aufforderte, wieder Platz zu nehmen.

Sie wusste, dass sie bereits zu viel gesagt hatte, und ließ sich erschöpft auf den Stuhl sinken.

»Wir werden Benita Meiner ausführlich befragen, aber zunächst interessiert mich, woher Sie überhaupt davon wissen. Ich vermute, Sie waren an jenem Abend ebenfalls in der Villa.«

Doris Kleiber atmete durch, sie hatte keine Kraft mehr zu kämpfen, ihr Kopf sank Richtung Brust und mit ruhiger Stimme erzählte sie von ihrem unbemerkt gebliebenen Besuch auf der Party.

Stutter sah ihr an, dass es da noch etwas gab, und bohrte weiter: »Ihnen ist nicht zufällig etwas aufgefallen, was den Tod von Kuno Seiler betrifft?«

Ihr Zögern bestätigte ihm, auf der richtigen Spur zu

sein. Jetzt war es an der Zeit, etwas Druck auszuüben. »Hören Sie«, sagte er in geschäftsmäßigem Tonfall. »Bis jetzt sehe ich noch keine Notwendigkeit, die Staatsanwaltschaft zu informieren. Ihr heutiges Versteckspiel kann ich sogar verstehen, aber sollten Sie uns noch weitere Informationen vorenthalten, dann geht auch meine Geduld irgendwann zu Ende.«

Die Beamten hatten keine Ahnung, was Doris Kleiber zu der Aufklärung des Falles beitragen konnte, aber als sie ihnen schließlich erzählte, vor sieben Jahren Kuno Seiler vor der Villa gesehen zu haben, waren sie sichtlich überrascht.

»Er stand vor dem Gartentor.« Sie verzog den Mund. »Genau genommen würde ich sagen, er hat dort herumgeschnüffelt, erst dachte ich, das ist irgend so ein Spanner.«

»Warum haben Sie das damals nicht der Polizei erzählt?«, fragte Stutter fassungslos.

»Weil mich keiner gefragt hat«, schnappte die Frau und verschränkte die Arme vor der Brust. »Außerdem hatte ich nicht die geringste Lust, zugunsten von Riccarda Meiner auszusagen. Hätte ich erzählt, dass Kuno Seiler an dem Abend verdächtig ums Haus geschlichen ist, hätte man am Ende noch geglaubt, Riccarda sei aus Notwehr gezwungen gewesen zuzuschlagen.« Sie starrte ihn mit verkniffenem Gesicht an.

»Vielleicht hätten Sie aber auch eine unschuldige Frau vor dem Gefängnis bewahrt.«

»Pah«, stieß Doris Kleiber hervor. »Die ist nicht unschuldig. Auch Sie ...« Ihr Blick durchbohrte Stutter. »... werden sie nicht zur heiligen Jungfrau Maria machen.«

KAPITEL FÜNFZEHN

Am Ende blieb Hauptkommissar Stutter keine andere Wahl, als Doris Kleiber wieder gehen zu lassen. Es gab keine Beweise gegen sie, nur Indizien. Das Blut an der Peitsche stellte sich noch nicht einmal als das von Holger Wahl heraus. Natürlich hätte die Sekretärin ein Motiv gehabt, all diese Morde zu begehen und sie Riccarda Meiner anzuhängen. Rache, Eifersucht, vieles wäre möglich gewesen, aber in der Wohnung der Frau fand man keine Hinweise auf ihre Schuld. Ihre Alibis waren zwar dürftig, aber nicht unglaubhaft, somit konnten die Beamten dem Haftrichter nichts Brauchbares vorlegen.

»Es ist zum Verrücktwerden«, fluchte Hauptkommissar Hürtgen laut und fügte noch ein bayrisches Schimpfwort an, das Jasmin grinsen ließ.

»Jede Menge Weibsbilder, alle höchst verdächtig, und doch sind uns die Hände gebunden. Ich bin mir sicher, dass es eine davon war.« Er raufte sich die Haare. »Benita Meiner, die ambitionierte Ehefrau des derzeitigen Firmenchefs, ist genauso kaltblütig wie unsere tödliche Heilige, Riccarda Meiner, ich ...«

»Was?«, fuhr ihn Jasmin an.

Er erwartete von ihr eine Erklärung, aber die Oberkommissarin stürzte bereits zu ihrem Computer. Ihre Finger sausten über die Tastatur und es entstand ein leises, stetiges Klacken.

Sie verkniff sich den gotteslästerlichen Kraftausdruck, der ihr auf der Zunge lag, und rief dafür ärgerlich: »Wie konnte ich das nur übersehen?« Sie drehte den Bildschirm und zeigte ihren Kollegen ein Tatortfoto von Holger Wahl, ihr Finger wanderte zu den Ästen, die man ihm ins Fleisch gestoßen hatte. Daraufhin öffnete sie eine weitere Datei. Ein Bild, das sie eben im Internet gefunden hatte. Dabei handelte es sich um Kirchenmalerei. Dargestellt wurde ein Mann, in dessen Leib Pfeile steckten. »Der heilige Sebastian, ein römischer Soldat, der zum christlichen Glauben fand und als Märtyrer starb, durchbohrt von Pfeilen, anschließend zu Tode geprügelt. In Holger Wahls Fall wurde dazu ein Hammer benutzt.«

Sie tippte weiter und es erschien ein Foto von Alexandra Turner, der Reitlehrerin – erhängt, neben der Leiche ein Ast des Holunderstrauchs.

Wieder öffnete sie parallel dazu die Abbildung eines alten Gemäldes und erklärte die Szene, die dort gezeigt wurde. »Der heilige Koloman, ein Pilger, den man für einen Spion hielt, weil er anders gekleidet war als die Einheimischen. Man hat ihn an einem Holunderstrauch erhängt.«

»Ein weiterer Märtyrer«, warf Hauptkommissar Stutter ein.

Jasmin nickte hektisch und sagte: »Trisha Wahl wurde mit heißem Öl übergossen, genauso wie der heilige Veit, und die Haushälterin Meike Sommer hat man verbrannt. Viele Heilige starben auf dem Scheiterhaufen. Tja«, fügte sie schließlich triumphierend an, »und dann wäre da noch der Anschlag auf Leander Meiner. Vielleicht kennt jemand die Geschichte vom heiligen Apostel Johannes, der sich weigerte, den heidnischen Göttern ein Opfer zu bringen, und deshalb gezwungen werden sollte, Gift zu trinken. Aber er segnete das Gefäß mit dem Gift. Das Gift verwandelte sich in eine Schlange und kroch davon.«

»Und der Wurm in der Flasche soll die Schlange darstellen, als Anspielung auf den heiligen Johannes«, ergänzte Hauptkommissar Stutter. »Wir haben es also mit jemandem zu tun, der sich bestens mit den Geschichten der Heiligen auskennt.«

»Da fällt mir als Erstes die Gemeinde von Kuno Seiler ein, besonders seine Nachfolgerin«, bemerkte Hürtgen.

»Da stimme ich zu«, entgegnete Jasmin, »in deren Gebetshaus hingen jede Menge Heiligenbilder, eigentlich hätte ich schon auf die Idee kommen müssen, als sie uns vom heiligen Dionysius erzählt hat. Allerdings denke ich nicht, dass die anderen deshalb von der Verdächtigenliste verschwinden. Benita Meiner war zum Beispiel auf einer christlichen Schule und selbst wer keine Ahnung von solchen Dingen hat, kann sie sich leicht aneignen.«

»Aber warum sollte jemand überhaupt auf diese Weise morden?«, fragte der Münchner Hauptkommissar in die Runde.

Stutter, der noch einmal das von Jasmin zusammengestellte Material durchging, gab ihm schließlich Antwort. »Gut möglich, dass damit auf Riccarda Meiner angespielt werden soll. Immerhin hatte sie damals den zweifelhaften Spitznamen ›tödliche Heilige‹ oder aber ...« Es war ihm anzumerken, dass ihm die zweite Option nicht gefiel. »... es geht nicht um eine Anspielung, sondern vielmehr um so etwas wie eine Unterschrift. Eine Art Stempel. Nach dem Motto: Ich bin eine Heilige und lasse deshalb andere wie Heilige sterben. Vielleicht ist es eine Botschaft von Riccarda Meiner, die uns die ganze Zeit etwas vorgespielt hat.«

Dieses Mal jedoch war es die Oberkommissarin, die Partei für Riccarda ergriff: »Allerdings habe ich mittlerweile Zweifel, dass sie das Leben von Leander riskiert hätte. Die beiden sind wie Geschwister.«

»Sie wissen, dass das kein Argument ist«, warf Hürtgen ein. »Vielleicht war Leanders Vergiftung ein Unfall oder die Zuneigung beruht eben nicht auf Gegenseitigkeit.«

»Jedenfalls können wir Riccarda Meiner immer noch nicht ausschließen, alles fing mit ihr an und, wie es scheint, endet es auch mit ihr«, warf Stutter ein, der plötzlich ein ungutes Gefühl hatte. Seine eigenen Worte erschreckten ihn. »Ich würde gerne noch einmal mit Riccarda reden«, sagte er an Jasmin gewandt, »versuche sie telefonisch zu erreichen.«

Jasmin sparte es sich, ihren Vorgesetzten auf die fortgeschrittene Uhrzeit hinzuweisen, sie kannte ihn gut genug, um zu wissen, dass ihn irgendetwas beunruhigte und er sich daher nicht aufhalten ließ.

Während sie wählte, begann Stutter auf und ab zu gehen. Hürtgen sah ihn fragend an und erhielt eine Antwort: »Ich mache mir ernsthafte Sorgen. Wenn Riccarda die Mörderin ist, dann werden wir sie überführen, aber wenn nicht, dann gibt es da draußen jemanden, der Menschen im Umfeld von Riccarda Meiner umbringt. Vermutlich weil Riccarda eine bestimmte Rolle für denjenigen spielt. Wir sind gerade dabei, diese Person immer enger einzukreisen, daher stellt sich die Frage, wie lange es wohl dauert, bis sich der- oder diejenige dadurch massiv unter Druck gesetzt fühlt. Wenn das der Fall ist, müssen wir damit rechnen, dass Riccarda Meiner das nächste Opfer sein wird.«

»Sie halten sie immer noch für unschuldig«, schnaufte Hürtgen.

»Ich halte es zumindest für notwendig, weitere Überprüfungen anzustellen«, gab Stutter wahrheitsgemäß zurück.

»In der Villa von Riccarda Meiner meldet sich niemand«, unterbrach Jasmin die beiden.

»Vielleicht bereitet sie gerade ihren nächsten Mord vor«, warf Hürtgen ein.

Es war ironisch gemeint, aber der Hauptkommissar vom BKA reagierte ernst. »Versuchen wir die Seilers zu erreichen und diese Pfarrerin«, wies er Jasmin an.

»Niemand da, auf keiner der Nummern«, erwiderte die Oberkommissarin kurz darauf.

Stutter schnappte sich seinen Mantel. »Wir sollten hinfahren und schicken Sie je einen Wagen zu Benita Meiner und Doris Kleiber. Ich bin mir sicher, dass wir ganz dicht dran sind, keinesfalls möchte ich jetzt einen Fehler begehen.«

* * *

Etwa zur gleichen Zeit

Hedwig Ächter betrachtete das aufgeschlagene Buch auf dem Altar. Eine Sammlung von Heiligen-Geschichten, alt und vergriffen. Kuno hatte diesen Band geliebt und in seinen Predigten stets auch die Martyrien der Gläubigen eingebaut. Die Geistliche strich zärtlich über die offene Seite, eine Darstellung des heiligen Bartholomäus, jener Apostel, dem ebenfalls ein schrecklicher Märtyrertod bestimmt gewesen war.

Während sich Hedwig Ächter fragte, ob nicht auch Kuno Seilers Ende in einem dieser Bücher festgehalten werden sollte, stand Anke Seiler am Schlafzimmerfenster und blickte zum Grundstück von Riccarda Meiner. Sie hatte nicht vor, für Benita zu spionieren, was sie tat, tat sie ausschließlich für sich und Philippa. Die letzten Tage hatten an ihren Nerven gezehrt. Sicherlich fiel es den anderen bereits auf, wie blass und mitgenommen sie aussah. Am Morgen die Erleichterung, Riccarda Meiner war wieder verhaftet worden, und dann?

Das Böse kehrte zurück. Riccarda hatte sich erneut aus allem herauswinden können. Der Swimmingpool war jetzt beleuchtet und Riccarda Meiner stand in wallenden Gewändern inmitten der Anlage, wie eine Herrscherin, vor der sich die Untertanen niedergekniet hatten.

»Ich hasse dich«, flüsterte Anke und erinnerte sich an die quälenden Tage nach Kunos Tod. Die Spekulationen, ob es denn nun zu einer Verurteilung kommen würde oder nicht. Natürlich hatte auch sie gehört, was Riccarda behauptet hatte, aber eine höhere Macht hatte Beistand geleistet und am Ende alles als Verleumdung entlarvt.

Anke hielt das Fernglas vor die Augen. Unten im Wohnzimmer klingelte das Telefon, aber das ignorierte sie. Stattdessen stellte sie sich die Frage, ob sich Riccarda je bewusst gewesen war, dass man sie von hier beobachten konnte.

In den letzten Tagen hatte Philippa oft in dieser Position am Fenster ausgeharrt, Anke machte sich Sorgen um das Mädchen, wähnte sie in Gefahr. Im Gegensatz zur Polizei hielt Anke ihre Nachbarin für gefährlich. Sie traute ihr all die Morde der letzten Wochen zu. Wenn jemand der Typ für gnadenlose Rache war, dann ja wohl Riccarda Meiner. Irgendwann würde man sie erwischen, davon war die Frau am Fenster überzeugt. Sie wollte das Fernglas schon aus der Hand legen, als ihr eine Bewegung auffiel. Eine zweite Person befand sich im Garten der Meiner-Villa. Noch sah man nur einen Schatten, schemenhafte Bewegungen. Anke Seiler spürte, wie sich ihr Herzschlag beschleunigte, was geschah dort?

Sie trat einen Schritt nach vorne, hätte am liebsten das Fenster geöffnet, sich hinausgelehnt, um besser sehen zu können. Allerdings wagte sie es nicht, das Fernglas zu senken und dadurch etwas zu verpassen.

Ankes Atem ging schneller, noch immer hielt sich die Person im Schatten, aber dann, ganz plötzlich, trat sie hervor, es war eine Frau, das konnte Anke sofort erkennen, im nächsten Augenblick wurden ein Arm und eine schmale Schulter sichtbar. Riccarda Meiner stand immer noch unbeweglich am Pool, den Rücken dem Eindringling zugewandt. Dann überschlugen sich die Ereignisse. Für einige Sekunden wirkte Anke wie gelähmt, denn sie hatte die Fremde, die eben Riccarda niedergeschlagen hatte, erkannt. Wie hatte sie nur so blind sein können? Zitternd senkte sie das Fernglas, unfähig, zu reagieren. In ihrem Kopf herrschte ein wildes Chaos, sollte sie eingreifen oder abwarten, bis Gottes Werk getan war? Stand es ihr überhaupt zu, das Schicksal zu verändern? Vielleicht sollte es genau so sein. Vor sieben Jahren hatte man ihr einen Weg gezeigt und sie war ihn voller Vertrauen gegangen. Was, wenn es sich nun genauso verhielt? Aber dann kamen ihr Zweifel, konnte sie das zulassen oder war es ihre Pflicht, das, was jetzt unweigerlich geschehen würde, zu verhindern?

Langsam stieg sie die Treppe hinab. Wem machte sie etwas vor? Es war doch längst zu spät. Beklommen fragte sie sich, ob es Anzeichen gegeben hatte. War sie entsprechenden Bemerkungen und Versuchen, sie zur Komplizin zu machen, gegenüber taub gewesen? Müde ließ sie sich im Wohnzimmer in einen Sessel fallen. Nein, sich jetzt einzumischen, würde es am Ende unerträglich machen weiterzuleben. Ohne es zu bemerken, rannen Tränen über Ankes bleiches Gesicht. Ihre Gebete waren also erhört worden.

* * *

Hauptkommissar Stutter trieb seine beiden Kollegen zur Eile. Weitere Versuche, Riccarda Meiner auf ihrem Handy zu erreichen, scheiterten. Zudem erhielten die Beamten die Nachricht, dass sich weder Doris Kleiber noch Benita Meiner zu Hause aufhalten würden. Niemand wusste, wo die Sekretärin war, Benita hingegen sei laut Aussage ihres Mannes noch zu einer späten Joggingrunde aufgebrochen, angeblich nichts Ungewöhnliches.

»Uns ist etwas entgangen«, murmelte Stutter immer wieder, während er die Wahlwiederholung drückte und die x-te Nachricht für Riccarda Meiner hinterließ.

Der Wagen von Hauptkommissar Hürtgen stand noch nicht, da sprang Stutter schon aus dem Fahrzeug und eilte zum Tor. Er drückte die Klingel, stemmte sich an der

Mauer hoch und entdeckte Licht im Haus, aber kein Lebenszeichen von Riccarda.

Jasmin, die sich in die andere Richtung bewegt hatte, zischte: »Hier!«

Sofort waren die beiden Männer bei der Oberkommissarin. Sie deutete auf das offene Gartentor.

»Wir gehen rein«, flüsterte Stutter. Als er Hürtgens Zögern bemerkte, fügte er an: »Das geht auf mich, Gefahr im Verzug. Sollte ich mich irren, werde ich mich gerne bei der Dame entschuldigen.« Damit drehte er sich um, zog seine Dienstwaffe aus dem Holster und schlich langsam durch das Tor.

Riccarda Meiner lag auf dem Boden, ihre Arme und Beine waren gefesselt, über ihrem Mund ein behelfsmäßiger Knebel gebunden. Dennoch reichte er aus, ihre Schreie zu ersticken. Die Schmerzen waren unerträglich, Tränen schossen ihr in die Augen und sie wusste, dass sie heute Nacht sterben würde.

»Es ist ein heiliger Schmerz«, flüsterte ihre Peinigerin, die mit blutverschmierten Fingern vor ihr kniete und lächelte. Es war ein entrücktes, gefühlloses Lächeln, so als wäre die andere nicht mehr Herr ihrer Sinne.

Sie ist wahnsinnig, schoss es Riccarda durch den Kopf.

Verzweifelt wand sie sich hin und her, aber schon wurde das Messer erneut angesetzt.

»Der heilige Bartholomäus muss unerträgliche Qualen ausgestanden haben, aber dafür kam er direkt in den Himmel. Diese Läuterung wird dich zu einem besseren Menschen machen, es muss also sein«, frohlockte Riccardas Angreiferin, schnitt ihrem Opfer ungeschickt in den Unterarm und versuchte, die Haut abzulösen.

Riccarda schrie unter ihrem Knebel, spürte, wie ihr Herz gegen die Brust schlug und ein stechender Schmerz ihren Körper durchfuhr, dann wurde sie ohnmächtig.

»Der arme Bartholomäus hat seine Häutung bei vollem Bewusstsein und klarem Verstand erfahren, ein Jammer, dass du das verpasst«, sagte Riccardas Peinigerin bedauernd, schnitt noch einmal ins Fleisch der ohnmächtigen Frau und fügte mit boshaftem Lächeln an: »Am Ende wurde er geköpft.«

Im nächsten Augenblick ertönte eine tiefe, bedrohliche Stimme: »Messer fallen lassen!«

Für einen Moment blickte die Frau mit dem Messer Richtung Himmel, dann erst nahm sie die drei Beamten wahr, die ihre Waffen auf sie richteten.

Hinter den Polizisten schrie plötzlich jemand: »Nein, nicht schießen, bitte, tun Sie ihr nichts.« Anke Seiler stürzte an Stutter vorbei, bevor er sie aufhalten konnte.

»Mama?«, rief Philippa überrascht, während sie sich aufrichtete und in Ankes Richtung drehte. Das Messer in der einen Hand, in der anderen ein etwa zehn Zentimeter langes und fünf Zentimeter breites blutiges Stück Haut, das sie Riccarda Meiner eben herausgeschnitten hatte. »Aber ich bin noch nicht fertig, ich muss es doch zu Ende bringen«, sagte sie nun mit dem Tonfall eines nörgelnden Kindes. »Bartholomäus wurde gehäutet, ich häute Riccarda Meiner, dann schlage ich ihr den Kopf ab und wir sind wieder frei.«

Anke ging langsam zu Philippa, warf Stutter einen

flehenden Blick zu und hob die Hand, um ihm zu bedeuten, nicht zu schießen.

»Du hast alles getan, den Rest übernimmt der Allmächtige«, sprach sie sanft auf die Siebzehnjährige ein.

»Ich habe es für uns getan, für dich. Sie hat doch an allem Schuld.« Und plötzlich änderte sich Philippas Haltung. Die Sanftheit verschwand. Mit einer schnellen Bewegung wandte sie sich zu ihrem Opfer am Boden, sicherlich hätte sie zugestochen, aber Jasmin Nau war schneller. Sie hatte sich unbemerkt aus dem Schatten genähert und stürzte sich auf die junge Frau. Anke Seiler wurde von Hauptkommissar Hürtgen zurückgehalten, während Stutter zu Riccarda eilte und sie von den Fesseln befreite. Ihre Wunde am Arm blutete stark. Für einen Augenblick kam sie zu sich, lächelte, als sie den Hauptkommissar erkannte, und hauchte: »Danke.«

* * *

Anke Seiler hatte die Beamten angefleht, Philippa gehen zu lassen, versuchte, eine unglaubhafte Geschichte aufzutischen, in der sie sich selbst bezichtigte, Riccarda Meiner überwältigt und verletzt zu haben. Niemand glaubte ihr. Am Ende sah sie die Ausweglosigkeit der Situation und bat Stutter, sie zu ihrer Tochter zu lassen.

Die Siebzehnjährige war zwischenzeitlich von einem Polizeiarzt untersucht und von einer Mitarbeiterin des Jugendamtes betreut worden.

»Nichts deutet auf Drogenmissbrauch hin«, teilte der Arzt dem Hauptkommissar mit, »allerdings sollte sich ein Psychiater die junge Frau ansehen.« Er sagte es nicht, aber sein Gesichtsausdruck ließ die Polizisten annehmen, dass er Philippa Seiler für geistig gestört hielt.

Tatsächlich sprach Kuno Seilers Tochter die ganze Zeit von den Heiligen, die sie ehren wollte, sowie von Menschen, die den Tod verdient hatten und durch ihr Martyrium geläutert werden sollten.

Anke Seiler durfte ihre Tochter kurz in die Arme schließen. Man hatte versucht, Riccarda Meiners Blut aus ihrem Gesicht zu waschen. Auch die Hände der jungen Frau waren gesäubert worden, die Kleidung hatte man ihr abgenommen und gegen einen Jogginganzug eingetauscht.

Während Anke Seiler schluchzte, blieb ihre Tochter erschreckend ruhig.

»Ich hätte es zu Ende bringen können«, sagte Philippa leise, »dann wäre alles wieder wie früher geworden.« Plötzlich ging ein Ruck durch ihren schlanken Körper. Es war, als wäre sie aus einem tiefen Traum erwacht. »Ist die Meiner endlich tot?«, fragte sie aufgeregt und wandte sich an die Mutter.

»Mein armes Kind«, stammelte die und strich Philippa eine Haarsträhne aus dem Gesicht.

»Es wird nicht mehr wie früher, oder?«, fragte das Mädchen daraufhin leise.

»Nein, Schatz, wird es nicht.« Anke weinte. »Ich hätte dich beschützen müssen«, stieß sie verzweifelt hervor, »es ist alles meine Schuld.« Sie wandte sich an den Hauptkommissar. »Ich war es, ich trage die Schuld.«

Erst glaubte Stutter, sie spräche wieder über den Angriff auf Riccarda Meiner, aber überraschenderweise rief sie nun: »Ich habe ihn umgebracht.« Daraufhin brach sie schluchzend zusammen.

Kurz darauf saßen Jens Stutter und Jasmin Nau zusammen mit Anke Seiler im Verhörzimmer.

»Wen haben Sie umgebracht?«, stellte der Hauptkommissar die naheliegendste Frage.

»Kuno, meinen Mann.« Und mit einem Mal sprudelten die Worte nur so aus ihr heraus. »Er war ein Heuchler, ein Pharisäer. Ich wusste es die ganze Zeit, er hat sie beobachtet, oben von unserem Schlafzimmerfenster aus.« Ihr Gesicht verzog sich angewidert. »Hat sich aufgegeilt an ihrem nackten Körper, mit dem Fernglas ihre Brüste angestarrt, wenn sie sich wie eine Hure in der Sonne gerekelt hat. An jenem Tag habe ich ihn dabei überrascht, wie er ...« Sie brachte es kaum fertig, die Worte auszusprechen, deshalb sagte sie: »Ich bin eine gläubige Frau, da gibt es Regeln. Mein Mann ...« Sie seufzte. »... er hat sie gebrochen.«

Stutter hakte nach: »Was hat Ihr Mann genau getan?«

Anke Seiler reagierte genervt. »Er hat an sich herumgespielt, genügt das?«

»Verstehe«, beschwichtigte sie der Hauptkommissar. »Sie haben ihn deshalb zur Rede gestellt?«

»Natürlich«, rief sie empört, »wir hatten einen furchtbaren Streit wegen Riccarda Meiner. Er versprach mir, nein, er schwor auf die Bibel, dass er sich bessern wollte, aber stattdessen ...« Sie schluchzte. »... stattdessen hat er sich keine drei Tage später aus dem Haus geschlichen. Sogar eine Flasche Wein hatte er bei sich.« Sie schüttelte den Kopf, als könnte sie das immer noch nicht glauben.

»Erst lungerte er eine Weile vor der Villa herum. Ich dachte noch, er widersteht der Versuchung, lässt sich von Gott prüfen und kehrt zu mir zurück, aber dann ...« Ihr Gesicht nahm einen hasserfüllten Ausdruck an. »Er ging hinein, als diese grölende Meute verschwunden war.

Irgendwer hatte das Gartentor offen gelassen und er hat es ebenfalls nicht hinter sich geschlossen, also bin ich ihm gefolgt.« Sie wurde ruhiger und sagte mit trauriger Miene: »Ich weiß nicht, warum ich das getan habe. Letzten Endes ist es dadurch nur schlimmer geworden. Als ich ihn dann am Pool fand, machte ich ihm eine Szene. Allen Ernstes wollte er mir erklären, er wäre als Friedensstifter mitten in der Nacht zu Riccarda gegangen, die Weinflasche sei ein Versöhnungsgeschenk gewesen, um den Nachbarschaftsstreit beizulegen. Dabei ging es ihm nur um fleischliche Lust, und Riccarda Meiner hätte sicher ihre Freude daran gehabt, Kuno vom rechten Weg abzubringen. Sie ist und war immer schon eine Hure. Er war schwach und ich voller Zorn. Ich schlug ihm die Flasche aus der Hand, da wurde er wütend, hat mich beschimpft. Er behauptete, ich sei selbst schuld, immerhin würde ich ihm sein gottgegebenes Recht auf eheliche Freuden verwehren. Dann hat er mich als frigide Kuh beschimpft, da ist bei mir eine Sicherung durchgebrannt. Ich griff nach dem Erstbesten, was ich finden konnte, und schlug zu. Ich wollte ihn töten, ich wollte, dass er aufhört, all diese gemeinen Dinge zu sagen. Er stürzte und fiel ins Wasser. Ich stand da, völlig unter Schock, da tauchte plötzlich Riccarda auf. Sie schwankte, war total betrunken, trat in eine der Scherben und stürzte zu Boden. Sie muss sich dabei den Kopf gestoßen haben, jedenfalls blieb sie bewusstlos liegen. In dem Moment habe ich an Philippa gedacht. Wenn man mich verhaftet hätte, wäre sie ohne Eltern aufgewachsen, und da wusste ich, was zu tun war. Ich wischte meine Fingerabdrücke von dem Aschenbecher ab, drückte ihn Riccarda in die Hand und rannte in mein Haus zurück. Danach saß ich stundenlang im Sessel und habe darauf gewartet, dass man mich verhaftet, aber nichts geschah. Riccarda wurde für schuldig befunden und eingesperrt. Niemand sagte für sie aus, niemand verdächtigte mich, und mein Leben ging einfach weiter.«

Sie begrub das Gesicht in den Händen. »Ich hätte es wissen müssen, Philippa war immer schon so feinfühlig, so sensibel, sie muss die Wahrheit gekannt haben.« Abrupt blickte sie in Stutters Richtung. »Was wird denn jetzt?«

Es war Jasmin Nau, die antwortete: »Sie haben einen unschuldigen Menschen ins Gefängnis gebracht, was denken Sie denn, was jetzt wird?«, schnauzte die Oberkommissarin und verschränkte die Arme vor der Brust.

Das Verhör war beendet und Anke Seiler, die man zu einer Zelle führte, stieß flehentlich die Beteuerung aus, das nicht gewollt zu haben.

* * *

Philippa Seiler wartete mit einer Mitarbeiterin des Jugendamts und einem Anwalt im angrenzenden Zimmer. Die Siebzehnjährige war bereit auszusagen. Sie hatte sich aufgerichtet, saß kerzengerade auf ihrem Stuhl und verkündete mit hartem Blick: »Ich habe nichts zu verbergen. Was ich getan habe, war richtig.«

Schnell stellte sich heraus, dass Philippa vor sieben Jahren den Streit der Eltern mitbekommen hatte. Laut ihrer Auffassung trug allein Riccarda Meiner dafür die Verantwortung.

»Sie hat meinen Vater auf den falschen Weg gebracht und meine Mutter gezwungen zu handeln.« Leider hatte die zehnjährige Philippa auch die tödliche Szene am Pool beobachtet.

»In jener Nacht habe ich schlecht geträumt und bin ins Schlafzimmer meiner Eltern gerannt, aber da war niemand. Das Fernglas lag auf der Fensterbank und ich wollte nur mal durchsehen, da entdeckte ich die beiden, drüben bei Riccarda Meiner. Ich habe nie etwas zu meiner Mutter gesagt, nur dafür gebetet, dass ihr nichts passiert, und ihr ist nichts passiert. Gott hat uns beschützt, aber der Teufel besitzt eine starke Macht, deshalb kam Riccarda auch auf freien Fuß. Ich hatte keine Wahl, ich musste etwas unternehmen. Sie sollte eine richtige Strafe erhalten, außerdem hatte ich Angst, sie könnte sich vielleicht doch wieder an jene Nacht erinnern und meine Mutter beschuldigen.«

»Aber Sie haben nicht Riccarda Meiner getötet, sondern deren Haushälterin?«, fragte Stutter behutsam.

»Ja«, stieß das Mädchen ärgerlich hervor. Die beiden hatten Streit, das wurde sogar im Fernsehen gezeigt. Ich dachte, dass jeder sofort annehmen würde, Riccarda hätte die Frau ermordet. Mir war bekannt, wo Meike Sommer wohnt. Diese Haushälterin war ein Klatschweib, jeder wusste von ihrem kleinen Häuschen nicht weit von unserer Adresse.

»Und warum das Feuer?«, blieb Stutter freundlich.

»Viele Heilige wurden verbrannt, die Jungfrau von Orléans, die heilige Apollonia.«

»Aber Meike Sommer war keine Heilige, oder?«

»Nein.« Philippa lachte heiser auf. »Das war sie ganz bestimmt nicht, doch durch das Martyrium wurde zumindest ihre Seele gereinigt und gleichzeitig konnte ich die wahren Heiligen ehren.«

»Deshalb die Inszenierung bei Holger Wahl. Aber warum musste der Mann überhaupt sterben?«

»Er hat Riccarda Meiner ein Alibi gegeben. Wegen

ihm hat man sie nach dem Tod der Haushälterin nicht verhaftet. Als ich dann zufällig beobachtet habe, wie er vor der Villa dieser Schlange geparkt hat, da wusste ich, er muss bestraft werden. Gott hat mich geführt. Ich habe gegen die Scheibe geklopft, behauptet, sein Vorderrad sei platt, und als er sich hingekniet hat, da schlug ich zu. Es war einfach, das Werk des Allmächtigen zu tun.« Ihr Blick wanderte zur Decke.

»Aber wieder kam Riccarda Meiner davon«, warf Stutter harmlos ein.

»Mein Wunsch war, dass sie im Gefängnis elendig zugrunde gehen würde, Jahrzehnte eingesperrt, weit weg von Luxus und Bequemlichkeit. Als das nicht klappte, musste ich etwas unternehmen. Deshalb präparierte ich die Flasche.«

»Die für Riccarda Meiner bestimmt gewesen war.«

»Ja, aber der blöde Cousin hat das verhindert. Also brauchte ich einen anderen Plan. Ich wollte etwas von Riccarda stehlen und bei der nächsten Leiche deponieren. Auch das war ziemlich einfach. Als die Arbeiter vom Hausmeisterservice im Garten waren, haben sie das Tor offen gelassen. Ich fand sofort am Pool diesen merkwürdigen blauen Schal und nahm ihn mit. Da Trisha Wahl und meine Mutter Klassenkameraden waren, wusste ich natürlich, wo die Wahls wohnen. Also habe ich eine deutliche Spur gelegt, um die Polizei von Riccardas Schuld zu überzeugen.« Es folgte ein abfälliges Zungenschnalzen. »Aber Sie und Ihre Kollegen haben nichts begriffen und heute Abend wollte ich es dann selbst in die Hand nehmen und Riccarda Meiner endgültig aus unserem Leben streichen. Ihr hätte es gutgetan, auf den Spuren des heiligen Bartholomäus zu wandeln. Leider wurde ich von Ihnen unterbrochen«, fügte sie noch trotzig an.

Stutter hatte fast alle Antworten, stellte jedoch noch eine letzte Frage: »Warum Alexandra Turner? Warum haben Sie Ihre Reitlehrerin umgebracht?«

»Weil sie es verdient hatte«, fauchte die junge Frau. »Sie haben doch selbst miterlebt, wie sie mich behandelt hat. Diese fiese alte Hexe! Wissen Sie, was mein Name bedeutet?«

Sie wartete nicht auf eine Antwort, sondern sagte: »Ich bin nach der heiligen Philippa benannt. Übersetzt bedeutet Philippa: die Pferdefreundin. Ich bin quasi auserwählt, mit den Tieren zu arbeiten, und da will mir Alex erklären, ich verstünde nichts vom Reiten.« Mehr denn je wirkte sie wie ein kleines, störrisches Kind, ein Kind, das zu einer gefährlichen Frau herangewachsen war.

»Ich habe die Heiligen studiert, mein Vater besaß entsprechende Bücher. Hedwig hat sie mir herausgesucht. Daher weiß ich, dass man viele von ihnen zu Lebzeiten verkannt und ungerecht behandelt hat. Sie können mir also keine Angst machen. Ich bin unverwundbar, denn Er wird über mich wachen. Eines Tages wird Riccarda Meiner sterben und in der Hölle landen, dann ist sie endlich dort, wo sie hingehört.«

EPILOG

Einige Monate später

Anke Seiler sollte ihre Tochter für lange Zeit nicht zu Gesicht bekommen. Vielleicht würde es ihr nach Verbüßen der eigenen Haftstrafe irgendwann erlaubt sein, das Mädchen zu besuchen.

Philippa hingegen schien nichts und niemanden zu vermissen. In ihrer Zelle im psychiatrischen Klinikum zog sie sich immer mehr in sich zurück und war mittlerweile davon überzeugt, von Ungläubigen eingekerkert worden zu sein, die sie von ihrer heiligen Mission abhalten wollten. Natürlich waren die beiden Frauen, genauso wie die Familie Meiner, Lieblingsthema der Presse. Nur langsam ebbte der Rummel ab. Der Justizirrtum im Mordfall Kuno Seiler sorgte für eine Menge Schlagzeilen, und Hauptkommissar Hürtgen tat sich schwer, damit klarzukommen. Stutter hatte ihm zum Abschied freundschaftlich die Hand geschüttelt und gesagt: »Nicht einmal Riccarda Meiner hielt sich damals für unschuldig, niemand kann Ihnen einen Vorwurf machen.«

Jasmin zog es seit Abschluss des Falls immer häufiger nach München. Allen guten Vorsätzen zum Trotz hatte sie sich Hals über Kopf in Leander Meiner verliebt, der seinerseits der Oberkommissarin die Welt zu Füßen legen wollte. Jens Stutter rechnete jeden Tag damit, dass ihm seine lieb gewonnene Partnerin einen Versetzungsantrag unter die Nase halten würde.

Auch er war noch einmal nach München gefahren, um seinem Kollegen Hürtgen bei der abschließenden Befragung durch den Untersuchungsausschuss beizustehen. Anschließend hatte er sich zu einem spontanen Besuch bei Riccarda Meiner entschlossen. Er wusste nicht, ob sie ihn empfangen würde oder überhaupt im Haus war, aber zu seiner Überraschung ließ sie ihn sofort von einer Angestellten in ihr Büro geleiten.

»Ich wollte mich nur erkundigen, wie es geht«, sagte er und betrachtete sie fasziniert. Die letzten Wochen schienen sie verjüngt zu haben.

Ihre Augen strahlten ihn an. »Mein Arm sieht unter dem Verband schrecklich aus, die Ärzte rechnen noch mit weiteren OPs, aber ansonsten geht es mir ausgezeichnet.« Sie trat auf ihn zu und hauchte ihm links und rechts einen Kuss auf die Wange. Sie spürten beide, wie die Luft zwischen ihnen knisterte.

»Bleibst du übers Wochenende?«, wechselte sie zum vertraulichen Du und blickte ihn verführerisch an.

»Wäre das denn vernünftig?«, gab er mit einem Lächeln Antwort.

»Nein, ganz sicher nicht, aber es wäre schön und würde uns glücklich machen, zumindest für einen Augenblick. Du hast mich gerettet in mehrfacher Hinsicht. Ich habe mein Leben zurück, meine Selbstachtung und meine Firma. Etwas, das Xaver, seine Frau und

Doris Kleiber zur Weißglut treibt, trotzdem machen alle drei weiter wie bisher.« Sie lachte auf, wurde dann jedoch ernst. »Ich bin weder tödlich noch eine Heilige. Ich bin irgendetwas dazwischen. Was genau, das kannst du, wenn du willst, gerne herausfinden. Lüfte mein Geheimnis.«

Sie schmiegte sich an ihn und er küsste sie auf den Mund, zärtlich und liebevoll, schob sie dann jedoch sanft von sich. »Manche Geheimnisse sollte man nicht ergründen«, flüsterte er. Behutsam berührten seine Finger ihre Wange und er streichelte über die Narbe, dann trat er einen Schritt zurück. »Ich wünsche dir alles Glück der Welt, du hast es verdient.«

Sie nickte ihm zu und spürte ein tiefes Bedauern, als er sich mit einem Lebewohl verabschiedete.

ENDE

SCHLUSSWORT UND ANMERKUNGEN

Alle Personen, Institutionen und Handlungen in meinem Psychothriller »Tödliche Heilige«, nebst Namen und Bezeichnungen, sind frei erfunden. Ähnlichkeiten mit lebenden oder toten Personen und deren Handlungen sind rein zufällig und nicht beabsichtigt. Das gilt unter anderem auch für die Dienststelle der Kriminalpolizei in München, Hauptkommissar Stutters Abteilung beim BKA, den Reitklub, die Freikirche oder Meiner-Pharmazeutika.

Grünwald ist eine Gemeinde südlich von München. Schwabing und Maxvorstadt sind Münchner Stadtbezirke. Eine berühmte Sehenswürdigkeit in München ist der Englische Garten, in dem sich unter anderem so bekannte Bauwerke wie der Monopteros und das Rumfordschlössl befinden. Natürlich gibt es in der bayrischen Landeshauptstadt unglaublich viel zu entdecken, eine Reise lohnt auf alle Fälle.

Ein zentrales Thema meines Psychothrillers sind die Geschichten von Heiligen und Märtyrern. Natürlich konnte ich deren Lebensläufe und jeweilige Bedeutung nur sehr verkürzt darstellen, um nicht den Rahmen des Buches zu sprengen. Gelegentlich gibt es auch mehrere Versionen ihrer Lebens- und Leidensgeschichten.

Übrigens möchte ich noch erwähnen, dass die Herbstzeitlose tatsächlich eine äußerst giftige Pflanze ist und es immer wieder zu Verwechslungen mit dem harmlosen und wohlschmeckenden Bärlauch kommt.

Vielen Dank, dass Sie sich die Zeit für meinen Psychothriller »Tödliche Heilige« genommen haben. Ich hoffe, Sie hatten spannende Stunden mit Hauptkommissar Jens Stutter und seiner Kollegin Jasmin Nau.

Herzliche Grüße

Ihre Ilona Bulazel

WEITERE BÜCHER DER AUTORIN

Alle Bände der Reihen sind in sich abgeschlossen und können unabhängig voneinander gelesen werden.

Mädchen ohne Wiederkehr (Psychothriller)
https://www.amazon.de/dp/B086MYCQHC

Der Engelshenker (Psychothriller, Sepsis Band 8)
https://www.amazon.de/dp/B083PNRWLJ

Lebendfalle (Psychothriller)
https://www.amazon.de/dp/B07YR2RSMR

Schattenleid (Psychothriller, Hauptkommissar Kaller Band 2)
https://www.amazon.de/dp/B07T7ZLTNB

Der Schmerzjäger (Psychothriller, Hauptkommissar Stutter Band 3)
https://www.amazon.de/dp/B07PDHYYBR

Blutschwarz (Psychothriller, Sepsis Band 7)
https://www.amazon.de/dp/B07KGH17H7

Der Todesprinz (Psychothriller, Hauptkommissar Kaller Band 1)
https://www.amazon.de/dp/B07G3GXWYM

Heimtückische Schuld (Psychothriller, Hauptkommissar Stutter Band 2)
https://www.amazon.de/dp/B07D3BHYMC

Blutmosaik (Psychothriller, Sepsis Band 6)
https://www.amazon.de/dp/B079S59SCX

Der Sündenfänger (Psychothriller, Hauptkommissar Stutter Band 1)
https://www.amazon.de/dp/B077ZMB5QW

Verdorbene Ernte (Psychothriller)
https://www.amazon.de/dp/B07494DKKH

Bitterblutige Wahrheit (Kriminalroman)
https://www.amazon.de/dp/B0716MQZXZ

Ufer der Angst (Psychothriller, Sepsis Band 5)
https://www.amazon.de/dp/B01NCTUIFX

Schmutzige Tränen (Psychothriller)
https://www.amazon.de/dp/B01H92SI1Y

Lautloser Hass (Psychothriller, Sepsis Band 4)
https://www.amazon.de/dp/B01CTAO28E

Sepsis – Showblut (Psychothriller, Sepsis Band 3)
https://www.amazon.de/dp/B01ADMWI8G

Sepsis – Das Schandmaul (Psychothriller, Sepsis Band 2)
https://www.amazon.de/dp/B015WUW2QM

Sepsis – Verkommenes Blut (Psychothriller, Sepsis Band 1)
https://www.amazon.de/dp/B00V0R616E

Das Geheimnis von Herculaneum (Historischer Roman)
https://www.amazon.de/dp/B06XR29T4J

Blutiger Schein (Thriller)
https://www.amazon.de/dp/B01J2WXQ6Q

Projekt Todlicht (Thriller)
https://www.amazon.de/dp/B011AKKO22

Die Akte Aljona (Thriller)
https://www.amazon.de/dp/B00Q5KOL2M

Operation Castus (Thriller)
https://www.amazon.de/dp/B00IDI70R2

world: reset – Nach den Aschentagen (Krimi/Science-Fiction-Thriller)
https://www.amazon.de/dp/B00CG8G79W

Mystery-Geschichten (Kurzgeschichten)
https://www.amazon.de/dp/B00LOVB5K8

SciFi-Geschichten (Kurzgeschichten)
https://www.amazon.de/dp/B00M4E48P8

Alle Titel erhalten Sie als E-Book (die Shops finden Sie auf der Website der Autorin unter https://www.autori-b.de) oder als Taschenbuch über Amazon!

Printed in Germany
by Amazon Distribution
GmbH, Leipzig

18950787R00181